Haruki Murakami

寻羊冒险记

A WILD SHEEP CHASE

羊 を め ぐ る 冒 険

[日] 村上春树 著

林少华 译

上海译文出版社

图书在版编目（CIP）数据

寻羊冒险记 /（日）村上春树著；林少华译.
—上海：上海译文出版社，2018.6（2025.5 重印）
ISBN 978-7-5327-7759-4

Ⅰ.①寻… Ⅱ.①村… ②林… Ⅲ.①长篇小说—日
本—现代 Ⅳ.①I313.45

中国版本图书馆 CIP 数据核字（2018）第 035542 号

寻羊冒险记
［日］村上春树　著　林少华　译
责任编辑 / 沈维藩　装帧设计 / 千巨万工作室

上海译文出版社有限公司出版、发行
网址：www.yiwen.com.cn
201101　上海市闵行区号景路 159 弄 B 座
上海市崇明县裕安印刷厂印刷

开本 890×1240　1/32　印张 11.75　插页 2　字数 145,000
2018 年 6 月第 1 版　2025 年 5 月第 13 次印刷
印数：64,001—68,000 册

ISBN 978-7-5327-7759-4
定价：68.00 元

一只神通广大的羊（译序）

林少华

1979 年村上春树 30 岁的时候写了处女作《且听风吟》，转年写了《1973 年的弹子球》，1981 年动笔写《寻羊冒险记》（以下简称《羊》），是为青春三部曲。三部曲的第一部侧重于文体的创新，即“使用与人不同的语言”，第二部大体为探索性过渡性作品，第三部《羊》则转向情节的经营（Story · Telling），故事性大大增强了，篇幅也长得多，是村上第一部真正够长度的长篇小说。也是最先被译成英文的作品（1989 年）。在中国，最先翻译和最受欢迎的是《挪威的森林》，在西方，则是这部《羊》和后来的《海边的卡夫卡》受到更为广泛的关注和好评。

写前两部作品的时候村上还在经营爵士乐酒吧，是深更半夜趴在酒吧台上写的。而在动笔写《羊》之前，村上感到开酒吧和写小说无法兼顾，不可能记完账马上写小说，脑袋不同于冷热水开关，转换不了那么快，时间也怎么都挤不出来。而且他不愿意每天为了生意而同那么多不确定的人打交道，那让他心烦。于是他一咬牙把原本相当红火的酒吧整个卖了，离开东京，搬到千叶县乡下专事写作。当时周围人都劝他最好别轻举妄动，一来买卖顺利，二来当专业作家风险大。但作为他决心在更好的环境中一试身手，“不行再说不行的，不行时重操旧业不迟。我还年轻，在哪里都能混一碗饭吃，这个自信还是有的”。也就是说，这部小说是村上成为专业作家后写的第一部长篇，对于他未尝不是一种新的“冒险”。

写《羊》期间，村上每天的时间安排也发生了很大变化。原先因为开酒吧，半夜两三点才能休息，不开酒吧后生活走上了正轨。晚上十点准时睡觉，早上六点起来跑步。酒不去外面喝了，同周围人不再交往了，烟不久也戒了，开始听西方古典音乐了，还在自建住宅的院里栽了茄子和西红柿，过起了中规中矩甚至不无隐居味道的中产阶级生活。《羊》从秋天开始写起，翌年初春脱稿，写了四个月。天天写，从早到晚写个不停。除了偶尔去一次东京，几乎整天闷在家里不动。家务也不做，和夫人阳子也不说话，彻底进入创作状态。“写长篇小说实在是很微妙的作业，往往需要削骨般孤独的精神集中力。一点点小事都足以毁掉力量的平衡。”

作为三部曲之一，《羊》当然同《且听风吟》和《1973 年的弹子球》有相通之处：背景都是上世纪七十年代，主人公都是“我”，“鼠”和杰氏酒吧的中国人杰也再度出场。但写作风格相当不同，人物的性格、生活态度和行动模式也有所改变，由消极趋于积极，其孤独开始带有战斗姿态，带有使命意识。村上曾在加州大学伯克利分校专门谈及风格的变化：

在这部小说中，我的风格经历了一次巨大改变——或者说两大改变。句子更长了，更连贯了；与前两本书相比，叙事成分起到了重要得多的作用。

在我提笔写《寻羊冒险记》之际，我开始强烈地感觉到，一个故事，一个“物语”，并非你的创造。它是从你内心“拽”出来的某种东西。那个故事已经在你内心存在着了。你无法创造它，你只能把它表现出来。至少对我而言这是真的：这就是故事的自发性。对我而言，一个故事就是一辆将读者带往某处的车子。不论你想传达何种信息，不论你想使读者产生何种情感，你首先要做的就是要让读者进入你那辆车。而那辆车——那个故事，那个“物语”——必须具有使读者信以为真的本事。以上这些是一个故事必须满足的条件。

当我提笔写《寻羊冒险记》时，我脑子里并无预设的计划。开篇的第一章我几乎是兴之所至信笔写下的。之后的故事将如何衍生发展下去，我依然毫无概念。但我丝毫没感到焦虑，因为我感觉——我知道——那个故事就在那儿，在我内心。我就像个手持占卜杖的寻水者。我已经感觉到——我知道——水就在那儿。于是我开始挖下去。

《寻羊冒险记》的结构深受侦探小说家雷蒙德·钱德勒的影响。我是他的热心读者，他有的书我读了很多遍。我当时想把他的情节结构应用在我的新小说中。这首先意味着，小说的主人公将是个孤独的城市中人。他就要开始寻找某样东西。在他追寻的过程中，他将纠缠到各种复杂的情境中。当他终于找到他寻找的那样东西时,它要么已经毁掉要么永远失去了。这显然是钱德勒的方法,我在《寻羊冒险记》中就想采用这样的方式。(《倾听村上春树——村上春树的艺术世界》[美] 杰·鲁宾著,冯涛译,上海译文出版社)

村上本人显然对以如此风格和方式写成的这部小说感到满意。“写完《羊》最让我高兴的,是我因此获得了自己往下可以作为小说家干下去的自信。”这种自信或者说“击中感”使他不再介意别人的评价。否则——他认为——即使所有媒体都赞不绝口,作为作家也还是要惶惶不可终日。总之这是一部成功的作品。至于成功的原因,村上认为或许就在于他自己也不明白羊究竟意味什么,不知晓其隐喻什么或其寓意何在,而他又恰恰在羊身上感觉出了写故事妙不可言的乐趣。

但读者还是要问:村上为什么写羊呢?

是的,村上喜欢动物,喜欢动物园,去外国旅行也常去动物园。1994 年 6 月去中蒙边境采访路过长春时还特意去了动物园,抱着小老虎照了相。村上说他所以喜欢动物,其原因有两个,一是动物不能说话,这点让他喜欢得不得了。“虽然拥有某种自我,但是不能将其化为语言——对这样的存在我怀有极大的同情。”另一个原因在于有时能够以动物为基轴传达许许多多的事情。因而他的作品屡屡有动物出现,如猫、狗、马、熊、象、袋鼠、独角兽,等等。问题是,羊作为一种日常性动物在日本并不具有日常性,笔者旅居日本五年从来没见过羊,连羊的图片也没见到。日本只有去北海道才能见到羊。然而村上突如其来地对羊发生了兴趣。究其原因，他说只是一个偶然的机会把羊这一概念（concept）植入了自己的脑袋，思来想去之间，忽然涌起一个念头：对了，就以羊为主题写一部小说好了！随即去了北海道。他在加州大学伯克利分校的讲座上讲了这一过程：

> 我跑到北海道去看真的羊。日本几乎所有大型养羊的牧场都集中在北海道。在那儿，我得以亲眼看到真正的羊，跟养羊的人交谈，并在政府部门查阅关于羊的一些资料。我得知日本本土原来并没有羊。它们是明治早期作为一种稀罕动物进口到国内的。明治政府曾制定过鼓励养羊的政策，但如今羊差不多已经被政府当作一项没有什么经济效益的投资完全放弃了。换句话说，羊在某种程度上成了日本政府不顾一切推进现代化进程的一种象征。我知道这些之后，就马上决定我要写一部以“羊”为关键词的小说。（同前）

村上回东京后写的开头部分同羊毫无关系，不料写着写着，感觉“整部作品的空气开始奇异地朝羊方向倾斜”，仿佛是羊拖着笔尖一路疾书。很快，整个故事脱离他的打算而独自行走起来，不知不觉之间写成了比前两部作品加起来还要长的长篇——可以说，不是村上写羊，而是羊让村上写，羊写村上。果然是一只神通广大的羊。

那么羊到底意味什么、隐喻什么、象征什么呢？这是围绕这部作品争论的焦点，也是读者最感兴趣或最为关注的问题。日本评论家方面，有人认为“象征蒙古式的征服世界的强权意志”（川村二郎），有人视之为“外国种意识形态”（佐伯彰一），有人看作“‘他者性’的象征”（井口时男），有人认为“既象征西欧近代的文化力量，又象征日本近代致力于西化的意志”（关井光男），有人视为“溶解个人轮廓而使社会结构依原样膨胀的日本近代的象征”（今井清人），有人看作“针对否定个体的观念表现带有超越论性质的自己的媒体”（柄谷行人）。美国不少读者则“将羊把握为神话性土著性存在的表象，而对这样的历史意志同全球化世界发生关系之际的类似‘发烧’的东西怀有极浓的兴趣”（村上春树）。凡此种种，不一而足。其实，村上一方面说他自己也不明白羊意味着什么，另一方面又在上面那段引文中说得相当明白：“羊在某种程度上成了日本政府不顾一切推进现代化进程的一种象征。”众所周知，日本明治政府极力推进的现代化带有强烈的军国主义性质，所谓“不顾一切”，当然包括侵略扩张在内。不妨说，日本的现代化进程就是侵略扩张进程：甲午中日战争、霸占台湾、吞并朝鲜、日俄战争，直至大举进攻中国大陆。在这个意义上，羊既然是“现代化进程的一种象征”，那么也就是日本军国主义的象征、黑暗和邪恶的象征。这只背部带有星状斑纹的褐色绵羊钻进“先生”即右翼团体首领的脑袋，使他成为一个神通广大的谜一样的人物，在“满洲”同关东军参谋们打得火热（有可能参与策划“九·一八事变”），进而在整个中国大陆兴风作浪，在苏联即将出兵中国东北时带着无数金银财宝返回日本，战后虽然一度作为甲级战犯被捕，但因为“估计同美军之间做了什么交易”而被免予起诉，随即用巨额钱财构筑了一个强大的地下王国，控制了包括政界、财界、舆论界、官僚集团和文化在内的整个日本社会。“也就是说，先生一个人控制着国家这一巨大轮船的船底。他一拔塞，船就沉没。乘客们肯定会在不明所以的时间里葬身鱼腹。”而现在，“先生”因为脑袋里一个大血瘤而不省人事奄奄一息——羊离开“先生”的脑袋不知去向。因此之故，“先生”的黑西服秘书以软硬兼施的手段打发“我”去寻找那只羊，以便自己成为羊的新的宿主继续控制地下王国。于是“我”开始去北海道寻找那只羊，开始了“寻羊冒险记”。在这个意义上，寻羊就是寻找邪恶的所在，就是寻找始终伴随明治以来的日本现代化进程的军国主义的源头。前面提及的哈佛大学教授杰·鲁宾也从村上在美国的讲话及其作品中敏锐地捕捉到了这点，在他那部专著（英文原名为“Haruki Murakami and the Music of words”）中一针见血地指出：“村上藉此赋予当代日本消费文化的关键性控制因素以邪恶的动机，并将其与隐藏在日本注定走向毁灭的大陆侵略扩张企图之后的同样驱动力联系到一起。而在老板（即“先生”——笔者注）无所不包的影子帝国之后，隐藏着一种巨大的、吞噬个人的、极权主义的‘意志’，其化身就是一只‘背部有星斑的褐色羊’。”

寻找这样的羊当然要冒险，而冒这样的险是需要勇气的。这说明村上已启步走出个人心灵的腹地和被称为“全共斗”的学生运动的狭窄地带，而开始摸索着进入日本近现代史极其黑暗的隐秘部位，致力于发掘“恶”的形态和根源，表现出同日本官方历史观及其历史文本相抗衡的决绝的战斗姿态。这一姿态越来越鲜明地贯穿到后来的《奇鸟行状录》、《海边的卡夫卡》以及《天黑以后》等作品之中，从中不难看出一个人文知识分子应有的良知和担当意识。可以说，这才是真正对历史和日本未来负责任的态度，而这无疑是从《寻羊冒险记》迈出的第一步。令人惊叹的是，这一步迈得那么义无反顾：在作品最后，“我”替已经死去的“鼠”接好炸药引线，把那个想成为羊的宿主的阴险的黑西服秘书炸死——“远处传来爆炸声……只见圆锥形山那里升起一道黑烟”。言外之意，恶必须终结！

最后说一下这部长篇小说的文体本身。我想为此引用两段文字。一段仍然来自杰·鲁宾《倾听村上春树——村上春树的艺术世界》，他这样写道：

> 村上春树在记忆的内部世界进行的冒险目的就是步普鲁斯特之后尘，力图捕获时间之流，但有一个至关紧要的不同：村上一点都不沉闷。你可以轻松地读完全书。他像艾勒里·奎因一样轻松有趣——是为我们这个高度商业化、低胆固醇时代提供的一种清新的低卡路里式的普鲁斯特趣味。他处理的都是那些根本性的问题——生与死的意义、真实的本质、对时间的感觉与记忆及物质世界的关系、寻找身份和认同、爱之意义——但采取的是一种易于消化的形式，不沉闷、不冗赘、不压抑，但又十足真诚，绝不故弄玄虚。他面向现今的我们讲话，用的是我们这个时代的语言，对于活在这个世上所具有的全部好处和乐趣既敏于感受又秉持一种虚无主义的态度。

另一段引自《羊》第三章，主要是关于女孩耳朵的工笔描绘：

有的曲线以超越任何想像的奔放将画面一气切开，有的曲线以不无神秘的细腻勾勒出片片精微的阴翳，有的曲线则如古代壁画描绘出无数传说。而耳垂的圆滑胜过所有的曲线，其厚墩墩的肌肤凌驾着所有的生命。/她美丽得恍若梦幻。那是一种此前见所未见甚至想所未想的美丽。一切如宇宙一般膨胀开来，同时又全部凝缩在厚实的冰河里。一切被夸张得近乎傲慢，同时又全部被削落殆尽。它超越我所知道的所有观念。她和她的耳朵浑融一体，如一缕古老的光照滑泻在时光的斜坡。

这就是村上的文体，再补充什么都是饶舌的了。 是为序。

二零零七年三月二十九日灯下于窥海斋

时青岛垂柳初绿梅花飘香

［附白］值此新版付梓之际，依责任编辑沈维藩先生的建议，新写了这篇“个序”代替原来的“总序”，旨在为深度阅读进一步提供若干背景资料，介绍较新的有关见解，也谈了译者个人一点点肤浅的思考。欢迎读者朋友继续不吝赐教，来信请寄：266100 青岛市崂山区松岭路 238 号中国海洋大学外国语学院。

目录

第一章　一九七〇年十一月二十五日 …………………… 001

星期三下午的郊游 …………………… 003

第二章　一九七八年七月 …………………… 013

1. 关于十六步 …………………… 015

2. 她的消失,照片的消失,长筒裙的消失 …………………… 023

第三章　一九七八年九月 …………………… 027

1. 鲸的阴茎,身兼三职的女郎 …………………… 029

2. 关于耳的开放 …………………… 046

3. 关于耳的开放(续) …………………… 047

第四章　寻羊冒险记Ⅰ …………………… 053

1. 奇妙来客·序 …………………… 055

2. 奇妙来客 …………………… 062

3. “先生” …………………… 068

4. 数羊 …………………… 072

5. 汽车及其司机(一) …………………… 076

6. 何谓线蚯蚓宇宙 …………………… 079

第五章　鼠的来信及其下文 …………………… 085

1. 鼠的第一封信

邮戳日期：一九七七年十二月二十一日 …… 087

2. 鼠的第二封信

邮戳日期：一九七八年五月？日 ………… 093

3. 一曲终了 …………………………………… 098

4. 她边喝 SALTY DOG 边讲海涛声 …………… 109

第六章 寻羊冒险记Ⅱ ………………………………… 119

1. 奇人怪事(一) ……………………………… 121

2. 奇人怪事(二) ……………………………… 130

3. 汽车及其司机(二) ………………………… 142

4. 夏日的结束和秋天的开始 ………………… 146

5. 五千分之一 ………………………………… 150

6. 周日午后的郊游 …………………………… 156

7. 关于被限定的执拗的思考方式 …………… 164

8. **沙丁鱼**的诞生 …………………………… 171

第七章 **海豚**宾馆冒险记………………………………… 181

1. 在电影院结束移动，入住**海豚**宾馆 …………… 183

2. 羊博士出场 ………………………………… 195

3. 羊博士能吃能说 …………………………… 207

4. 再见，**海豚**宾馆 ………………………………… 223

第八章　寻羊冒险记Ⅲ …………………………………… 227
1. 十二瀑镇的诞生和兴衰 ………………………… 229
2. 十二瀑镇的进一步衰落和羊们 ………………… 240
3. 十二瀑镇的夜晚 ………………………………… 257
4. 不吉祥的拐弯处 ………………………………… 260
5. 她离山而去。以及汹涌的饥饿感 ……………… 280
6. 车库里边发现的,草场正中思考的 …………… 284
7. 羊男来了 ………………………………………… 287
8. 风的特殊通道 …………………………………… 296
9. 照在镜子里的,没照在镜子里的 ……………… 309
10. 时间在流逝 …………………………………… 317
11. 在黑暗中居住的人们 ………………………… 319
12. 拧钟发条的鼠 ………………………………… 324
13. 绿线和红线,冻僵的海鸥 ……………………… 333
14. 再过不祥角 …………………………………… 335
15. 十二点的茶话会 ……………………………… 338
尾声 ……………………………………………………… 343

村上春树年谱……………………………………………… 351

第一章　一九七〇年十一月二十五日

星期三下午的郊游

从报纸上偶然得知她的死讯的一个朋友打电话把这个消息告诉了我。他在听筒旁缓缓读了一家晨报的这则报道，报道文字很一般，大约是刚出大学校门的记者写的见习性文字。

某月某日某街角卡车司机压死了某人，该司机因工作过失致死之嫌正接受审查。

听起来竟如杂志扉页上登载的一首短诗。

“葬礼在哪里举行?”我问。

“这——不知道。”他说，“问题首先是：那孩子有家什么的吗?”

她当然也有家。

我当天给警察打电话，问了她父母家的住址和电话号码，然后给她父母家去电话打听葬礼日期。如某人说的那样，凡事只要不怕麻烦，总可以弄清楚的。

她家在下町。我打开东京区划图，用红圆珠笔在她家所在地段做了个**记号**。那的确是东京城普通老百姓的聚居地，地铁线、国营电气列车线、公共汽车线如乱七八糟的蜘蛛网一般纵横交错茫无头绪，几条脏水河从中穿过，杂乱的道路犹如甜瓜纹紧紧附在地表。

葬礼那天，我从早稻田乘上都营电车[①]。在快到终点的小站下来打开区划图，但地图和地球仪同样无用，害得我买了好几盒烟，问了好几回路，才算摸到她家门口。

她的家是一座围着褐色木院墙的老木屋。进得大门，左边是个小院，窄小得仿佛是在说“或许不无用处”。院角扔有一个早已废弃不用的旧陶火盆，火盆里积有十五厘米深的雨水。院土很黑，潮乎乎的。

也是因为她十六岁便跑出家再未回来，所以葬礼只有亲属参加，静悄悄的。亲属也几乎全是上年纪的人，一个三十岁刚出头、不知是她胞兄还是堂兄的人在操持葬礼。

父亲五十六七岁，个不高，穿黑色西服的胳膊上套一个葬礼袖章，立在门房几乎纹丝不动，那样子使人联想起洪水刚退的柏油马路。

临走时我向他默默低了下头，他也默然低头。

---

① 都营电车：东京都经营的电车——译者注，下同。

第一次见到她是一九六九年的秋天，我二十岁，她十七岁。 大学附近有个小咖啡馆，我常在那里等朋友。 咖啡馆虽不怎么起眼，但可以边听摇滚乐边喝味道一塌糊涂的咖啡。

她总是和我同座，臂肘拄在桌子上出神地看书。 虽说她戴的眼镜俨然牙齿矫正器，手也骨节分明，却总有一种容易让人接近的感觉。她杯里的咖啡经常冷冷的，烟灰缸经常堆满烟头，而书名却换来换去。 有时是米奇·思比雷尔，有时是大江健三郎，有时是《金斯堡诗集》，总之只要是书即可。 咖啡馆出入的学生借书给她，她便像啃玉米棒似的一本接一本看下去。 那个时代大家都想借书给别人，我想，在看书方面她是从来没有为难过的。

“大门”、“滚石”、飞马、“深紫”、忧郁布鲁斯——也是那样一个时代。 空气总好像紧绷绷的，似乎稍微用力一踢，一般东西都将顿时土崩瓦解。

我们喝廉价威士忌，没滋没味地性交，没头没脑地闲聊，借来借去地看书，如此一天天打发日子，而那个笨手笨脚的六十年代也发出吱吱呀呀的响声，即将落下帷幕了。

她的名字忘在了脑后。

抽出报道她死亡的那条剪报自然可以记起，但时至今日，名字之类已无可无不可了。我已忘掉她的名字，如此而已。

一次，见到往日同伴，偶尔提起她来，他们也同样不记得她的姓名。对了，过去不是有一个和谁都睡觉的女孩吗，叫什么名字来着？忘得一干二净。我也和她睡过几次，现在怎么样了呢？路上突然碰见怕也闹不明白了。

——从前，某个地方有个和谁都睡觉的女孩。

这便是她的名字。

当然，准确说来，她也并非和谁都睡觉，有她自己的基准。

尽管如此，作为现实问题来看，她是同**差不多所有**的男人睡了的。

一次，我出于纯粹的好奇心，问过她的基准。

“这个嘛——”她沉思了三十秒，“当然不是说任何人都可以，觉得讨厌的时候也是有的。不过，最终我也许是想了解各种各样的人，或者说想了解对我来说世界是怎样构成的。”

“通过一起睡觉？”

“嗯。”

这回轮到我沉思了。

“那么……可多少了解些了？”

“多多少少。”她说。

一九六九年冬到一九七〇年夏，我和她几乎没见面。大学不是关门就是停课，我倒与这个无关，而在为一点个人的事焦头烂额。

一九七〇年秋天我再去那家咖啡馆时，顾客面孔全都换了，认识的只剩她一个。摇滚乐固然仍在放，但那股紧绷绷的气氛已荡然无存。唯独她和味道糟糕的咖啡同一年前无异。我坐在她对面的椅子上，边喝咖啡边谈论过去的同伴。

他们大多从大学退学了。一人自杀，一人下落不明。

“这一年干什么了？”她问我。

“一言难尽。”我说。

“聪明点了？”

“一点点。”

那天晚上，我和她睡了，是第一次。

她的身世，我知道得不太详细。好像有人告诉过我，也好像在床上从她口中听说过。大致是说高中一年级的夏天同父亲大吵一架跑出家门（也跑出高中），至于到底住在哪里，靠什么维持生活，就无人知晓了。

她一整天都坐在摇滚乐咖啡馆椅子上左一杯右一杯喝咖啡，左一支右一支吸烟，边翻动书页边等有人代付咖啡钱和烟钱（对当时的我们来说还是一个数目的），之后基本上是同对方睡觉。

这便是我就她所知道的全部。

那年秋天至翌年春，她每星期二晚上来一次我在三鹰市郊的宿舍。她吃我做的简单的晚饭，把烟灰缸装满，一边用大音量听FEN①的摇滚乐节目一边性交。星期三早晨醒来去杂木林散步，一起散步到ICU②校园，顺便去食堂吃午餐。下午在休息室喝稀释的咖啡，天气好的时候躺在草坪上看天。

她称之为星期三的郊游。

“每次来这里，都觉得真像来郊游似的。”

“真像来郊游？”

“嗯。草坪一望无边，人们喜气洋洋……”

她坐在草坪上，浪费了好几根火柴才把烟点燃。

“太阳升起落下，人们来了又去，时间像空气一样流淌，岂不有点像郊游似的？”

那时，我二十一岁，再过几周就二十二了。眼下没希望从大学毕业，却又没有足够的理由离开大学不念。在这一切都莫名其妙地搅和

---

① FEN：Far East Network 之略，美军远东广播电台，总部在洛杉矶。

② ICU：International Christian University 之略，（日本）国际基督教大学。

到一起的绝望之中，几个月时间里我都未能踏出新的一步。

我觉得整个世界在运转不休，唯独我滞留同一场所不动。一九七〇年秋，目力所及，似乎无一不凄凄切切，无一不惨惨淡淡。就连太阳光和青草味儿，甚至低低的雨声，都令我焦躁不安。

好几次梦见夜行列车，梦都千篇一律。车上充满烟味儿厕所味儿闷乎乎的人群味儿，挤得几乎无立足之地，坐席沾有过去的呕吐物。我忍无可忍，离开座位，在一个车站下来。而那里一片荒凉，一户人家的灯火也见不到，站务员也没有，没有时钟没有时刻表，什么也没有——便是这样的梦。

那段时间里，有几次我好像对她很粗暴。如何粗暴如今是想不起来了，是否自己对自己粗暴亦未可知。但不管怎样，看上去她丝毫没有介意，或者不如说（说得极端一点）是在引以为乐，为什么我不知道。说到底，她在我身上寻求的恐怕并非**温情**。如此一想，现在也觉得不可思议，一时悲从中来，仿佛手突然触到空中飘浮的肉眼看不见的厚壁。

一九七〇年十一月二十五日那个奇特的下午我至今仍记得真真切切。被一场大雨打落的银杏树叶染黄了——黄得如干涸的河——杂木林间的一条小径，我和她双手插在大衣袋里，在这条小径来回踱步。

除了两人脚踩落叶的鞋声和鸟尖锐的叫声，别无任何声响。

“你到底苦恼什么呢?”她忽然问我。

“没什么大不了的。”我说。

稍往前走了一段后，她在路旁坐下吸烟，我也挨她坐下。

“总做不好的梦?”

“总做不好的梦。大多梦见自动售票机找不出零钱。”

她笑了笑，手放在我膝头上，又缩了回去。

“肯定不大想讲，是吧?”

“肯定讲不好。”

她把吸了一半的烟扔在地上，用运动鞋小心碾灭。“真想讲的事是讲不好的，不是么?”

“不明白啊。”

地面上“扑棱棱”飞起两只鸟儿，仿佛被吸进去似的消失在没有一丝云絮的天空中。我们默然望着鸟儿消失的方向，良久，她用小小的枯枝在地面画出几个莫名其妙的图形。

“和你一起睡，我时常悲伤得不行。”

“很抱歉。”我说。

“不怪你的。也不是因为你抱我的时候想别的女孩。那怎么都无所谓。我，”她突然闭住嘴，在地面缓缓拉出三条平行线，“不明白。”

“也不是想把心封闭起来，”停了一会我说，“只是自己也把握不住发生了什么。我本想尽可能公平地把握各种事情，不愿意过分夸大或过分讲究现实。但那需要时间。”

“多长时间?”

我摇了下头,“说不准,或许一年,也可能花上十年。”

她把小树枝扔在地上,起身拍打大衣上沾的枯草。“嗳,你不认为十年就像永远永远?”

“是啊。”我说。

我们穿过树林,走到ICU校园,一如往日坐在休息室啃热狗。下午两点,休息室的电视上翻来覆去推出三岛由纪夫的形象,音量调节器出了毛病,声音几乎听不清。反正都跟我们无关,我们吃罢热狗,又各喝一杯咖啡。一个学生骑在椅背上拧了一会音量调节钮,之后作罢,跳下椅子不知去了哪里。

“想要你。”

我说。

“可以呀。”

她微微一笑。

我们仍把双手插在大衣袋里,慢慢走回宿舍。

蓦地醒来时,她正在吞声哭泣,细窄的肩头在毛巾被下急促地颤抖。我点燃取暖炉,觑了一眼钟:凌晨二时。夜空中央浮着一轮白亮亮的月。

等她停止啜泣,我烧水泡了袋装红茶,两人喝着。没有砂糖没有柠檬没有牛奶，仅仅是热茶。之后点两支烟，一支给她。她吸一大口喷出，连续三回，随即咳嗽了一大阵子。

“我说，你可打算过杀死我?”她问。

“杀死你?”

“嗯。”

“干嘛问这个?”

她叼着烟用指尖擦了下眼睑。

“只是想问问。”

“没有。”

“真的?”

“真的。”我说，“为什么非杀死你不可呢?”

“是啊，”她不耐烦似的点下头，“只是一下子觉得，给谁杀掉也并不坏，在呼呼大睡时间里。”

“我不是杀人的那类人。”

“是吗?”

“大概。”

她笑笑，把烟戳进烟灰缸，喝了口杯里剩的红茶，又点燃一支烟。

“活到二十五，”她说，“然后死掉。”

一九七八年七月她死了，二十六岁。

第二章　一九七八年七月

1. 关于十六步

确认电梯关门的那“咻”一声压缩机声在背后响过之后，我缓缓合上眼睛。我将意识的断片归拢在一起，沿着走廊朝门那边走了十六步。闭眼十六步，不多也不少。威士忌把脑袋搞得昏昏沉沉，犹如磨损了的发条，口中满是香烟的焦油味儿。

尽管如此——即使醉得再厉害——我也能闭着眼睛像用格尺拉线一样径直行走十六步。这是长年坚持这种无谓的自我训练的结果。每次喝醉我都直挺挺地伸直脊背，扬起脸，把早晨的空气和水泥走廊的气味大口吸入肺中，而后闭目合眼，在威士忌迷雾中直行十六步。

在这十六步天地里，我已被授予了“最有礼貌的醉酒者”称号。其实十分简单，只消把醉酒这一事实作为事实接受下来即可。

没有“可是”没有“但是”没有“只是”没有“不过是”，什么也没有，醉了就是醉了。

这样，我得以成为最有礼貌的醉酒者，成为起得最早的灰椋鸟，成为最后通过铁桥的有篷货车。

五、六、七……

到第八步站住睁开眼睛，做深呼吸。有点耳鸣，仿佛海风穿过生锈的铁丝网。如此说来，已有好久没看到海了。

七月二十四日，上午六时三十分。看海的理想季节，理想时刻。沙滩尚未给任何人污染，唯有海鸟的爪痕如被风吹落的针叶零星印在水边。

海?

我重新起步。海忘掉好了，那玩意儿早已消失在往昔。

第十六步立定睁眼一看，自己已照例准确地站在球形门拉手跟前。从信箱里取出两天的报纸和两封信，夹在腋下，然后从迷宫般的衣袋里摸出钥匙，拿在手上，把额头贴在凉冰冰的铁门上。片刻，耳后似乎传来“咔嗤”一声响。身体如棉花吸满酒精，只有意识较为地道。

罢了罢了!

门打开三分之一，滑进身体，把门关上。门内**寂静**无声，过度的**寂静**。

随后，我发现脚下有一双无带无扣的红色女鞋。鞋很眼熟，夹在满是泥巴的网球鞋和廉价沙滩拖鞋之间，看上去好像过时的圣诞节礼物，上面飘浮着细小尘埃般的沉默。

她趴在厨房餐桌上，额头枕着两只胳膊，齐刷刷的黑发掩住侧脸，头发间露出未遭日晒的白皙的脖颈，没印象的印花连衣裙肩口隐约现出胸罩细细的吊带。

我除去上衣，解下黑领带，摘下手表。这时间里她一动没动。她的背使我想起过去，想起遇见她之前的事。

“喂!”我招呼一声，但听起来全然不像自己的语音，声音仿佛从很远的地方特意运来似的。不出所料，没有回音。

看情形她既像睡，又像哭，也好像死了。

我坐在桌子对面，指尖按住眼睛。鲜亮的阳光把桌面分开，我在光之中，她在淡淡的阴影里，阴影没有颜色。桌上放着一盆枯萎的天竺葵。窗外有人往路面洒水。柏油路面上响起洒水声，漾出洒水味儿。

“不喝咖啡吗?”

还是没有回音。

确认没有回音之后，我起身进厨房碾够两人喝的咖啡豆，打开晶体管收音机。碾罢豆粒，发现其实是想喝加冰红茶。我总是事后才接二连三想起许多事。

收音机一首接一首播放极为适合清晨的无害流行歌曲。听这样的歌，我觉得十年来世界好像一成未变，无非歌手和歌名不同罢了，我增加十岁罢了。

确认壶水开了，我关掉煤气，等了三十秒钟，把水浇在咖啡末上。粉末吸足热水，缓缓膨胀，温暖的香气开始在房间里荡漾，外面好几只蝉叫了起来。

“昨晚来的?”我手拿水壶问道。

她的头发在桌面上略微上下摇了摇。

“一直在等我?”

她没回答。

水壶的蒸汽和强烈的日光使房间变得闷气了，我关上洗碗槽上面的窗户，打开空调器，把两个咖啡杯摆在桌面上。

“喝呀!”我说。 声音一点点变回了自己的语音。

“……”

“喝点好。”

足足隔了三十秒，她才以缓慢而均衡的动作从桌面上扬起脸，怅怅地盯视着枯萎的盆栽，几根细发紧贴在湿脸颊上，微微的湿气如光环一般在她四周游移。

“别介意，”她说，“没打算哭的。”

我递过纸巾盒，她拿来无声地擤把鼻涕，不无厌烦地用手指拨开脸颊上的头发。

“本来想在你回来之前离开来着，不愿意见面。”

“改变主意了?”

“哪里。 只是哪儿都懒得去。 不过会马上离开的，别担心。”

“反正先喝杯咖啡好了。”

我边听收音机里的交通信息边啜咖啡，用剪刀剪开两封信的封口。 一封是家具店的通知，说若在指定期间购买家具可全部减价两成。 另一封是一个不愿意想起来的人来的不愿意看的信。 我把两封信揉成团扔进脚下的废纸篓，嚼了一块剩下的奶酪饼干。 她像在驱寒似的双手拢住咖啡杯，嘴唇轻贴杯边定定地看着我。

“电冰箱里有色拉。”

“色拉?”我抬头看她。

“西红柿和扁豆，只剩这个了。黄瓜变坏扔了。”

“唔。”

我从电冰箱里拿出装有色拉的蓝色深底冲绳玻璃盘，把瓶底仅剩五毫米的色拉调味料全部淋到上面。西红柿和扁豆冻得如阴影似的瑟缩着，索然无味。饼干和咖啡也没有味道，怕是晨光的关系。晨光把所有的东西都分解开来。我不再喝咖啡，从衣袋里掏出皱巴巴的香烟，擦燃完全陌生的火柴点上。烟的端头“嚓嚓”发出干燥的响声。紫色的烟在晨光中勾勒出几何花纹。

“参加葬礼去了。然后去新宿喝酒，一直一个人喝。”

猫从哪里走来，打个长长的哈欠，然后一跳上了她的膝盖。她搔了几遍猫的耳背。

“不必解释什么，”她说，“那已跟我无关。”

“不是解释，说说而已。”

她略微耸下肩，把胸罩吊带塞进连衣裙。她脸上全然没有称得上表情的东西，使我想起在照片上见到的沉入海底的街市。

“过去一个一般的熟人，你不认得的。”

“是吗?”

猫在她膝头尽情摊开四肢，“呼”地吐出一口气。

我缄口不语，望着烟头的火光。

“怎么死的?”

“交通事故，骨头折了十三根。”

“女孩?”

“嗯。”

七点定时新闻和交通信息结束，收音机开始重新播放轻摇滚乐。她把咖啡杯放回碟子，看着我的脸。

“嗳，我死时你也会那么喝酒?”

“喝酒跟葬礼没有关系，有关系的只是开头一两杯。”

外面新的一天即将开始，新的炎热的一天。从洗碗槽上面的窗口可以望见高层建筑群，它比平日远为炫目耀眼。

“不喝冷饮吗?”

她摇摇头。

我从电冰箱里拿出一罐冰得很透的可乐，也没往杯里倒，一口气喝光。

“跟谁都睡觉的女孩。”我说。简直像悼词，故人是跟谁都睡觉的女孩。

“为什么对我说这个?”

我也不知为什么。

“总之是跟谁都睡觉的女孩子?”

“的的确确。”

“但跟**你**是例外喽?”

她的声音里带有某种特殊意味。我从色拉碟子上抬起头，隔着枯萎的盆栽看她的脸。

“这么认为?”

“有点儿。”她低声道，“你嘛，是那种类型。”

“那种类型?”

“你身上有那么一种味道。和沙钟一个样。沙子流光了，必定有人把它倒过来。”

“大概是吧。”

她嘴唇绽开一点点，又马上复原了。

“来取剩下的东西的。冬天用的大衣、帽子，等等。已经整理好装在纸板箱里了，有空儿替我运到运输社那里可好?”

“运到你家去。”

她静静地摇摇头：“算了，不希望你来，明白?”

的确如此。不着边际的话我是说得太多了。

“地址晓得?”

“晓得。”

“这就完事了。打扰这么久，抱歉。”

“文书那样就可以了?”

“唔，都结束了。”

“真够简单的。还认为啰嗦得多呢。”

“不知道的人都那么认为。其实很简单，一旦结束的话。”这么说着，她再次搔了搔猫的脑袋。“两次离婚，差不多成专家了。”

猫闭着眼伸了下腰，脖子轻轻枕在她手腕上。我把咖啡杯和色拉碟放进洗碗槽，拿账单当扫帚把饼干渣扫在一起。太阳光刺得眼球里面一剜一剜地痛。

“小事都写在你桌子的便笺上了——各种文书放的地方啦，收垃圾的日期啦，不外乎这些。不清楚的就打电话。”

“谢谢。”

“想要孩子来着?”

“哪里，”我说，“不想要什么孩子。”

“我相当犹豫。不过既然如此，没有也好。或者说有小孩不至于如此吧?”

“有小孩离婚的也多的是。”

“是啊，”说着，她摆弄了一会我的打火机，“现在也喜欢你的，不过，肯定也不是那种问题。这我自己也非常清楚。”

2. 她的消失，照片的消失，长筒裙的消失

她走后，我又喝了一罐可乐，然后冲热水淋浴刮须。香皂也好，洗发液也好，剃须膏也好，什么都开始变少了。

淋浴出来，梳发、抹香水、掏耳朵，接着去厨房热了热剩下的咖啡。餐桌对面再也没有人坐。静静望着谁也没坐的椅子，觉得自己好像成了小孩子，一个人留在基里柯油画的奇异而陌生的街道上。但我当然不是小孩子。我什么也不想地啜着咖啡，慢慢花时间喝罢，发了一会呆，之后点燃一支烟。

整整二十四小时没睡，却莫名其妙地不困。体内倦倦的、懒懒的，唯独脑袋犹如熟悉环境的水生动物，在纵横交错的意识水路中无目的地往来穿梭。

怔怔地打量无人的椅子的时间里，我想起过去看过的一本美国小说：妻子离家后，丈夫把妻子的筒裙在饭厅对面椅子上挂了好几个月。如此想着，开始觉得这构思不坏。倒不是能解决什么，但总比放早已枯萎的天竺葵盆栽聪明得多。即使拿猫来说，若有她的东西也可能多少安稳些。

逐个拉开她的卧室抽屉，哪个都空空如也。一块虫子咬过的旧围巾，三只衣挂，几包卫生球，别无他物。她把什么都席卷一空。原先逼仄地摆在卫生间里的零零碎碎的化妆品、卷发夹、牙刷、吹风机、莫名其妙的药、月经用品以及长筒靴、凉鞋、拖鞋等所有穿的东西，帽盒、整整一抽屉饰物、手袋、挎包、小提箱、钱夹，总是叠放得整整齐齐的内衣、袜子、信——大凡散发她气息的东西尽皆荡然无存，甚至指纹都了无遗痕，我觉得。书箱和唱片架的大约三分之一也不翼而飞。那是她自己买的或我送给她的书和唱片。

打开影集一看，她的照片全取下了，一张没剩。我和她的合影，她那部分齐齐剪下，只有我剩了下来。我的单人照和风景照动物照依然如故。这样，三册影集里收存的便成了被彻底修整的过去。我总是孑然一身，其间点缀着山、河、鹿、猫的照片，简直就像生下来时一个人，迄今为止一个人，以后也一个人似的。我合上影集，吸了两支烟。

我想长筒裙留下一条何尝不好，但这当然是她的问题，由不得我说三道四。她决意什么也不留下，我只有接受而已。或者如她期望的那样，只好当她一开始就不存在。她不存在的地方，她的长筒裙也不存在。

我把烟灰缸浸入水中，关掉空调和收音机，又想了一通她的长筒裙，死心上床。

从我答应离婚、她离开公寓以来，已过去一个月了。这一个月几乎毫无意义。虚无缥缈的、犹如温吞吞的果冻的一个月。我根本不觉得有什么变化发生，实际上也什么都没变。

早上七点起床冲咖啡，烤面包片，出门上班，在外面吃晚饭，喝两三杯酒，回到家在床上看一个小时书，熄灯睡觉。周六周日不工作，一清早就开始转几家电影院打发时间。之后照常一个人吃晚饭，喝酒，看书睡觉。一个月我就是这样度过的，恰如某种人把月历上的数字一个个涂黑。

她的消失，在某种意义上我觉得是无可奈何的，无非已经发生的事发生了罢了。哪怕我们四年过得再风调雨顺，那也已不再是重要问题，一如被抽去照片的影集。

与此相同，即使她同我的朋友长时间以来定期睡觉而某一天索性搬去同居，也算不上什么了不得的问题。那种事是完全可能发生并且实际上也屡屡发生的。纵然她果真如此，我也并不觉得发生了什么特殊事件。说到底，那是她本身的问题。

“说到底，那是你本身的问题。”我说。

那是她提出离婚的六月间一个周日午后，我把啤酒罐的易拉环套在手指上玩弄。

“你是说怎么都无所谓?”她问，语调非常缓慢。

“也不是说怎么都无所谓。”我说，“只是说那是你本身的问题。”

“说实话，并不想和你分手。”她稍后说道。

“那，不分不就行了!”

“可是和你一起，哪里也到达不了的呀。”

往下她什么也没说，但我觉得她想说的不难明白。再过几个月我就三十、她就二十六岁了。与此后将要到来的东西的大小相比，我们迄今所筑造的委实太微乎其微了，或者说是零。四年时间简直是在靠存款坐吃山空。

责任基本在我。我大约是不该同任何人结婚的。至少她不该同我结婚。

起初，她认为自己为社会所不容而我为社会所容。我们较为成功地扮演了各自的角色。然而在两人认为可以一直这样干下去的时候，有什么东西坏掉了。尽管微不足道，但已无可挽回。我们置身于被拉长了的、平静的死胡同中。那是我们的尽头。

对于她，我成了已然失却之人。无论她怎样继续爱我，那都已是另一问题。我们过于习惯相互的角色了。我再也没有能够给予她的了。她本能地明白这一点，我凭经验了然于心。不管怎样都已无救。

这么着，她连同几件筒裙一起从我面前永远地消失了。有的东西被遗忘，有的东西销声匿迹，有的东西死了，而其中几乎不含有悲剧性因素。

七月二十四日，上午八时二十五分

我确认电子表上这四个数字，然后闭起眼睛，睡了。

第三章　一九七八年九月

1. 鲸的阴茎，身兼三职的女郎

同女孩睡觉，我觉得既是一件非同小可的大事，又好像相反根本不值一提。就是说，有作为自我疗养行为的交合，有用来消磨时间的交合。

有的交合始终属于自我疗养行为，有的交合一贯是为了消磨时间。既有起初属于自我疗养行为最后算是消磨时间的，又有相反的情况。怎么说呢，我们的性生活同鲸鱼的性生活有着根本差异。

我们不是鲸鱼——就我的性生活而言，这乃是极重要的命题。

小时候，从家里骑自行车大约三十分钟路程的地方，有个水族馆。水族馆内总是阴冷冷的水族馆式的沉默的一统天下，只有时而"哗啦"溅起的水花声从哪里传来。暗幽幽的廊角仿佛有人鱼在屏息敛气。

一群金枪鱼在巨大的水池里往来游动，鲟鱼沿狭窄的水路逆流而上，水虎鱼朝肉块龇出尖牙利齿，电鳗一闪一闪亮起小里小气的电珠。

水族馆里有无数的鱼。它们名字不同**鳞片**不同**鳃鳍**不同。我实在不明白地球上何以存在如此种类繁多的鱼。

当然，水族馆里没有鲸。鲸过于庞大，即使把水族馆毁掉弄成一个大大的水槽也没办法养它。但水族馆里放有鲸的阴茎，也就是所谓代表物。这么着，整个多愁善感的少年时代我都没看过原原本本的鲸而一个劲儿看鲸的阴茎。在阴冷冷的水族馆式甬路上散步散腻了，我便坐在寂无声息的、天花板极高的展厅的沙发上，对着鲸的阴茎呆呆地度过几个小时。

它看起来有时像一株干枯的小椰树，有时像一穗巨大的玉米棒。如果那里不竖着"鲸鱼生殖器·雄"的标牌，恐怕任何人都不会注意到那便是鲸的阴茎。那与其说是南极的产物，莫如说更有中亚沙漠出土文物的意味。它不同于我的阴茎，也有异于此前我见过的任何阴茎，并且那上面漾出一种哀戚，一种被割阴茎特有的难以言喻的哀戚。

第一次同女孩性交后想起的，也是这巨大的鲸鱼阴茎。想到它是沿着怎样的命运之路经过怎样的过程来到这水族馆空空荡荡的展厅的，不由一阵心痛。我觉得这里边没有任何获救的希望。但我才十七岁，显然还太年轻，不可能对一切感到绝望。于是，那以后我便这样认定：

我们不是鲸！

我在床上一边用指尖捏弄新女友的头发，一边不断考虑着鲸。

我所记起的水族馆总是时值秋末。水槽的玻璃冰一样冷，我身裹厚厚的毛衣。从展厅大玻璃窗望见的海呈深铅色，无数白浪使人想起女孩身上连衣裙的白色花边。

“想什么呢?”她问。

“往事。”我说。

她二十一岁，拥有苗条姣好的身段和完美得足以使人入魔的一对耳朵。她在一家小出版社当临时校对员，又是耳模特，还是仅由有教养的圈内人士组成的小俱乐部所属的应召女郎。至于三个之中哪个是她的本职，我不清楚，她也不清楚。

但若从哪个是其本来面目这点来看，耳模特是她最为自然的面目。我这样认为，她也这么想。只是耳广告模特大派用场的领域极其有限，所以无论作为模特的地位还是酬金都低得不能再低。一般广告代理商、摄影师、制作人和杂志记者都仅仅把她作为“耳持有者”来对待，耳以外的她的肉体和精神被完全抛弃完全置之不理。

“其实不是那样的，”她说，“耳朵就是我，我就是耳朵。”

作为校对员的她和作为应召女郎的她绝对——哪怕一瞬之间——不向人出示耳朵。

“因为那不是真正的我。”她解释道。

她所在的应召女郎俱乐部的事务所（名义上大致为演员俱乐部）

位于赤坂，大家称为埃克斯夫人的经营者是个满头银发的英国妇女。她在日本生活了三十年，讲一口流利的日语，基本汉字也差不多都认得。

埃克斯夫人在距应召女郎俱乐部不到五百米的地方开了一间专间，作为招收女性的英语会话教室，在那里她把看起来有天分的女孩挑到应召女郎俱乐部去。反过来，应召女郎也有几个人在英语会话教室学习，她们当然得以免除几成学费。

埃克斯夫人把应召女郎称为“Dear”①。她口中的“Dear”有一种春日午后般的绵柔韵味。

“要穿像样的花边内裤去才行哟，Dear，连裤袜是不行的。”或者说：“你往红茶里放冰淇淋了吧，Dear!”——便是这么一种气氛。顾客来历也把握得一清二楚，几乎全是四五十岁的富有商人。三分之二是外国人，其余是日本人。埃克斯夫人讨厌政治家、老人、变态分子和穷人。

我的新女友在这一打无不如花似玉的应召女郎中相貌最逊，衣着也很一般。实际上掩起耳朵的她给人的印象也极为普通，不清楚埃克斯夫人为什么竟看中她。或许看出她的平常中有特殊的光点，也可能仅仅觉得有一两个平常女孩也未尝不可。但不管怎样，埃克斯可谓独具慧眼，她也有了几个坚定的顾客。她衣着平常，化妆平常，内衣平常，带着平常的香皂味儿前往希尔顿或大仓宾馆或王子饭店，一星期跟一两个男人睡，得到足够一个月吃喝的收入。

---

① Dear：英语，亲爱的。

此外，一半夜晚她无偿地同我睡觉，另一半怎么过的我就不知道了。

她作为出版社临时校对员的生活是再平常不过的。每星期只到神田一栋小楼三楼上的一家出版社上三天班。早上九点到傍晚五点，或看校样，或泡茶，或下楼梯（没有电梯）买橡皮。虽然她是唯一的单身女性，但没有什么人调戏她。她像变色蜥蜴一样根据场所和情况或潜伏不动或出声发光。

我见到她（或见到她的耳朵），是在与妻刚刚分手的八月初。我承揽了一家电脑软件公司的广告词拟稿工作。在那里第一次见到她的耳朵。

广告代理店的经理把策划书和几张大幅黑白照片放在桌子上，让我一周内为这照片拟就三组广告主题词。三张照片均是硕大的耳朵。

耳朵?

“怎么是耳朵呢?”我问。

“那谁知道！反正就是耳朵，一星期你只考虑耳朵就行了。”

这么着，一星期我只看耳朵过日子。我用透明胶带把三张照片粘在桌前墙上，边看照片边吸烟喝咖啡吃三明治剪手指甲。

一星期工作好歹交差了，但那以后照片仍贴在墙上没动。也是因为揭下来麻烦，加之看耳朵照片已成了我的日常习惯。不过我未将照片揭下塞进抽屉尽头的真正缘由，是因为那耳朵在所有方面都征服了我。耳形简直如梦如幻，称之为百分之百亦无不可。人体被放大的一部分（当然包括生殖器）竟有如此摧枯拉朽的魅力，这种体验对我还是第一次，使我想起某种宿命性的巨大漩涡。

有的曲线以超越任何想象的奔放将画面一气切开，有的曲线以不无神秘的细腻勾勒出片片精微的阴翳，有的曲线则如古代壁画描绘出无数传说。而耳垂的圆滑胜过所有的曲线，其厚墩墩的肌肤凌驾着所有的生命。

几天后，我给摄此照片的摄影师打电话，问了耳朵持有者的姓名和电话号码。

“那又怎样?”摄影师问。

“有兴趣。耳朵实在漂亮无比。”

“那倒是，耳朵的确是的。”摄影师支支吾吾地说，“不过人倒不见得怎么样。要是想和年轻女孩约会，把最近拍摄泳装的模特介绍给你好了。”

“谢谢。”说罢，我挂断电话。

两点、六点、十点给她打了三次电话，都没人接。看来她也以她的方式活得很忙。

好歹逮住她已是翌晨十点了。我简单做了自我介绍，说想就前几天广告上的事稍微谈谈，提议一起吃晚饭如何。

“听说工作已经结束了。”她说。

"工作是已经结束了。"我说。

她似乎有点惶惑，但没再问什么。我们讲定明天傍晚在青山大街一家咖啡馆碰头。

我给以前去过的餐馆中最为高级的法国风味店打电话预订了桌子，然后拿出一件新衬衫，花时间挑选领带，穿上只上过两次身的外衣。

如摄影师好意地告诉的那样，她确实是个不甚起眼的女孩。衣着长相都稀松平常，俨然二流女子大学合唱队队员。当然，对我来说这是无关紧要的。我失望的是她把耳朵严严实实地藏在了梳成流线型的头发里。

"耳朵藏起来了?"我若无其事地说。

"嗯。"她也若无其事地应道。

由于比约定时间到得早，我们成了晚餐时间的第一批客人。灯光洒泻下来，男侍者划着长柄火柴四处点燃红蜡烛，领班以**鲱鱼**样的眼神仔细检查餐巾、餐具和盘子的摆法。铺成人字形的橡木地板擦得一尘不染，男侍者的鞋底在上面"嗑嗑"地发出惬意的声响，那皮鞋看样子比我脚上的贵得多。花瓶里的花是新鲜的，白墙上挂着一眼即可看出是原作的现代绘画。

我扫视了葡萄酒单，尽可能选淡些的白葡萄酒，开胃菜要了冷盘、鸭肉糜、凉过的烤鲷鱼和**黄鮟鱇鱼**肝酱。她认真研究菜谱之后，点的是海龟汤、蔬菜水果色拉和牛舌鱼酱。我独自点了**海胆**汤、荷兰芹味烤乳牛和西红柿色拉。估计我半个月的伙食费将化为乌有。

“店很高级嘛，”她说，“常来？”

“只是偶尔兼谈工作时来。总的说来，一个人的时候很少来饭店，大多边喝酒边吃酒吧里现成的东西。还是那样好，免得胡思乱想。”

“在酒吧一般吃什么？”

“样式倒不少，但大多吃煎鸡蛋卷和三明治。”

“煎鸡蛋卷和三明治，”她说，“在酒吧天天吃煎鸡蛋卷和三明治？”

“不是天天，每三天自己做一次。”

“那么，三天里有两天在酒吧吃煎鸡蛋卷和三明治喽？”

“是啊。”我说。

“为什么老是煎鸡蛋卷和三明治？”

“因为好的酒吧有可口的煎鸡蛋卷和三明治供应。”

“唔，”她说，“怪人！”

“怪什么？”我说。

我不知到底应怎样提起话头，一时默默吸烟看着桌面。

“不是要谈工作么？”她开始套话。

“昨天也说了，工作已彻底结束，不存在问题，所以没什么谈的。”

她从手袋的小隔袋里掏出细细的薄荷烟，拿店内的火柴点燃，用仿佛催促下文的眼神看着我。

我正要开口，领班踏着充满自信的皮鞋声来到我们餐桌跟前。他像是在出示独生子照片似的面带动人的微笑把葡萄酒标签转向我。

我点下头，他便拔下软木塞——软木塞发出令人舒坦的低音——往杯中各斟了一口。一股浓缩了的伙食费味儿。

领班刚一退下，两名男侍者旋即赶来，往桌上排出三个大盘和两个小碟。男侍者离去后，又只剩我们两人。

“无论如何想看看你的耳朵。”我直言相告。

她不声不响地将鸭肉糜和黄鮟鱇鱼肝酱取到碟里，喝了口葡萄酒。

“麻烦吧?”

她轻微地一笑：“美味法国菜并不麻烦。”

“谈耳朵麻烦?”

“倒也不是。要看谈的角度。”

“从你喜欢的角度谈。”

她边把叉子送往口中边摇头：“实话实说——这是我最喜欢的角度。”

我们沉默了一会，接着喝葡萄酒，吃菜。

“我转弯。”我说，“于是我前面有**谁**正在转下一个弯。是**谁**看不见身影，只见白色裙摆一闪。而这裙摆的白色却烙在了眼底永不离去。这样的感觉你可明白?”

“我想我明白。”

“从你耳朵得到的，便是这么一种感觉。”

我们又继续默默进食。我往她杯里斟葡萄酒，往自己杯里斟葡萄酒。

“你是说并非这样的情景浮现在脑海，而是有这样的**感觉**，是吧?”她问。

“正是。”

“以前曾这样感觉过?”

我想了一会，摇头说：“没有。”

“那就是说，是我耳朵的关系?”

“并没有把握敢这么明确断言，甚至什么把握也无从谈起。耳朵的形状会使人产生特定的情感——这事听都没听说过的。”

“每次看见法拉·福赛特·梅杰斯的鼻子都打喷嚏的人倒是有的。喷嚏嘛，精神因素比较大。原因和结果一旦结合就很难分开。”

“法拉·福赛特·梅杰斯的鼻子我不大清楚……”说着，我喝了口葡萄酒。忘记往下想说什么了。

“和那个多少有点不同?”她问。

“呃，多少有点不同。”我说，“获得的情感十分十分模糊，却又十分实在。”我两手拉开一米，又拉近到五厘米。“表达不好。”

“基于模糊动机的凝缩现象。”

“完全如此，”我说，“你脑袋比我聪明七倍。”

“受过函授教育。”

“函授教育?”

“嗯，心理学函授教育。”

我们把剩下的鸭肉糜分了。我又忘记自己想说什么了。

“你还没有很好地把握我的耳朵同你那种情感的相互关联吧?”

“不错。”我说，“就是说，是你的耳朵直接作用于我，还是别的什么以你的耳朵为媒介作用于我，我还没把握住。”

她两手放在桌上，轻轻耸了下肩。“你所感觉到的——你的情感——在种类上属于美好的，还是讨厌的?”

“两者都不是，又两者都是。不明白。”

她双手拢住葡萄酒杯，看一会我的脸。“看来，你还是多少学一点情感表达方式为好。”

“描述能力也没有。”我说。

她微微一笑：“不过没关系，你说的我大体明白。”

“那么我该怎么办呢?”

她久久沉默不语，似乎在考虑别的什么。桌上摆着五个空盘子，俨然已然消亡的行星群。

“我说，”沉默好半天她开口道，“我想我们最好成为朋友。当然喽，如果你认为可以的话。”

“当然可以。”

“而且要成为非常非常亲密的朋友。”她说。

我点点头。

这么着，我们成了非常非常亲密的朋友，尽管初次见面不到三十分钟。

“作为亲密的朋友，我想问你两个问题。”我说。

“问好了。”

“一个是你为什么不露耳朵，另一个是这以前除我之外你的耳朵是否还对其他人发挥过**特殊能量**。”

她什么也没说，定定地注视着置于桌面的两只手。

“不一而足。”她沉静地说。

“不一而足?”

“嗯。不过简单说来，应该是因为我早已习惯了不露耳朵时的我自己。”

“就是说露耳时的你与不露耳时的你是不同的啰?”

“是的。”

两名男侍者撤去我们的碟盘，端来汤。

“谈一下露耳时的你好么?”

“很早以前的事了，说不大好。说实在的，自十二岁以来还一次也没露出过耳朵。”

“但当模特时是要露的吧?”

“那是。”她说，“可那不是真正的耳朵。”

“不是真正的耳朵?”

“那是封闭了的耳朵。”

我喝了两口汤，抬起头看她的脸。

“关于封闭了的耳朵，能详细告诉我一点吗?”

“封闭了的耳朵就是死掉的耳朵。我自己杀死了耳朵。就是说在意识上切断了通路……明白?”

我不大明白。

“那就问嘛!”她说。

“所谓杀死耳朵，指的是耳朵听不见东西?”

“不不，耳朵照样听得见。 然而耳朵死掉了。 你也能做到。”

她把汤匙放在桌上，一下挺直了腰，双肩上提五至六厘米，下颏使劲往前一探，如此姿势保持了十秒，而后突然放下双肩。

“这样耳朵就死掉了。 你也试试!”

我慢慢重复和她同样的动作，但没办法得出死掉这一印象，不过葡萄酒劲儿上来快一点罢了。

“我的耳朵好像死不利索啊!”我失望地说道。

她摇摇头：“不怕的。 如果没必要让耳朵死掉，死不掉也一点都不碍事。”

“再问一点可好?”

“好的。”

“把你说的综合起来，我想情况是这样的：十二岁以前你是露耳朵的，后来有一天你把耳朵藏了起来，从那时到现在你一次也没露过耳朵。 迫不得已要露的时候就把耳朵同意识之间的通路封闭起来。是这样的吧?”

她莞尔一笑：“是这样的。”

“十二岁时你耳朵发生什么了?”

“莫急，”说着，她隔桌伸出右手，轻轻碰了下我的左手指。“求求你。”

我将剩下的葡萄酒倒进两个杯子，把自己的杯子缓缓喝干。

“首先是想了解你。”她说。

“了解我什么?”

“全部。 如何长大的，年龄多大，什么工作，等等。”

“不值一提，根本不值一提。听着听着你肯定困得不行。”

“我嘛，喜欢不值一提的。”

“我的可是任何人都喜欢不来的不值一提。”

“可以的，讲十分钟。”

“出生日期是一九四八年十二月二十四日，圣诞节前夕。这圣诞节前夕，可不是怎么理想的生日。因为生日礼物和圣诞节礼物赶在一起，大家都想便宜点应付过去。星座是山羊座，血型A，这种组合适合银行职员和区政府工作人员。同猎户座天秤座宝瓶座合不来。不认为这人生没滋没味的?”

“好像挺有滋味。”

“在不值一提的城市长大，从不值一提的中小学毕业。小时沉默寡言，长大百无聊赖。和一个不值一提的女孩相识，有了不值一提的初恋。十八岁那年上大学来到东京。大学出来后和朋友两人开了一间小小的翻译事务所，好歹混口饭吃。大约三年前染指PR① 刊物和广告方面的工作，这方面也算进展顺利。同一个在公司工作的女孩相识，四年前结了婚，两个月前离了。原因一言难尽。养一只老公猫。每天吸烟四十支，死活戒不掉。有三套西装六条领带，还有过时唱片五百张。埃勒里·奎因小说里的犯人姓名全部记得，普鲁斯特的《追忆逝水年华》也一本不缺，但只读了一半。夏天喝啤酒，冬天威士忌。”

“并且三天有两天在酒吧吃煎鸡蛋卷和三明治?”

---

① PR：Public Relations 之略，宣传广告。

“是的。”我说。

“活得有滋有味嘛。”

“始终百无聊赖，以后也一个样。并非对此不满，总之无奈罢了。”

我觑了眼手表：过了九分二十秒。

“但现在你所讲的并不是你的全部吧?”

我望了一会我放在桌面上的手，“当然不是全部。再无聊的人生也不至于十分钟就能说尽。”

“我谈谈感想可以么?”

“请。”

“大凡遇到第一次见面的人，我都让对方讲十分钟，并且以同对方所讲的完全相反的观点来分析对方。这样的做法你认为不对?”

“不不，”我摇了下头，“我想你大概是对的。”

一个男侍者过来把盘子摆在桌上，另一个把菜放上去，沙司员浇上调味汁。浇法大致像棒球赛：由游击手到二垒手，由二垒手到一垒手。

“把这个做法套在你身上，我想是这样的，”她边说边把刀子一下子插进牛舌鱼酱。“就是说，恐怕并非你的人生无聊，而是你在追求无聊的人生。不对?”

“或许如你所说，或许并非我的人生无聊，而是我在追求无聊的人生。但结果是同一个——不管怎样我已把它弄到了手。人们都想从无聊中逃脱出来，我却想深入到无聊里边去，就像在交通高峰期开倒车。所以，我并未因自己的人生变得无聊而发什么牢骚，无非老婆跑掉那个程度罢了。”

“同太太就是因为这个分手的?”

“刚才也说了，一言难尽。 但正如尼采讲的那样：在无聊面前即使神也会卷旗而去。 如此而已。”

我们慢慢吃菜。 吃到一半她重新浇了调味汁，我多吃了块面包。 在主食吃完前，我们各自考虑别的事。 碟盘撤下，吃罢乌饭树浆果雪糕，意大利特浓咖啡上来，这时我点燃一支烟。 烟雾在空气中略一彷徨，即被无声换气装置吸了进去。 已经来了有几桌客人。 天花板扩音器流淌出莫扎特的协奏曲。

“想再听你讲一下耳朵。”我说。

“你想问的，是不是我的耳朵有没有特殊能量?”

我点点头。

“这点希望你自己确认，”她说，“即使我就此对你说什么，也只能诉诸极为有限的形式，而且我不认为对你有帮助。”

我再次点点头。

“为你露出耳朵也可以的，”她喝罢咖啡说道，“只是，我也不知道那样是否真的对你有好处，说不定你将后悔。”

“为什么?”

“因为你的无聊或许并没有你认为的那般顽固。”

“没办法。”我说。

她隔桌伸过手，放在我的手上面。 “另外还有一点：一段时间里——往后几个月——不要从我身边离开，可以?”

“可以。”

她从手袋里取出黑色发带，衔在嘴上，双手把头发像抱起来似的拢到脑后，一转打个弯，迅速束起。

“如何?”

我屏住呼吸，愣愣地看着她。口干得沙沙作响，身体任何部位都出不来声音。白石灰墙壁刹那间仿佛迎面涌来。店内说话声餐具相碰声变成一抹微云样的东西，又重新复原。涛声传来，有一种撩人情思的黄昏韵味。然而这一切不过是我在几百分之一秒的时间里感受到的极小一部分。

“不得了!”我勉强挤出声音，“好像不是同一个人。”

“就是嘛!”她说。

2. 关于耳的开放

“就是这样!”她说。

她美丽得恍若梦幻。那是一种此前见所未见甚至想所未想的美丽。一切如宇宙一般膨胀开来，同时又全部凝缩在厚实的冰河里。一切被夸张得近乎傲慢，同时又全部被削落殆尽。它超越我所知道的所有观念。她和她的耳朵浑融一体，如一缕古老的光照滑泻在时光的斜坡。

“你是不得了!”我好歹透过一口气来。

“知道的，”她说，“这就是耳朵开放时的状态。”

几个客人回过头，神思恍惚地望着我们的餐桌。来添咖啡的男侍者未能斟好咖啡。没有人说话，一句也没有。只有音乐磁带的走带轴在缓缓转动。

她从手袋掏出薄荷香烟衔在嘴上，我赶紧用打火机点燃。

“想和你睡觉。”她说。

于是我们睡了。

3．关于耳的开放（续）

但是，属于她的真正伟大时代尚未到来。此后只断断续续露了两三天耳朵，她便再次把那奇迹般的辉煌造型深深藏进发底，重新成为普普通通的女孩。感觉上简直像三月初试着脱去风衣。

“还不是露耳的时候。”她说，“自己还没有办法把握自己的能量。”

“没什么关系的。”我说。藏起耳朵的她也相当动人。

有时她也出示耳朵，但几乎都在同交欢有关的场合。和亮出耳朵的她交欢好像有一种无可言喻的妙趣。下雨时分明有雨的气息，鸟叫时分明听得见鸟的鸣啭。用语言表达不好，总之就是这么一种感觉。

“和别的男人睡觉时不亮耳朵?”一次我问她。

“那当然，”她说，“甚至都好像不知道我还有耳朵。”

“不露耳朵时的性交是怎么一种感觉?”

“非常义务性的。就像嚼报纸似的什么都感觉不出。不过也可以，尽义务也不算坏。”

“但露出耳朵时要厉害得多吧?”

“那是。”

“那就露出来嘛，”我说，“没什么必要特意跟自己过不去嘛!”

她眼睛一眨不眨地看我的脸，叹了口气，“你这人，真的还什么都不明白。”

的确，我很多事情都一点也不明白，我想。

不说别的，她为什么对我高看一眼我就不明白。因为我怎么也不认为自己比别人拥有特殊的优势或不同之处。

我这么一说，她笑了。

“非常简单，”她说，“因为你需要我。这是最主要的原因。”

“假如别人需要你呢?”

“至少现在你需要我。而且，你比你自己认为的要好得多。”

“为什么我老是那么认为?”我试着问。

“因为你只活了你自身的一半。”她说得很干脆，“另一半还留在那里根本没动。”

“唔。”

“在这个意义上，我们不无相似。我掩住耳朵，你只活了一半。不这么觉得?”

“就算那样，我剩的那一半也没你耳朵那么闪光。”

“也许，”她淡淡一笑，“你真的还什么都不明白。”

她依然面带笑意，把头发撩起，解开半袖衫的纽扣。

夏日接近尾声的一个九月的下午，我没去上班，躺在床上一边摆弄她的头发一边一个劲儿想鲸的阴茎。海面呈浓重的铅色，狂风拍打玻璃窗。天花板那么高旷，展厅除我别无人影。鲸的阴茎从鲸鱼身上永远被切割下来，已彻底失去作为鲸的阴茎的意义。

接着，我再次思索妻的筒裙，但我连她有没有筒裙都已无从记起，唯独筒裙搭在厨房餐椅那虚幻的依稀的画面还紧紧附在我的脑际。它到底意味什么我竟也想不起来了，就好像长期以来我一直作为另外一个什么人活过来似的。

“喂，你不穿筒裙的?”我别无深意地向女友问道。

她从我的肩头扬起脸，以茫然的眼神看我。“没有啊。”

“呃。”

“不过，要是你觉得那样能更方便的话……”

“不不，不是的，”我慌忙道，“我不是那个意思。”

“真的用不着顾虑哟！出于工作，我已经习惯这个了，半点都不害什么羞的。”

“什么都不要，”我说，“光你和你这耳朵就足够了。别无他求。”

她兴味索然地摇了下头，脸伏在我肩上。约十五秒后，再次抬起脸来。

“对了，再过十分钟有个重要电话打来。”

“电话?”我的目光落在床头的黑色电话机上。

“是的，电话铃要响的。”

“知道?”

“知道。”

她把头枕在我胸口吸薄荷烟。稍顷，把烟灰磕在我肚脐上。她噘起嘴往床外吹了口烟。我用手指夹她的耳朵，感触妙不可言。脑袋昏昏沉沉，各种无形的图像时隐时现。

“羊，”她说，“很多羊和一只羊。”

“羊?”

“嗯。”

她把吸了约一半的烟递给我。我吸了一口，戳进烟灰缸碾灭。

“冒险即将开始。”她说。

过了一会，枕边电话响起。我看了她一眼，她已在我胸口酣然睡去。铃响过四遍，我拿起听筒。

“马上到这里来好么?”我的同伴说，声音紧张得很，“事情至关重要。”

“重要到什么程度?”

“来就知道了。”他说。

“不就是关于羊的事吗?”我试着说道。本不该说的。听筒变冷，如冰河一般。

“何以晓得?”同伴问。

总之，寻羊冒险记就这样开始了。

第四章　寻羊冒险记Ⅰ

1. 奇妙来客·序

导致一个人习惯性大量饮酒有各种各样的原因。原因虽多种多样，结果却大同小异。

一九七三年，我的合作伙伴是个快乐的酗酒者。一九七六年他多少有点抑郁，而一九七八年夏天则像所有初期酒精中毒者那样，放在门拉手上的手变得笨拙起来。一如多数嗜酒者所表现的，脸色正常时的他纵使不能说头脑敏锐，也可谓地道的正人君子。任何人都认为他是个正人君子，纵然算不得头脑敏锐。他本身也这样认为，所以才饮酒。酒精一进入身体，他便觉得同自己乃正人君子这一认识完全融为一体。

当然，起初很顺利。但随着时间的推移和酒量的增大，其间出现了微妙的误差，这微妙的误差不久又变成了鸿沟。他的地道正人君子一面推进得过于神速，连他自己都追赶不及。此乃常有的情况。问题是一般人都不认为自己本身属于此类情况，不敏锐之人尤其如此。为了重新找到业已失却的东西，他开始在酒精的迷雾中彷徨，状态每况愈下。

但至少现在，在日落之前他还是地道的。我已有好几年留意着在日落后不同他见面，因此起码对于我来说他是地道的。诚然，他日落后不地道这点我是心中有数的，他本人也清楚。我们对此概不谈及，只是相互心照不宣。我们依然合作得很好，不过已不再是以前那样的朋友了。

即使不能说是百分之百相互理解（百分之七十也很可怀疑），但至少他是我大学时代唯一的朋友，而就在旁边看着这样的人变得不地道，这对我来说是很难过的事情。然而归根结蒂，所谓年纪大了便是这么一回事。

我到事务所时，他已喝了一杯威士忌。倘若一杯为止，他还是地道的。但毕竟同样是喝了，早晚可能喝第二杯。这样，我势必离开事务所，去找其他工作。

我站在空调机喷气口下一边吹汗，一边喝女孩拿来的冷麦茶。他一言不发，我也一声不响。午后强烈的阳光如带有梦幻意味的飞沫一般倾泻在漆布地板上，眼下铺展着公园的绿色，可以看见人们躺在草坪上悠然晒太阳的小小的身影。同伴用圆珠笔尖戳着左手心。

“听说你离婚了?”他开口道。

“都两个月了。”我眼望窗外回答。摘下太阳镜，眼睛有些作痛。

“因为什么离的?”

“这是我的私事。”

“知道，”他耐住性子说，“还没听说有不是私事的离婚。”

我默不作声。不触及各自私事是我们多年的默契。

“不是我想刨根问底，”他辩护道，“因我和她也是朋友来着，对我也算是个震动。再说，以为你们一直处得很好。”

“是一直处得很好，并非吵着闹着分开的。”

同伴满脸困惑，沉默下去，仍拿圆珠笔尖往手心里戳个不停。他身穿深蓝色衬衫，打一条黑领带，头发齐整整过了**梳子**，一并漾出科隆香水味儿和洗发水味儿。而我身上是带有史努比怀抱冲浪板图案的T恤和洗得白刷刷的“李维斯”，脚上是沾满泥巴的网球鞋。无论谁看都是他显得地道。

“记得我们和她三个人工作时的事吗?”

“历历在目。”我说。

“那时够开心的啊!”同伴说道。

我从空调机前离开，走到房间中央，在瑞典进口的软乎乎的天蓝色沙发上坐下，从待客用的香烟盒里取出一支带过滤嘴的“长红”，用颇有重量的台式打火机点燃。

“你是说……”

“一句话，我觉得我们是不是手伸得太长了。”

“你指的是广告和杂志?”

同伴点了下头。想到他开口之前肯定相当苦恼来着，心里有些不忍。我掂了掂台式打火机的重量，转动砂轮调节火苗长度。

“你的意思我明白，”我把打火机放回茶几，“可你好好回忆一下，事情本来就不是我找来的，也不是我提议干的。是你找来是你提议的，对吧?”

“一来情理上不便拒绝，二来当时正好闲着无事……”

“钱也赚了。”

“钱是赚了。事务所也因此换成大的，还增加了人手。车也换了，公寓也买了，两个小孩也进了花钱颇多的私立学校。作为三十岁的人，我想算是有钱的。”

“你挣的，问心无愧。”

“愧当然不愧，”说罢，他把扔在桌上的圆珠笔拿在手里，往手心里轻点几下。“不过，想起往事，真有点令人难以置信。两人靠借债到处找翻译活儿做，还在站前散发传单来着。”

“要是想干，现在两人散发传单也可以嘛!”

同伴抬起脸看我：“喂喂，我可不是在开玩笑哟!”

“我也不是嘛!”

我们默然良久。

“好多东西都变了，”同伴说，“生活节奏变了，想法变了。不说别的，我们到底赚了多少，连我们自己都稀里糊涂。税务顾问来搞一些莫名其妙的文件，什么扣除什么折旧什么纳税对策，尽干这玩意儿了。”

“哪里都这么干!”

“知道。非干不可我也知道，实际上就在干。可还是过去那时候开心。”

“马齿年年增，牢影日日长。”我顺口道出两句古诗。

“什么呀，那是?”

“什么也不是。”我说，“那么说……”

“现在总觉得像是在剥削。”

“剥削？”我惊讶地抬起头。我们之间有两米左右的距离，由于椅子高的关系，他的头比我高出二十厘米。他脑后挂一幅石版画。没有见过的新石版画，画的是生有翅膀的鱼。看上去鱼对自己脊背生出翅膀并不很满意，大概不大懂其用场吧。“剥削？”我再一次——这次是自己问自己。

“剥削！”

“从谁身上剥削，到底？”

“从很多地方分别榨取一点。”

我在天蓝色沙发上架起腿，目不转睛地注视着恰好位于我眼睛高度的他的手，和他手中圆珠笔的动作。

“反正我们变了，你不认为？”同伴说。

“一样，谁也没变，什么也没变。”

“真那么认为？”

“那么认为。不存在什么剥削，那玩意儿纯属虚构。你也不至于以为救世军的号角果真会拯救世界吧？你想过头了。”

“也罢，一定是我想过头了。”同伴说，“上星期，你、也就是我们为人造黄油拟了个广告词。其实是很不错的广告词，反应也满好。可这几年你吃过人造黄油？”

“没有。讨厌人造黄油。”

“我也同样。说到底就是这么回事。至少过去我们做的是足可拍拍胸脯的工作，也是我们的自豪之处。而现在不然，不过到处卖弄空洞词句罢了。”

“人造黄油对健康有益。植物性脂肪，不含胆固醇，不易得成人病，再说味道也不坏，又便宜，又耐放。”

“那你自己吃去!”

我沉进沙发，缓缓舒展手脚。

“一码事。人造黄油我们吃也罢不吃也罢，归根结蒂一码事。老老实实的翻译也好，自欺欺人的人造黄油广告词也好，在根本上是一码事。不错，我们是到处卖弄空洞词句。跟你说，真诚的话语哪里都没有，如同哪里都没有真诚的呼吸真诚的小便。”

“你过去可挺单纯哩!”

“也许。”说着，我把烟碾灭在烟灰缸里。“肯定哪里有座单纯的城镇，单纯的肉店老板在那里切单纯的火腿。如果你认为大白天就喝威士忌单纯的话，只管放开肚皮喝去好了。”

圆珠笔敲击桌面的“嗑嗑”声久久统治着房间。

“是我不好，”我道歉说，“本来没打算这么说。”

“无所谓，”同伴说，“或许真是那样。”

空调的恒温器“咔嗒”响了一声。一个静得出奇的午后。

“要有信心!”我说，“我们不是自力更生干到这个地步的么?不借谁不欠谁。同那些只靠后台靠头衔飞扬跋扈的家伙可不一样。”

“过去我们是朋友来着。”同伴说。

“现在也是朋友，”我说，“一直同心合力奋斗过来的。”

“不希望你离婚的。”

“知道。”我说，“对了，该谈羊了吧?”

他点头把圆珠笔放回笔盘，用指尖擦了下眼皮。

“那个人来时是今天上午十一点。”同伴说。

2. 奇妙来客

那个人来时是上午十一点。对我们这样的小事务所来说，有两种上午十一点：不是忙得不可开交，就是闲得百无聊赖。二者必居其一，没有居其中者。所以，上午十一点我们或者专心致志“啪嗒啪嗒”忙个不停，或者不思不想呆呆愣愣继续做梦。而不慌不忙的工作（如果有那玩意儿的话）留给午后即可。

那个人来时是在属于后者的上午十一点，而且是闲得具有纪念碑性质的上午十一时。九月上中旬连续忙得发疯，忙完，工作一下子停顿下来。包括我在内的三个人休了一个晚休一个多月的暑假，而留下来的人仍然除削铅笔外别无事干。同伴去银行兑换支票，独自在附近音响公司的试听室听了一打新唱片以消磨时间。单独留在事务所里的女孩守着电话翻阅妇女杂志的“秋季发型”专页。

那个人无声地推开事务所的门，又无声地关上。来客并非有意蹑手蹑脚，一切都是习惯性的、自然而然的，以致女孩甚至未能察觉有人进来。察觉到时，来客已站在桌前俯视着她。

“麻烦您找一下负责人。”来客说。语气仿佛用手套拂去桌面上的灰。

女孩完全闹不清到底发生了什么。她扬脸注视来客。作为客户，来人眼神未免过于敏锐；作为税务署人员，衣着又过于考究；作为警察，则过于斯文。而此外的职业女孩又想不出。来客犹如一则文字洗练的坏消息突然挡在她眼前。

“刚才外出不在。”她慌忙合上杂志说，“说三十分钟后回来。”

“等一下好了。”来客毫不迟疑地应道。似乎这已在他意料之中。

女孩不知该不该问来客姓名，稍顷把他让进会客室。来客坐在天蓝色沙发上，架起腿，目光落在正面墙壁的电子钟上，再也不动了。多余动作一概没有。稍后给他端去麦茶时，他也是这副姿势，纹丝未动。

“就坐在你现在坐的位置，”同伴说，“整整三十分钟坐在那里以同一姿势看钟。”

我打量自己坐的沙发的凹陷，又抬头看钟，然后再次注视同伴。

就九月中下旬来说，外面是异常之热，然而来客穿得十分郑重其事。白衬衣从做工精良的灰色西服的袖口里不多不少探出一点五厘米，色调微妙的斜纹领带小心翼翼地调得左右约略不够对称，科尔多瓦皮鞋闪闪发光。

年纪三十五六至四十之间，身高超过一米七五，多余的肉一克也未附身，细长的手一道皱褶也没有，纤细的十指使人联想起尽管经过长期训练长期受制于人但仍未放弃原始记忆的群生动物。指甲被花了很长时间慢慢地精心打磨得完美无缺，指尖勾画出十个漂亮的椭圆形。好看固然甚是好看，但总好像给人一种奇异感。那双手显然具有从事领域极其狭窄的工作的高度专业性，而怎样的领域则无人知晓。

来客的脸上并不比他的手表现得更多。脸型虽然端庄，但没有表情，平板板的。鼻梁和眼睛像用切刀修整过似的棱角分明，嘴唇又窄又干。整个人晒成浅黑色，但一眼即可看出，那并非是在哪里的海滩或网球场半开玩笑地晒成的，而是由我们不知道其种类的太阳悬挂在我们所不知道场所的上空大放光芒所造成的结果。

时间的脚步惊人的慢。硬邦邦冰冷冷的三十分钟，仿佛朝天高耸的巨型机械设备上的一个螺栓。同伴从银行回来时，感觉上房间空气已重到了一定程度。说极端一点，房间里所有物件都好像被钉在地板上了。

“当然，只是感觉上如此。”同伴说。

“当然。”我说。

单独守电话的女孩早已紧张得筋疲力尽。同伴稀里糊涂地走进会客室，告知自己是经营者。来客这才改变姿势，从胸袋里取出细细的香烟点燃，不胜其烦似的朝上吐出一口。四周空气多少松缓下来。

“时间不多，长话短说好了。”来客静静地说道。旋即从名片夹里拈出一张足以削手的**硬挺挺**的名片，放在桌上。名片是类似塑料的特殊纸制作的，白得有欠自然，上面用黑黑的小字印着姓名。没有职务没有住址没有电话号码，只有姓名四个字，光看都觉得眼痛。同伴翻过来看，背面彻底是空白。如此确认完毕，同伴又看一次正面，看来客的脸。

“这位先生的姓名晓得吧?”来客道。

“知道。”

来客动了几毫米下颏尖，微微点了下头，唯独视线一动未动。“请烧掉。”

“烧掉?”同伴怔怔地盯视对方的眼睛。

“请马上把这张名片烧掉!”来客一字一顿地说。

同伴慌忙拿起台式打火机，点着白名片一端，另一端拿在手上，烧了大约一半，投入大大的水晶烟灰缸，两人相对着看它烧为白色的灰烬。名片完全成灰后，房间里笼罩着好像刚发生过一场大规模屠杀的滞重的沉默。

“我来这里得到他全部授权，”稍后，来客开口道，“就是说请您这样理解：往下我向您说的，全部出于他的意志、他的希望。”

“希望……”

“所谓希望，是对某种有限目标所取基本态度的最完美的表达。当然，”来客说，“也有其他表述方式。明白吗?”

同伴在头脑中将来客的道白转换成现实性日语。“明白。”

“话虽这么说，但我们要谈的既不是概念，也不是政治，而彻头彻尾是生意。”来客格外注意地发出“生意”两个音节。大概是第二代日侨之类。

“你是生意人，我也是生意人。现实地说，我们之间除了生意没其他可谈。非现实的东西交给别的什么人好了。是吧?”

“正是。”同伴回答。

“我们的使命就是使那种非现实因素以无懈可击的面目出现并使之植根于现实大地。人们往往对非现实心驰神往。为什么呢，”来客以右指尖点着左手中指戴的绿宝石戒指，“因为那东西看上去简单。在某种情况下非现实容易给人以压倒现实的印象。然而非现实世界里不存在生意。换言之，我们属于迎难而上的人种。所以如果……”来客就此打住，再次摆弄戒指，“往下我所谈的纵使要求付出某种艰苦的努力或决断，也要请你给予谅解。”

同伴并不完全理解，只管默默点头。

“那么，下面提出我方的希望。第一，请立即中止发行你们制作的P人寿保险公司的PR刊物。”

“可是……”

“第二，”来客打断同伴的话，“我想直接见见负责这个专页的人。”

来客从西装内口袋里摸出一个白信封，从中取出叠为四折的纸页递给同伴。同伴接过打开。一看，原来是我们事务所为人寿保险公司制作的凹版彩色摄影图片的复印件。北海道普通风景照：云、山、羊、草场以及从哪里借用的一首蹩脚的牧歌情调的诗。仅此而已。

“这两点是我们的希望。第一点希望，与其说是希望，莫如说是既成事实。正确说来，我们所希望的决定已被作出。有不清楚之处，请打电话问广告宣传科长。”

“原来是这样。”同伴说。

“不难想象，这场争端给你们这等规模的公司带来的损失是极其严重的。所幸我们——如您所知——在同业界拥有一定势力。所以，如果能满足我们的第二点希望，如果那位负责人能提供足以使我们满意的情报，我们愿意对你们遭受的损失给予充分的补偿，很可能大于补偿。”

沉默占据了房间。

“倘若不能满足我们的希望，”来客说，“你们就算玩完。这个世界上往后永远不会有你们的插足之地。”

再度沉默。

“有什么想问的么?”

“就是——是那张照片出了问题?”同伴战战兢兢地问。

“是的。”来客说。他在掌心上仔细地斟酌词语，“是那样的。但更多的无可奉告。因为我未被授予那种权限。”

“打电话跟负责人联系。我想他三点会在这里。”同伴说。

“那好，”来客看一眼手表，“那么四点钟派车过来。另外——这点很重要——此事一概不许告诉他人，能做到么?”

两人事务性地告别。

3. “先　生”

“事情就是这样。”同伴说。

“完全莫名其妙，”我口叼仍未点火的香烟说，“首先，名片上那个人到底是谁就不清楚，其次，那个人何以对羊的照片耿耿于怀也不清楚。最后不清楚的是，那个人为什么能够停下我们发行的刊物。”

“名片上的人是右翼大人物。由于几乎不通名报姓不出头露面，一般人不大知晓，但在这个行业无人不知。不知道的恐怕只有你这样的。”

“不谙世事。”我自我辩护道。

“说是右翼，却又不是右翼，或者说甚至右翼都不是。”

“愈发莫名其妙!”

“说真的，任何人都不晓得他在想什么。既不出著作集，也不当众讲演，采访和摄影也概不接受，甚至是活着还是死了都不得而知。五年前一个月刊记者刚要报道他参与的一起非法贷款事件，马上就给搞掉了。”

“相当详细嘛!”

“和那个记者间接认识。”

我拿打火机点燃烟，“那个记者现在干什么?”

“调到营业部，从早到晚整理传票。传播媒介那种地方意外狭小，无非为了杀一儆百，就像非洲土著人部落的大门口挂着骨骸。”

“有道理。”

“但关于他战前简历，一定程度上还是清楚的。一九一三年生于北海道，小学毕业后来到东京，职业换来换去，结果换成了右翼。估计进过一次监狱，从监狱出来转去满洲，同关东军参谋们打得火热，创建了谍报方面的机构。机构具体情况不大清楚。从这时开始他一跃成了谜一样的人物。传说他从事贩毒，恐怕实有其事。在中国大陆兴风作浪之后，在苏军出兵前两周乘驱逐舰返回本土，连同多得搬不过来的金银财宝。”

“怎么说呢，时机真是绝妙!”

“实际上这个人就是善于捕捉时机，熟知进攻火候和撤退火候。眼力也非同一般。他也作为甲级战犯给占领军逮了起来，不料审查不了了之，没有起诉。理由说是有病，但这里边不清不楚。估计同美军之间做了什么交易——麦克阿瑟眼睛盯在中国大陆。”

同伴又一次从笔盘里抽出圆珠笔，夹在指尖团团转动。

“从巢鸭出来后，他把藏在什么地方的财宝分成两份，一份整个收买了保守党的一个派系，另一份收买了广告业。那可还是人们认为广告业不过是散发几张**传单**的时代哟!”

“应该说有先见之明吧。不过所藏资产上面没什么风声?”

“行了吧，你！人家可是全部收买了保守党一个派系的!”

“那倒是。”我说。

“总之他用那笔钱控制了政党和广告，这个构架现在也原封不动。他所以不登台亮相，是因为没有登台的必要。只要控制了广告业和执政党，基本上没有办不成的事。控制广告业是怎么回事你可明白?”

“不明白。”

“控制了广告业，就差不多等于控制了出版和广播电视。没有广告就不存在出版和广播电视，同没有水的水族馆是一回事。你眼睛看到的信息的百分之九十五都是用金钱买下并经过挑选的。”

“我还不明白，”我说，“那个人物掌握了信息业，至此我明白了。可是他为什么对人寿保险公司的 PR 刊物都能行使权力呢? 那不是没通过大型代理店的直接合同么?”

同伴清清嗓子，喝了口已彻底温吞的剩麦茶。“股票！那家伙的资金来源是股票——操纵、包买、垄断股票，没有别的。他的情报机关为此收集情报，由他分析取舍，而分流给传播媒介的只是其中极小一部分，其余都被先生留为己用。当然也干类似威胁恐吓的勾当——尽管不直接下手。威胁不起作用时，情报就捅给政治家以便坐收渔翁之利。”

“就是说任何公司都有一两个痛处喽?”

“哪个公司都不希望股东大会上出现炸弹式发言，所以他所提出的人家基本还是听的。也就是说，先生稳坐在政治家、信息业、股票这三位一体之上。因此我想你不难明白，对他来说，捏死一本 PR 杂志和把我们搞成失业者，比剥熟鸡蛋壳还来得容易。”

“唔，”我说，“问题是这么厉害的人物为什么要对一张北海道风景照耿耿于怀呢?”

“问得妙!”其实同伴并未露出如何感动的神情，“我也正要这么问你。”

我们一时默然。

“对了，你怎么知道事情是关于羊的?”同伴问，“怎么回事？在我不知道的地方到底发生了什么?”

“房檐下一个无名小卒摇纺车来着。”

“不能说得明确点?”

“第六感觉。”

“得得!”同伴喟叹一声，“反正最新情况有两个——打电话从刚才提到的那个月刊记者口里探听来的——一个是先生患了中风什么的，永远卧床不起，不过还未得到正式确认；另一个是关于那个来客的，他是先生的第一秘书，负责安排日常运作，即所谓第二号人物。日侨第二代，来自斯坦福，已在先生手下干了十二年。人固然莫名其妙，但脑袋好使得不得了。知道的就这么多。”

“谢谢!”

“谢什么。”同伴看也不看我地说。

他只消酒不喝过头，任凭怎么看都比我地道得多、亲切纯真得多、想法有条理得多，但迟早他要酩酊大醉，想到这点我很难过。大多数比我地道的人都将先于我报销。

同伴走出房间后，我从抽屉里找出他的威士忌，一个人喝着。

4. 数　羊

我们甚至可以漫无边际地在偶然的大地上彷徨，恰如某种带翅的植物种子被倏忽而至的春风吹走。

但与此同时，也可以说根本就不存在什么偶然性。业已发生的事显然已经发生，尚未发生的事无疑还未发生。亦即，我们乃是被身后的“一切”和眼前的“零”夹在中间的瞬间存在，既无偶然性，又无可能性。

其实这两种见解并无多大差异，它类似（正如大多数对立见解那样）有两个不同叫法的同一盘菜。

这是比喻。

对于PR刊物凹版画页上刊登的羊照片，以观点（a）观之属于偶然，从观点（b）来看则不是偶然。

(a) 我为 PR 刊物凹版画页物色了一张合适的照片。我桌子抽屉里**偶然**放有一张羊照片。于是我使用了这张照片。和平世界中和平的偶然。

(b) 羊照片始终在桌子抽屉里等着我。即便不用在那个刊物的画页上,迟早也将用在别的什么上面。

想来，这个公式有可能适用于我此前人生的所有层面。 若再训练一下，说不定我可以用右手操纵 (a) 式人生，左手可以驾驭 (b) 式人生。 算了，怎么都无所谓。 同油炸面圈的圆孔是一回事。 将那个孔视为空白也罢视为存在也罢，归根结蒂都是形而上的问题，油炸面圈的味道并未因此有丝毫改变。

同伴出去办事后，房间骤然变得空空荡荡，唯独电子钟的指针无声地转动不已。 到四点车来接仍有些时间，要做的事却一件也没有。隔壁办公室同样**鸦雀无声**。

我坐在天蓝色沙发上喝威士忌，在空调机那仿佛蒲公英软软的白絮一样的令人快意的凉风吹拂下注视电子钟的指针。 看着这电子钟，至少知道世界依然在动。 即使不算什么了不起的世界，反正仍持续在动。 而只要认识到世界持续在动，我就得以存在。 即使不算什么了不起的存在，我也在存在。 人只能通过电子钟的指针确认自身存在这点，使我觉得很有点奇妙。 世上应该有其他确认方法才是。 但无论我怎么绞尽脑汁，都一个也想不出来。

我只好作罢，又啜一口威士忌。热乎乎的感触通过喉咙，顺着食管壁灵巧地下至胃底。窗外舒展着夏日湛蓝的天空和洁白的云絮。天空诚然很美，但看上去总好像被用得半旧不新了似的。拍卖之前用药用酒精棉擦拭得漂漂亮亮的半旧天空。我为这样的天空，为曾经崭新的夏日天空，又喝了一口威士忌。满不错的苏格兰威士忌。天空看惯了也并不坏。巨型喷气式客机从左而右缓缓划过窗口，宛如包有闪闪发光的硬壳的飞虫。第二杯威士忌喝尽时，我油然产生一个疑问：我究竟因为什么在这里呢?

我到底在想什么呢?

羊!

我从沙发上站起，拿起同伴桌面上的凹版画页的复印件，折回沙发，一边舔着仍带有威士忌味儿的冰块一边将照片看了二十秒，反复思索这照片到底意味着什么。

照片上出现的是羊群和草场。草场断处横亘着白桦林。北海道特有的大白桦树，不是附近牙医门旁点缀的小个子白桦。粗大的白桦足以供四只熊同时磨爪子。从树叶的茂密程度看，季节像是春天。后面山头仍有残雪，山腰峡谷也剩有几道。时节当是四五月之交——雪融了，地面泥泞打滑，天空蔚蓝（大概蔚蓝，从黑白照片上无法断定，是橙红色亦未可知），白云在山顶上依稀抹下一笔。再冥思苦索，也是羊群意味着羊群，白桦林意味着白桦林，白云意味着白云。如此而已，其他什么也谈不上。

我把照片扔在茶几上，吸支烟，打个哈欠，而后重新拿起照片，这回是清点羊的只数。但草场过于辽阔，羊像郊游吃午餐时似的零星分布各处，越远越难以清点，甚至是羊还是一个白点都辨别不清。看着看着，是一个白点还是眼睛错觉也莫可分辨，最后竟至是眼睛错觉抑或纯属虚无也糊涂起来。于是我只好用圆珠笔尖单单清点可以基本断定是羊的东西。所得数字为三十二。三十二只羊。普通得不能再普通的风景照。构图不新颖，有什么韵味也谈不上。

然而上面的确有什么。火药味儿！看第一眼我就感觉出了，三个月来一直有这样的感觉。

这回我倒在沙发上举起照片，重新清点羊的只数：三十三只。

三十三只？

我闭目摇头，让大脑处于空白状态。算了，我想。就算会发生什么，毕竟还什么也没发生。而若发生了什么，那么业已发生。

我躺在沙发上没动，重新向羊的只数挑战。而后沉入偏午时分第二杯威士忌式的深深的睡眠之中。入睡前，新女友的耳朵倏忽掠过我的脑际。

5．汽车及其司机（一）

接人的汽车四点按时开到，简直跟鸽鸣报时挂钟一样分秒不差。女孩把我从睡眠的深洞中拖出。我在洗脸间洗了两三把脸，可是困意全然没有消去，坐电梯下楼的时间里竟打了三个哈欠，打法像是在向谁控诉什么，但控诉的和被控诉的都是我。

庞大的小汽车犹如潜水艇一般浮现在楼门前的路面上。车的确够大，小户人家足可在车盖下过活。车窗玻璃为深蓝色，从外面看不见里边。车身涂着漂亮的黑漆，从防撞器到挡泥板无一处污痕。

车旁以立正姿势站着身穿洁白衬衣打橙色领带的中年司机。货真价实的司机。我一走近，他无言地打开车门，看我完全坐稳后才把门关上，接着自己坐上驾驶席关门。从头到尾声音都只有一张张翻动新扑克牌那个程度。较之友人转让给我的那辆用了十五年的“大众·甲壳虫”，安静得就像戴耳塞坐在湖底。

车内设备也非比一般。虽然也像大部分车那样在附件上绝对算不上有什么品味，但无疑是高档货。宽大的后排座位的正中间嵌着漂亮的按键式电话机，旁边摆着银制的打火机和香烟盒和烟灰缸。驾驶席靠背安有折叠桌和微型柜，可用来写东西和简单进餐。空调风静谧而自然，脚下铺的地毯软软的。

注意到时，车已开动，感觉上就像坐进金属盆在水银的湖面上滑行。我琢磨这辆车究竟花掉多少钱，但琢磨不出。一切都已超出我的想象范围。

“听点音乐好么?”司机提议。

“尽可能催人入睡的。”我说。

“明白了。”

司机从座位下面摸索着挑出盒式音乐磁带，按下仪表板上的键。从巧妙地藏在什么地方的扩音器中静静淌出大提琴奏鸣曲。无可挑剔的曲子，无可挑剔的音质。

“经常用这车迎送客人?”我问。

“是的。”司机小心翼翼地回答，“近来一直是的。”

“呃。”

“本来是先生的专车。”过了一会司机说道。司机比外表要容易接近得多，“但他今年春天身体不好以后已不再外出，又不好叫车白白闲在那里。而且您想必也知道，车这东西不定期出动的话性能会降低的。”

“那是的。”我说。如此看来，先生身体不好并非机密事项。我从烟盒里取出一支烟看了看，烟很独特，没商标名，没带过滤嘴，凑近鼻子一闻，味道近似俄国烟。我不知是吸好还是放进衣袋好，迟疑了一阵，转念放回原处。打火机和烟盒中央都刻有一个图案：羊。

羊?

我觉得想什么都好像无济于事，遂摇头闭上眼睛。似乎从第一次看见那张耳照片那个下午以来，所有的事情都开始变得棘手了。

“到目的地要多长时间?”我问。

“三十至四十分钟。要看路面是不是拥挤。”

“那么请把冷气调弱一点好么？想接着睡午觉。”

“好的。”

司机调好空调，按了仪表板的一个键。于是一块厚厚的玻璃板“嘶嘶”拱出，挡在驾驶席和后座之间。除了巴赫音乐，后座基本上笼罩在沉默中。但我这时已不再大惊小怪，只管把脸颊歪在靠背上睡了过去。

睡梦中出来一头奶牛，样子还算干净利落，但还是属于吃过不少苦的那种类型。我们在宽阔的桥面擦身而过。时值春日午后，令人心旷神怡。奶牛单手拎一个旧电风扇，问我买不买，买的话可以便宜点。我说没钱。真的没有。

那么用**钳子**换也可以，奶牛说。建议倒也可取。我同奶牛一起回家，拼命找**钳子**，却找不到。

“怪事!”我说，“昨天还有的嘛。”

正当我搬来椅子找上面壁橱时，司机拍肩把我叫醒。

“到了。”司机简单地说。

车门打开，傍晚的太阳照在我脸上。几千只知了拧钟发条一般叫着。一股土味儿。

我下了车，伸腰做了个深呼吸，并祈祷梦境不是象征性的那种。

6. 何谓线蚯蚓宇宙

有象征性的梦，有这样的梦所象征的现实。 或者说有象征性的现实，有这样的现实所象征的梦。 可以说，象征是线蚯蚓宇宙的名誉市长。 在线蚯蚓宇宙里，纵然奶牛需要**钳子**也丝毫不足为奇。 奶牛恐怕迟早会把**钳子**弄到手。 这问题与我不相干。

然而，倘若奶牛想利用我把**钳子**弄到手，那么情况就大为不同了。 我势必被抛入思维方式迥然有别的宇宙之中。 被抛入思维方式迥然有别的宇宙之后最伤脑筋的是说起话啰嗦。 我问奶牛：“你为什么想要**钳子**呢?”奶牛回答：“肚子饿得不行。”我问：“肚子饿为什么想要**钳子**呢?”奶牛回答：“把它系在桃树枝上。”“为什么系在桃树上呢?”奶牛回答：“所以不是不要电风扇了吗?”如此无尽无休。无尽无休的过程中我开始憎恶奶牛，奶牛亦开始憎恶我。 这便是线蚯蚓宇宙。 若想从中脱身，只能再做一次象征性的梦。

一九七八年九月一天下午一辆巨大的四轮车把我拉到的地方，恰恰就是这线蚯蚓世界的中心。 总之，祈祷未被接受。

我环顾四周，不由一声叹息——叹息的价值是有的。

车停在不高不低的山丘正中。背后伸展着一条似乎刚才上来的沙石路，故意拐来拐去似的通往远处的门。路两旁丝柏和水银灯如铅笔插一般等距排列开去。慢步走到门那里估计需十五分钟。数不胜数的知了紧紧贴着每一棵丝柏树的树干，鸣声大作，仿佛在宣告世界已开始向末日运转。

丝柏树外侧是修剪得平平整整的草坪。山丘的斜坡上乱七八糟地点缀着**满天星**、**绣球花**及其他莫名其妙的植物。一群白头翁如喜怒无常的流沙一般在草坪上从右向左移动。

山丘两侧有狭窄的石阶。沿右侧的下去，是有石灯笼和水池的日本式庭园；沿左侧的下去，是个不大的高尔夫球场。球场边建有朗姆葡萄酒冰淇淋颜色的供人休憩的凉亭，再往前有希腊神话风格的石像。从石像过去有个巨大的车库，别的司机正在用软水管向别的车喷水。什么车看不清楚，但并非半旧“大众”是毫无疑问的。

我抱着手臂，再次转身环视庭园。庭园诚然无可挑剔，但看得我有点头痛。

“信箱在什么地方呢?”出于慎重，我问道。因为早晚谁去门那里取报纸有点叫人放心不下。

“信箱在后门。”司机说。理所当然，理应有后门。

看罢庭园，我转向正面，仰看那里矗立的建筑物。

怎么说呢，建筑物实在孤独得可以。比方说这里有一个概念，其中无须说多少存在着例外。但随着时间的推移，这例外如**污痕**一般扩展开来，最后竟成了另外一个概念，而其又产生一个新的例外——简而言之，便是给人这么一种感觉的建筑，又像是不知归宿而一味盲目进化的远古物种。

一开始大约是带有明治特色的西式建筑，天花板高高吊起，大门古风犹存，整体上是一座奶油色的二层楼。窗口开得很高，是旧时那种上下扇式，油漆已重涂过几遍。屋顶当然铺的是铜片，导雨管如罗马上水道一样坚牢。建筑物并不差，的确可以使人感觉出美好往昔的流风遗韵。

但主楼右边像有一个轻薄的建筑师意在与之呼应似的加了一栋同一倾向同一色调的侧楼。意图倒也不坏，然而两栋楼全然驴唇不对马嘴，恰如果子露和花椰菜搭配在一个银盘里。如此几十年光阴悄然流逝，其旁边又加了一座类似石塔的东西。塔顶有一个装饰性避雷针，此乃谬误之源，或许早应被雷击毁才是。

从塔身伸出一道带有煞有介事的顶盖的游廊，笔直地连往配楼。这配楼虽说不伦不类，但至少能使人感受到其中一以贯之的主题，即所谓“思想的背反性”。那上面荡漾着这样一种悲哀——就好像一头驴因左右两边放有同样多的**草料**、不知先吃哪边好而饿得奄奄一息。

与此形成对照的是主楼左边铺展着的一大串日本式平房。有树篱，有精心修整过的松树，得体的檐廊犹如保龄球道一直持续下去。

总之，这些建筑物如同带预告的三部连放的影片铺陈在山丘上。作为景观颇值得一看。假如这是为一举驱除某人的醉意和困意而花费许多年月按部就班设计出来的话，那么其目的可谓完全达到。可是，事情当然不可能这样。如此景观的出现，无非是从各种不同的时代产生的各种不同的二流人才同巨额资金相结合的结果。

我看这庭园和楼房无疑看了很久。回过神时，司机正站在我身旁看表，动作显得很熟练。大概他接来的客人都和我一样会伫立在这个位置上愕然地打量周围的景致。

“想看您只管慢慢看，”他说，“还有八分钟才到时间。”

“真够大的!”我说。此外想不出合适的字眼。

“三千二百五十坪①。”司机道。

“要是有座活火山可就锦上添花了。”我开玩笑道。当然玩笑行不通。这里没有人开玩笑。

如此过去了八分钟。

我被带入的是紧靠楼门右侧的一个八张榻榻米大小的西式房间。天花板高得异乎寻常。天花板与墙的连接处饰有雕花**木线**。沙发和茶几是格调沉稳的陈年旧物。墙上挂着堪称现实主义景致的静物画，有苹果有花瓶有裁纸刀。也许是用花瓶将苹果分割开后再用裁纸刀削皮，苹果籽苹果核亦可投进花瓶。窗口挂着厚布和白纱双层窗帘，均被同色束带横向挽起。从窗帘之间可以看到庭园较为顺眼的那一部分。地板是**橡木**嵌花地板，光泽恰到好处。占地板一半面积的地毯尽管颜色已旧，但毛都挺实得很。

房间不坏，的确不坏。

身穿和服的上年纪的女佣走进房间，在茶几上放一杯葡萄汁，不

① 坪：日本的土地面积单位。一坪相当于 3.306 平方米。

声不响地退了出去。门在她身后“喳”一声关上。旋即一切**悄无声息**。

茶几上放有同在车上看到的一样的银制打火机和烟盒和烟灰缸，而且每个都刻有一只羊，一如刚才所见。我从衣袋里掏出自己的过滤嘴香烟，用银打火机点燃，冲高高的天花板喷了一口，然后喝葡萄汁。

十分钟后门再次打开，走进一个身穿黑色西服的高个子男人。男人没说“欢迎”没说“让您久等了”，我也什么都没说。他默默地在我对面躬身坐下，略微歪起脖子鉴定似的看了一会我的脸。确如同伴所说，此人不具有可谓表情的表情。

时间又过去了一阵子。

第五章　鼠的来信及其下文

1. 鼠的第一封信

邮戳日期：一九七七年十二月二十一日

还好吗?

好像很久没见到你了。 到底多少年没见了?

多少年没见了?

对岁月的感觉渐渐变得迟钝起来，就好像有一只平扁扁的黑鸟在头上乱蹬乱刨，没办法数过三个数。 抱歉，希望你能数一数。

瞒着大家离开故乡那座城市恐怕也给你添了不少麻烦，或者你对连你也瞒着这点怏怏不快。 我几次打算向你解释，却怎么也未做到。写了好多信撕了好多信。 说是理所当然也是理所当然——对自己都解释不好的事，不可能向别人解释清楚。

大概。

我向来不擅长写信。 或顺序颠三倒四，或把词意完全弄反，写信反倒使自己陷入混乱。 另外由于缺乏幽默感，写着写着便自我厌恶起来。

不过，写信写得好的人也就没了写信的必要，因为完全可以在自己的文脉中活下去，但这当然只是我的个人偏见，所谓活在文脉中云云或许根本无从谈起。

现在冷不可耐，手已冻僵，简直不像自己的手，就像我的脑浆也不像自己的脑浆。此刻正在下雪，如他人脑浆的雪，并如他人脑浆一样越积越厚（文字游戏）。

除去寒冷，我活得还挺精神。你怎么样？我的地址不告诉你，希望你别介意。并非我有意向你隐瞒什么，这点你一定得理解。无非是说这对我是个十分微妙的问题，似乎一旦把地址告诉你，在那一瞬间自己身上将有什么彻底改变——我表达不好。

我觉得你能很好地理解我表达不好的事情。问题好像是你越能很好地理解，我便越表达不好。肯定天生什么地方有缺陷。

当然，任何人都有缺陷。

只是我最大的缺陷在于我的缺陷随着年龄的增长而迅速变大。就是说自己体内好像养了一只鸡，鸡产蛋，蛋又变鸡，变的鸡又产蛋。人能在如此抱有缺陷的情况下生存下去吗？当然能。而问题最终也就在这里。

反正我还是不写我的地址。肯定这样合适，无论对我还是对你。

或许我们应该出生在十九世纪的俄国。我弄个什么什么公爵，你弄个什么什么伯爵，两人狩猎，决斗，争风吃醋，怀有形而上的烦恼，在黑海岸边望着晚霞喝啤酒，晚年因株连“什么什么叛乱”而被流放到西伯利亚，并死在那里。你不认为这样很美很妙？若生于十九世纪，估计我也能写出更有起色的小说来，即使比不得陀思妥耶夫斯基，也肯定能挤进也还说得过去的二流。你怎么样呢？你恐怕始终停留在什么什么伯爵上，停留在什么什么伯爵上也并不坏，都很有十九世纪意味。

不过算了，还是返回二十世纪吧。

谈谈城市。

不是我们出生的城市，是各种各样别的城市。

世界上的城市实在五花八门。每个城市都各有莫名其妙的名堂吸引我。因此，近年来我走了为数相当不少的城市。

随便在哪个站下车，那里都必有交通岛，必有市区交通图，必有商业街，无一例外。甚至狗的长相都一样。先在街上转一圈，然后找不动产商介绍便宜住处。当然我是外地人，小的城市又排外，很难马上取得信任。但你也知道，我这人只要情绪上来，待人接物还是颇有两下子的，有十五分钟即可同大多数人套到近乎。这么着，住处定下，小城信息也纷纷入手。

接下去便是找工作。这也同样得益于我广交朋友。若是你，肯定不胜其烦（我在某种程度上也心烦），不过反正也住不上四个月。其实交朋结友并非什么难事。首先找一家城里年轻人集中的咖啡馆或快餐店（哪座城市都不缺这玩意儿，犹如城市的肚脐），当那里的常客，培养熟人请其介绍工作。当然，姓名履历须适当编造。所以，我眼下有很多你所想不到的名字和履历，甚至原本的我是什么样子都常常忘却脑后。

工作实在林林总总。差不多都很单调，但我还是干得兴致勃勃。干得最多的是加油站，其次是快餐店调酒师。也在书店值过班，在广播局干过。还当过土木小工，当过化妆品推销员。当推销员时的反应相当不错。另外同好多女孩睡觉。用不同名字不同身份跟女孩睡觉，滋味的确不坏。

也就这样，这样周而复始。

我已二十九，再过九个月就三十岁。

至于这样的生活是否完全适合自己，我还说不清楚，喜欢浪迹萍踪这种性格是否有普遍性也不得而知。或许如某人写过的那样，长期流浪生活所需要的是下列三种性格倾向之一，即宗教性倾向、艺术性倾向、精神性倾向。若哪一种都不存在，长期流浪便无从谈起。但我觉得哪一种于我都对不上号（勉强说来……不不，算了）。

也可能我开错了门却又后退不得。但不管怎样，既然门已打开，就只能进去。毕竟不能总**赊账**买东西。

如此而已。

开头就已说过（说了?），一想起你来我便有点自危。大概你使我想起我较为地道的年代的缘故吧。

又及：

随信寄去我写的小说。 对我已经没有意义，适当处理就是。

这封信是快信，以便十二月二十四日前寄到你手里，但愿一路顺风。

总之祝你生日快乐！

并

拥有一个白雪皑皑的圣诞节！

鼠的信寄到已是临近新年的十二月二十九日了，皱皱巴巴地塞在我宿舍的信箱。 转寄纸签都贴了两个，因为是寄往我原来住处的。 但这总怪不着我，我没有办法通知。

淡绿色信笺满满写了四张。 我反复读了三遍，然后拿起信封，查看已一半模糊的邮戳。 邮戳上的地名我闻所未闻，遂从书架上抽出地图册查找。 从信上看，我猜想可能是本州北端一带。 果不其然，位于青森县，从青森乘火车要一个小时的小镇。 看时刻表，每天有五班车在那里停靠。 早上两班，午间一班，傍晚两班。 十二月间的青森我去过几次，冷得不得了，信号机都结冰。

我把信给妻看。 她说了句“可怜的人儿”。 也许她的意思是“可怜的人们”，当然时至如今怎么都无所谓了。

小说有二百多页原稿纸，我连名也没看便塞进了桌子抽屉。 不知为什么我不想看。 对我来说，信已足够了。

之后我坐在炉前椅子上吸了三支烟。

鼠下一封信是翌年五月来的。

2. 鼠的第二封信

邮戳日期：一九七八年五月？日

上一封信我可能有点说多了，但说的什么却早已忘光。

我换了地方，这个地方同上次的完全不同，这里非常幽静，或许有点幽静过头了。

但在某种意义上，这里算是我的一个归宿。我觉得我似乎来到了应该来的地方，又好像逆所有河流来到了这里。对此我无法作出判断。

这几句写得实在不成样子，过于模棱两可，想必看得你如坠云雾。或者是否你觉得我对自己的命运赋予了过多的意义亦未可知。当然，责任完全在我。

但有一点希望你理解：事实是，我越是想向你汇报我现在的处境，我笔下的文字越是如此的支离破碎。可我本身是地道的，比以前还要地道。

谈点具体的吧。

开头也说了，这一带实在幽静之极。因为无所事事，每天只是看书（这里有十年也看不完的书），听调频广播音乐节目和唱片（唱片这里也相当之多）。已有十年不曾如此集中地听音乐了。没想到“滚石”和“沙滩男孩”至今仍风靡乐坛，令人惊愕不已。看来时间这东西无论如何都是连续不断的。我们习惯按自家尺度切割时间，险些发生错觉。而时间的确是连在一起的。

这里则不存在所谓自家尺度，也没有人依据自家尺寸去赞赏或贬低他人尺度。时间如透明的河流原原本本长流不息，置身此地，不时觉得自己的原形质都被解放出来了。就是说，眼光蓦然落到汽车上时，有时需花数秒钟才认识到那是汽车。当然，某种本质性认识还是有的，但不能同经验性认识很好地吻合。而这种情况最近渐渐多了起来，大约是因为孤单单生活的时间太长了。

这里离最近的镇子开车也要一个半小时。其实也算不上什么镇，小得不能再小，镇之残骸罢了。你肯定想象不出。但是，镇总归是镇，可以买到衣服、食品、汽油。想看的话，人的面孔也可看到。

冬天里道路冰封雪冻，车几乎跑不成。路两旁是沼泽地带，封冻的地表俨然果子露。上面若再有雪落下，哪里是路都分辨不出了，景象颇像世界的尽头。

我是三月初来这里的。吉普车轮缠上铁链，从如此景象中开来。简直同流放西伯利亚无异。现在是五月，雪已杳无踪影。四月山谷里一直有雪崩声传来。你可听过雪崩？雪崩停止后，接踵而至的即是真正完美无缺的沉默，百分之百的沉默，以致自己究竟位于何处都闹不清楚。万籁俱寂。

由于一直闷在山里不动，差不多三个月没同女孩睡觉了。坏固然不坏，但若长此以往，很可能彻底丧失对人本身的兴趣，而这并非我希望的。所以，天气再暖和些，我准备出山到哪里去物色个女孩。非我自吹，找女孩对我不是什么难事。只要我有意——好像我生活在“只要我有意”的世界里——是可以发挥一点所谓性感之类的吸引力的，从而较为轻易地把女孩搞到手。问题是我还没有完全熟悉我自身的这种能力。就是说，我弄不清到哪里为止是我自身，从何处开始是我的性感。同弄不清哪里开始是劳伦斯·奥利弗，哪里开始是奥赛罗是同一回事。所以，势必中途回收不尽而统统抛弃不管，这使很多人遭受困扰。我迄今为止的人生即是这种永无休止的周而复始。

所幸（实在三生有幸）现在的我已没有可以抛弃的任何东西——心情委实妙不可言。假如有，充其量只是我自身。抛弃我自身这一念头十分可取。噢，这样写未免过于悲凉。尽管作为念头丝毫也不悲凉，但形成文字就有了悲凉气氛。

伤脑筋！

我到底谈什么来着？

谈女孩吧？

每一个女孩都带有漂亮的抽屉，里面满满塞着几乎毫无价值可言的破烂。这样子我非常喜欢。我可以把那些破烂一件一件抽出拍掉灰尘，为其找出相应的价值。我想所谓性感的本质，简言之便是这么回事。但若问这样会怎么样，则怎么样也不怎么样。往下只能放弃我之所以为我。

所以，现在我仅仅考虑性交。而若将兴致仅仅集中在性交这一点上，那么便无须考虑什么悲凉与否。

同在黑海之滨喝啤酒无异。

写到这里，我从头看了一遍。虽说有文理欠通之处，但就我来说还是够顺畅的了，起码没有无聊的地方。

而且，无论怎么看这信甚至都不是写给你的信，怕是写给邮筒的。不过别责备我。这里去邮局开吉普也要一个半小时。

往下是真正写信给你的。

有两件事相求。两件都不属着急那类事，你情绪好时再办不迟。办了可帮我一个大忙。若在三个月之前，我想我恐怕都求你不得，而现在可以相求。仅这点就是个进步。

求你办的第一件事，相对说来带有感伤味道——是关于“过去”的。五年前我离开故乡那座城市时，头脑乱成一团，加之走得匆忙，忘了跟几个人道声再见。具体说来，有你有杰及一个你不认识的女孩。对于你，我觉得还有可能重逢好好话别，而另两个人或许再没机会了。所以，如果你什么时候返回那个城市，希望替我说声再见。

当然，我知道这样求你实在过于自私，本来我想该由我写信过去，但老实说来，我是希望你回去实际面见那两个人的。较之信，我觉得这样更容易传达我的心情。她的住址和电话号码写在另一张纸上。倘已搬走或结婚，那就算了，就不要见她。但若至今仍住在那里，希望你见她并代我问好。

另请问候杰，把我那份啤酒也喝掉。

这是第一件。

另一件有点反常。

随信寄一张照片。羊照片。希望你拿到人们能看到的地方，哪里都可以。这样求你也够自私的，但除你无人可求。把我所有所有的性感让给你都可以，这件事无论如何得替我办到。原因还不能说。这照片对我非同儿戏。我想迟早——更后一些——是可以向你说明的。

封一张支票给你。随你怎么使用。钱完全不必担心。住在这里没办法花钱，并且眼下我能做到的惟此而已。

千万不要忘记代我喝那份啤酒。

去掉转寄纸签留下的**浆糊**，邮戳便看不清晰了。信封中另有十万日元的银行支票、写有她名字住址的便条和一张羊的黑白照片。

我出家门时把信从信箱取出，带到事务所办公桌拆阅。信笺和上次一样，淡绿色的，开具支票的是札幌银行。这么说，鼠应该是去了北海道。

虽然关于雪崩的记述还有一点费解，但如鼠自己写的那样，作为整封信我觉得还是非常通达顺畅的，何况任何人都绝不至于开玩笑寄来十万日元支票。我打开抽屉，连同信封一起扔了进去。

也是由于我同妻的关系开始解体，对于我这是个不怎么开心的春天。她已四天没有回家。电冰箱里牛奶发出讨厌的气味。猫总是瘪着肚子。洗脸间里她的牙膏如化石般又干又硬。春天淡漠的阳光泻入如此的家中。唯独阳光是免费的。

被拉长了的死胡同——她说的或许不错。

3. 一曲终了

返回故乡那座城市已是六月了。

我找个理由请了三天假，一个人乘上周二早上的新干线列车。身穿白色半袖运动衫和膝部开始褪色的绿棉布裤，脚上是白网球鞋。没带行李，早上起来胡子都忘记刮了。网球鞋久未上脚，鞋跟竟令人难以置信地磨歪了。肯定我在不知不觉的时间里走路方式变得极不自然了。

不带行李乘长途列车实在令人快意，简直就像在晃晃悠悠散步时被卷入变形时空的鱼雷歼击机。这里边绝对什么都没有。没有牙医的预诊，抽屉中没有等待解决的问题，没有无可挽回的复杂的人际关系，没有信赖感所强求的一点好意。我将这一切都扔进临时地狱的底层。我所拥有的只是胶底磨歪的旧网球鞋，别无长物。它如同有关另一时空的依稀记忆紧紧附于我的双脚，但这也不是大不了的问题。那玩意儿有几听易拉罐啤酒和一块干巴巴的火腿三明治即可烟消云散。

我已有四年没回来了。四年前那次回乡，是为了办理我结婚方面的所谓事务性手续，但终归成了一次无意义的旅行，因为我所认为的事务性手续没得到任何人认同。总之是看法不同。对某个人已然终结之事，对另一个人尚未终结。就是这么个事。就是这么个事，到了轨道的前头，就产生了大得厉害的差异。

从那以后，我就没了“故乡”。哪里都不存在我的归宿。如此一想，我打心眼里舒了口气。谁也不再想见我，谁也不再需求我，谁也不希望被我需求。

喝罢两罐啤酒，我睡了三十分钟。醒来时，刚开始那轻松的解脱感荡然无存了。随着列车的行进，天空被梅雨时节迷蒙的灰色涂抹起来，下面延展的永远是同样单调无聊的风景。车开得再快，也没办法甩掉这单调和无聊。相反，车开得越快我越是快步踏入无聊的正中央。所谓无聊便是这么一种东西。

邻座一个二十五六岁的职员几乎岿然不动地专心看经济新闻。无一折痕的藏青色夏令西装和黑幽幽的皮鞋，刚从洗衣店返回的白衬衣。我望着车厢顶吞云吐雾。为消磨时间，我逐个回想甲壳虫乐队灌制的歌曲的名字。到七十三时卡住了，一步也前进不得。保罗·麦卡特尼到底记得多少首呢？

我望了一会窗外，目光又落到车顶。

我二十九岁，再过六个月我的二十岁年代就要落下帷幕。一事无成，绝对一事无成的十年。我所到手的全部没有价值，我所成就的全部毫无意义，我从中得到的唯有无聊。

最初有什么来着？如今忘得一干二净。不过那里边的确有什么，有什么曾摇撼我的心并通过我的心摇撼别人的心。归根结蒂，一切都已失去。该失去的失去了。除此以外，除了放弃一切以外，我又能干什么呢？

至少我还活了下来。即使死去的印第安人才是最优秀的印第安人，我还是要苟延残喘。

为什么？

为了把传说讲给石壁听？

何至于！

“干嘛住什么酒店？”

我把酒店电话号码写在火柴盒背面递过去后，杰以不解的神情这样说道，“有自己的家嘛，住家里不就行了！”

“已不再是我的家。”我说。

杰再没说什么。

眼前摆出三样下酒菜，我们喝着啤酒。喝了一半，我取出鼠的信递给杰。杰用毛巾擦擦手，眼睛在两封信上大致扫了一遍，然后从头开始慢慢逐字细看。

“唔。”他有些感动，“可好好活着？”

“活着！”我喝口啤酒，“对了，我想刮刮胡子，借用一下剃刀和剃须膏可好？”

“好好！”说着，杰从柜台下面递过一套便携式的，“洗脸间可以用，但出不来热水。”

“冷水就成。”我说，“但愿地板上别躺着一个醉倒的女孩——刮胡子不方便的。”

杰氏酒吧彻底变样了。

杰氏酒吧以前在国道旁边一栋旧楼的地下室里，水汽潮乎乎的，夏夜里空调机吹出的风几乎成了细雾。喝的时间一长，连衬衫都湿了。

杰的原名是中国名，又长又难发音。杰这个名字是他战后在美军基地做工时美国兵给取的。一来二去原名竟被忘了。

据我过去从杰口中听来的情况，一九五四年他辞去基地工作，在那附近开了一间小酒吧，即第一代杰氏酒吧。酒吧相当红火，来客大半是空军军官一级，气氛也不坏。酒吧走上正轨时杰结了婚，五年后对方死了。对死因杰只字未提。

一九六三年越南战争升级时杰卖掉酒吧，远远来到我的“故乡”，开了第二代杰氏酒吧。

以上是我就杰知道的一切。他养猫，一天吸一盒烟，酒则一滴不沾。

和鼠相识之前，我经常一个人跑去杰氏酒吧，一小口一小口啜啤酒，吸烟，往自动唱机箱里投币听唱片。当时的杰氏酒吧比较冷清，我和杰隔着柜台天南地北地闲聊。聊什么全然记不得了。一个十七岁沉默寡言的高中生同一个光棍儿中国人之间又能有什么话题呢?

我十八岁离开这个城市后，鼠接班继续喝啤酒喝个不止。一九七三年鼠离去后，就再没人接班了。那以后过了半年，酒吧因道路拓宽迁移。这样，我们关于第二代杰氏酒吧的传说便到此为止。

第三代酒吧位于河畔，距原先那栋楼五百来米远。大并不很大，在一栋有电梯的四层楼房的三楼。乘电梯去杰氏酒吧也真是有些奇妙。从柜台的高椅上可以一览街市夜景也够妙的。

新杰氏酒吧西侧和南侧有很大的窗户，从中可以望见连绵的山脉和往日海的遗址。海在几年前全给填埋了，上面逼仄地竖起墓碑般的高层建筑。我站在窗旁望了一会夜景，折回柜台。

“以前可以望见海来着。”我说。

“是啊。”杰应道。

“常在那儿游泳的。”

杰“唔”了一声，叼起烟，用似乎颇有分量的打火机点燃。“心情完全理解，劈山建房，拉来山土填海，填完海又建房子。可还有人认为这是在干好事。”

我默默地喝啤酒。天花板扩音器中淌出鲍兹·斯卡格茨新走红的歌曲。投币唱机不知去了哪里。来客几乎全都是大学生情侣，他们身穿清清爽爽的衣服，像模像样地一小口一小口啜着兑水酒或鸡尾酒。没有险些醉倒的女孩，没有周末刺耳的喧哗。回到家他们肯定换上睡衣，认真刷牙睡觉。这样也好。清清爽爽利利索索十分令人欣赏。 世界也好酒吧也好，原本就不存在事物的本来面目。

这时间里，杰一直跟踪着我的视线。

“怎么样，店变了心里不踏实吧?”

“哪里。”我说，“混沌改变了其形态而已。 熊毅然甩掉帽子，换上了斑马的围脖。”

“老样子。”杰笑道。

“时代变了，”我说，“时代一变，什么都变。 不过终归还是变好。 全都花样翻新，无可指责。”

杰一声未响。

我又来了一杯啤酒。 杰又来了一支烟。

“日子如何?”杰问。

“不坏。”我简单地回答。

“和太太怎么样?”

“不知道，毕竟是人与人之间的事。 有时觉得可能风平浪静，有时不是这样。 夫妻，也就这么回事吧?”

“怎么说呢，”杰不大舒服似的用小指尖搔着鼻子，“婚姻生活是怎么个东西都忘光了，许久以前的事了。”

“猫还好?”

“死四年了，你结婚后不久，肠胃出了毛病……其实也是到寿数了，毕竟活十二年了，比和老婆处的时间还长。 活十二年也算够意思吧?”

“是啊。”

“山上有动物陵园，埋在那里了，可以俯视高楼大厦。 这地方，如今去哪里都只能看高楼大厦。当然，对于猫倒恐怕怎么都无所谓的。”

“寂寞吧?”

“嗯，那当然。任何人死了我都不至于那么寂寞——这样子怕是够反常的吧?”

我摇摇头。

杰为别的客人做考究的鸡尾酒和恺撒色拉。这段时间里，我玩弄柜台上的北欧进口拼图，要在玻璃罩里组合三只蝴蝶在三叶草地上飞的图形。我弄了不到十分钟，便作罢放在那里。

“不要孩子?”杰返回问道，“年纪该差不多了吧?”

“不想要。”

“真的?”

“要是生出我这德性的孩子，我肯定不知所措的嘛!”

杰好笑似的笑笑，往我杯里倒啤酒：“你想得太超前了。”

“哪里，不是那个问题。我是说，我不清楚生出生命是否属于真正正确的行为。孩子们长大，新老换代。情况将如何呢?更多的山被劈开，更多的海被填埋，速度更快的车被发明出来，更多的猫被压死。不外乎如此吧?”

“那是事物阴暗的一面。好事也会发生，好人也会有的。”

“你若能举出三个例子来，我也可以相信。”我说。

杰想了一会，笑道：“不过，判断这一点是你们的孩子那代，不是你。你们这代……”

“已经完了?”

“在某种意义上。”杰说。

“歌曲完了，但旋律仍在回荡。”

“你就是会说。”

“故弄玄虚。”我说。

杰氏酒吧开始混杂的时候，我向杰道一声晚安走出店门。九点，冷水刮过的胡须还一刺一刺作痛，这也是因为用伏特加朗姆酒代替刮须水的缘故。让杰说来都好像差不多，但弄得满脸都是伏特加味儿。

夜晚暖和得出奇，天空依然阴沉沉的。潮乎乎的南风徐徐吹来。一如往日。海潮味儿同要下雨的味儿混在一起。四周充满令人倦怠的亲切。河道的草丛中虫声四起。眼看就要下雨的样子。下的将是看不出下还是不下的牛毛细雨，却会把身体上下淋透。

在水银灯隐约的白光中可以看见河流。水很浅，刚可没踝，同以往一样清澈。是打山上直接下来的，无从污染。河床里铺满打山上冲下来的石子和沙拉拉的沙砾，处处有阻止流沙的飞瀑。瀑下有**深水坑**，小鱼在里面游动。

水少时河流整个被沙地吸进去，唯有散发着微微潮气的白沙路剩在那里。我曾借散步之便沿这条白沙路溯流而上，寻觅河水被河床吸入的起点。河流的最后一条细涓像忽然发现什么似的止住不动，而下一瞬间即已不见。地底的黑暗把它们吞了进去。

我喜欢这条河边路。我同水流一道行走，边走边感觉水流的呼吸。它们活着，建成这座城的是它们。它们用几万年时间劈山运土填海，使这里树木葱茏。这座城原来是它们的，将来恐怕也一直是。

梅雨时节，流水未被河床吸入，一直流向大海。沿河栽植的树木释放出嫩叶的气息。绿色仿佛融融沁入周围空气之中。草地上几对情侣肩靠肩坐着，老人在遛狗，高中生停下摩托吸烟。一如往日的初夏之夜。

我在路边酒铺买了两罐啤酒装入纸袋，拎着走到海边。河像小小的海湾，又好像被填掉一半的运河，汇入到海中。那只不过是被切得只剩五十米的昔日海岸线的残影。沙滩倒与往昔一般模样，细微的波浪涌来，冲上没有棱角的木片。海水的气息。混凝土防波堤上剩有钉子和往日使用喷漆的涂鸦。总算留下了这五十米发人幽思的海岸线，但已被高达十多米的混凝土堤夹得动弹不得。而这堤便是这样夹着狭窄的海笔直伸往几公里远的前方。那里是成片的高层住宅。唯独这五十米被留下，被彻底抛弃。

我离开河，沿往日的海边路往东走。不可思议的是旧防波堤还在。失去海波的防波堤看起来很是奇异。我在过去时常停车看海的地方止住脚步，坐在防波堤上喝啤酒。眼前没有海，但见高层公寓横陈开去。看上去，那呆板板的楼群仿佛想要构筑空中都市，既像是被半途弃置的不幸的桥梁，又好像怅然等待父亲归来的尚未懂事的孩子。

楼与楼之间穿针走线一般纵横交错着柏油路，点点处处分布有很大的停车场和汽车站。此外有自选商场，有加油站，有宽阔的公园，有满气派的集会场所。一切都那么新，那么造作。山上运来的土呈现出填埋地特有的冷色。尚未规划整修的部分蓬勃生长着风传播来的荒草，它们以惊人速度在新土地扎下根，并且铺天盖地一阵疯长，仿佛根本不把柏油路两旁人工移植的花草树木放在眼里。

令人凄惘的景色。

可是我到底能说什么呢？这里已按新的规则开始了新的游戏，谁都无可奈何。

喝罢两罐啤酒，把空罐分两次朝曾是海面的填埋地使劲抛去。空罐落入随风起伏的荒草中不见了。接着，我开始吸烟。

快吸完的时候，发现一个拿手电筒的男人缓步往这边走来。四十上下，灰衬衫灰长裤，加一顶灰帽。必定是这一地段设施的保安员。

“刚才扔什么了是吧?”来人站在我身旁问。

“扔了。”我说。

“扔什么了?”

“圆圆的、金属做的、带盖的东西。”

保安员似有点惶惑：“干吗扔?”

“没什么理由。十二年前一直扔，有时一扔就是半打，谁都没说个‘不’字。”

“以前是以前，”保安员说，“如今这里是市有土地，禁止随便往市有土地投掷垃圾。”

我沉默一会。刹那间体内有什么发颤，旋即停止。

“问题就在于，”我说，“你所说的合乎道理。”

“法律这样规定的。”来人说。

我叹口气，从衣袋掏出那盒烟。

“怎么办呢?”

“总不能叫你捡回来吧? 周围又黑，又要下雨，所以别再扔了。”

“再不扔了。”我说，“晚安。”

“晚安。”保安员说罢离去。

我躺在防波堤上仰望天空。 如保安员所说，眼看就要下毛毛雨了。 我又吸了支烟，回想着刚才同保安员的对话。 我觉得自己十年前要强硬些来着，但也可能只是一种感觉。 怎么都无所谓。

返回河边路拦住出租车时，已下起雾一般的雨。 我说去酒店。

“旅行么?”半老的司机问。

“嗯。”

“第一次来这里?”

“第二次。”我说。

4．她边喝SALTY DOG①边讲海涛声

"有你的信在我这里。"我说。

"我的?"她问。

电话极不清晰，加上串线，说话须特别加大音量，以致双方的话语都失去了微妙的韵味，就好像站在四面来风的山冈上竖起大衣领说话。

"本来是给我的信，但总觉得像是给你的。"

"是觉得对吧?"

"是的。"我说。说罢，觉得自己似乎在干一件十分滑稽的傻事。

她沉默片刻。这工夫不再串线了。

"你同鼠之间有什么我并不清楚，但他托我见你，所以才打这个电话，而且我想这封信还是请你看看为好。"

"就为这个特意从东京赶来?"

"是这样的。"

她清下嗓子，道声对不起，"你们是朋友?"

“我想是的。”

“可为什么不直接给我写信呢?”

的确言之有理。

“不明白。”我老实回答。

“我也不明白。好些事不是已经结束了吗?或者说还没结束?”

那我也不明白。“不明白。”我说。我躺在酒店的床上,手握听筒望着天花板。心情就好像躺在海底清点鱼影,全然不知晓数多少条才能数完。

“他消失不见是五年前的事,那时我二十七岁。”语声非常温和,只是听起来仿佛是从井里传上来的。“时过五年,很多事情都完全变样了。”

“呃。”

“说实话,就算什么都没变,我也不能那样认为,不想那样认为。如果那么认为,哪里都去不成。所以,我是迫使自己认为什么都变样了的。”

“似乎可以理解。”我说。

我们稍稍沉默。先开口的是她:

“最后一次见他是什么时候?”

“五年前的春天。不久他就消失了。”

“跟你说什么了吧?也就是离开的缘由……”

“没有。”

---

① SALTY DOG:意为“咸味狗”。

“悄悄消失的?”

“是那样的。”

“当时怎么觉得的?”

“指对悄悄消失?”

“嗯。”

我从床上坐起，靠住墙，“这个嘛，本以为半年一过准保回来，毕竟他不是干什么都持之以恒那种类型。”

“但没回来。”

“是啊。”

她在电话另一端犹豫良久。耳畔一直有她静静的喘息。

“现在住哪儿?”她问。

“……酒店。”

“明天五点去酒店的咖啡厅，在八楼吧？可以?”

“知道了。”我说，“我穿白运动衫绿棉布裤，头发很短……”

“猜得出来的，可以了。”她温和地打断我的话。电话随即挂断。

放回听筒，我思索所谓猜得出来到底是怎么回事。不得而知。我不知道的事情委实太多。大概也并非年纪增长了人就一定变得聪明。一个俄国作家写道：性格会有所改变，而平庸却是万劫不变的。俄罗斯人说话不时有睿智的警句，或许是冬日里想的。

我钻进淋浴室，洗了被雨淋湿的头，洗罢腰缠浴巾看电视上的美国电影。电影是关于旧潜水艇的。舰长和副舰长势同水火，潜水艇老朽不堪，又有人得了幽闭恐惧症。情节一塌糊涂，但结局皆大欢喜。 如果都如此皆大欢喜，战争也并不那么糟——电影竟给人这么一种感觉。 不久或许会冒出一部电影告诉人们：核战争毁灭了人类，结局却皆大欢喜。

我关掉电视，钻进被窝，十秒钟就睡了过去。

毛毛细雨到翌日五时仍下个不停。 初夏明朗朗的晴天持续了四五天，人们以为梅雨终于过去了，而就在这时候下起雨来。 从八楼窗口望去，地表每一个角落都黑乎乎湿漉漉的。 高架高速公路由西向东塞车塞了好几公里。 定睛看去，路和车仿佛一点点融化在雨中。 实际上城里的一切都已开始融化。 港湾的防波堤融化，起重机融化，鳞次栉比的楼宇融化，人们在黑雨伞下融化，山上的绿色也融化着无声无息流下山去。 但闭目几秒后重新睁开眼睛时，景致依然如故。 六台起重机高高耸立在昏暗的雨空，车列突然心血来潮似的不时向东涌流，伞阵穿过柏油路，山的绿色心满意足地尽情吮吸六月的雨。

轩敞的咖啡厅正中低一截的地方，有一架涂着海青色的卧式大钢琴，一个身穿粉红色华丽连衣裙的女孩在弹奏。 弹的是充满急速和弦与切分音的典型的酒店咖啡调曲子。 弹奏得不坏。 乐曲最后一个音节被空气吸走后，什么也没有留下。

五点过了她也没有出现。 我无事可做，一边喝第二杯咖啡，一边茫然看着弹钢琴的女孩。 她二十岁左右，披肩长发如蛋糕上抹的起泡奶油一般修得整整齐齐。 头发随着音乐节奏不无得意地左右摆动，一曲终了，又归回正中。 随即又一曲响起。

她那样子使我想起过去认识的一个女孩。 那是我小学三年级还在学钢琴时的事。 我和她无论年龄还是水平都差不了许多，几次一起弹过。 姓名长相全都忘了。 记得的，唯独她纤细白皙的十指、漂亮的头发和软蓬蓬的连衣裙，此外便一样也想不起来了。

如此一想，我总有点不可思议，就好像我剪掉剥掉她的手指她的头发她的连衣裙，而其残余至今仍生存在什么地方似的。 但这当然是不可能的。 世界就当我不存在似的运转，人们就当我不存在似的过马路，削铅笔，由西向东以每分钟五十米的速度移动，将彻底打磨过的零音乐洒向咖啡厅。

世界——这一字眼总是令我联想起象与龟拼命支撑的巨型圆板。 象不理解龟的角色，龟不理解象的职责，而双方又都不理解世界为何物。

“对不起，来晚了。” 身后传来女子的语声，“工作粘在手上，怎么也脱离不开。”

“没关系，反正今天一天没什么要干的。”

她把存伞钥匙放在桌上，没看食谱，径自要了橙汁。

她年龄一眼看不明白。 若没在电话中问过，我敢保证永远弄不明白。

既然说是三十三岁，她便是三十三岁。 如此一想果然像是三十三岁。 但如果她说二十七岁，看上去无疑二十七岁。

她衣着格调淡雅，很让人舒坦。 宽大的白棉布裤，橙色间黄色方格衬衫，袖子卷到臂肘，肩上垂着皮挎包。 哪样都不新，但都保养得很好。没戒指没项链没手镯没耳环。额前短发不经意地顺往一边。

眼角细小的皱纹，看上去与其说是年龄所致，莫如说是生下来便附在那里。唯独从解开两颗纽扣的衬衣领口探出的细细白白的脖颈和桌面上的手背在微妙地暗示她的年龄。人是从小地方、的确是从小地方长年纪的，并如抹不掉的**污痕**逐渐布满全身。

“工作，什么工作呢?”我问。

“设计事务所。做很久了。”

话未能继续下去。我慢慢掏烟，慢慢点火。女孩已合上钢琴盖站起身，撤回哪里休息去了。我多少有些羡慕她。

“什么时候和他成朋友的?”她问。

“十一年了。你呢?”

“两个月零十天。”她当即回答，“从第一次见到他到他消失，两个月零十天。有日记，没错。”

橙汁端来。我喝空的咖啡杯被拿走了。

“那个人消失之后，我等了三个月。十二月、一月、二月。最冷的日子。那年冬天是很冷吧?”

“记不得了。”我说。从她嘴里听来，五年前冬天的寒冷就像昨天的气温似的。

“你可那么等过女孩?”

“没有。”我说。

“集中在一定时间里等待，往下可以怎么都无所谓的。五年也罢，十年也罢，一个月也罢，一回事。”

我点点头。

橙汁被她喝去一半。

“第一次结婚也是那样。总是由我等，等得不耐烦了，就怎么都无所谓了。二十一岁结婚，二十二岁离婚，之后来到这个城市。”

“和我妻子一样。”

“一样什么?”

“二十一岁结婚，二十二岁离婚。”

她看一会我的脸，随后用长柄匙一圈圈搅拌橙汁。我觉得自己好像说了多余的话。

“年轻时结婚又离婚，是相当不好受的。”她说，“简单说来，人将变得追求非常平淡而又非现实性的东西。不过，非现实性东西持续不了多久——是这样吧?”

“或许。”

“离婚以后到见到他之前，我在这座城市孤身一人过着可以说是非现实性的生活。几乎没有熟人，也不怎么想外出游玩，没有情人，早上起来去公司画图，回来路上去自选商场采购，一个人在家吃饭。调频广播一直开着不关，看书，写日记，在浴室洗长筒袜。公寓楼在海边上，终日有海涛声传来。冷飕飕的日子。”

她把剩下的橙汁喝下去。

“这话好像够无聊的吧?”

我默默摇头。

时过六点，咖啡厅进入鸡尾酒时间，厅顶照明暗了下来。街灯开始闪亮。起重机顶端也亮起红灯。淡淡的暮色中，细针般的雨继续下着。

“不喝点酒什么的?”我问。

“伏特加兑葡萄柚汁叫什么来着?”

“SALTY DOG。”

我叫来男侍者，点了 SALTY DOG 和冰镇 CUTTY SARK[①]。

“说到哪里了?”

“冷飕飕的日子。”

“不过说真的，也并非那么冷飕飕的。”她说，“只是海涛声多少给人那样的感觉。公寓管理人说住进来很快就会习惯，并不是那样的。”

“海已经没有了。”

她温和地微微一笑，眼角**皱纹**略略动了动。“是啊，如你所说的，海已经没有了。可至今仍时不时觉得有海涛声传来，肯定是长期贴在耳朵边响的缘故。”

“而且鼠出现在那里，对吧?”

“不错。但我不那么叫他。”

“怎么叫?”

“叫他名字。不是谁都这样叫的么?”

经她一说，也的确如此。**鼠**即使作为绰号也太孩子气了。“那是的。”

饮料端来。她喝口 SALTY DOG，用餐巾纸擦去嘴唇上沾的盐，餐巾纸带了点口红下来。她用两只手指灵巧地把餐巾纸叠好。

---

① CUTTY SARK:一种苏格兰威士忌。

“他这人，怎么说呢……带有十足的非现实味儿。我说的你明白吧?”

“我想明白。”

“我觉得我需要他的非现实性来摧毁自己的非现实性，第一次见面的时候。所以才喜欢上。也可能喜欢上后才产生那样的感觉，反正一码事。”

女孩从休息室返回，开始弹电影音乐。听起来仿佛是为错误的镜头而配的错误的背景音乐。

“我时常想，从结果上看大概是我利用了他，而他说不定一开始就觉察到了这点。你说呢?”

“说不清楚，”我说，“那是你和他之间的问题。”

她再没说什么。

沉默了二十秒后，我发觉她的话已经完了。我喝下最后一口威士忌，从衣袋里取出鼠的信，放在桌面正中。两封信就这样在桌上放了好一会。

“必须在这里看么?”

“拿回家去看吧。不愿看就请扔掉。”

她点头把信收进挎包，金属卡“咔”一声发出惬意的声响。我点燃第二支烟，要了第二杯威士忌。第二杯威士忌我最喜欢。第一杯威士忌心情舒缓下来，第二杯脑袋变得正常，第三杯开始就索然无味了，无非往胃里倾倒而已。

“为这点事专门从东京跑来?”

“基本是的。”

“够热心的。”

“我倒没那么想过。 惯性。 要是处境对调，我想他也同样会这样做的。”

“请他做过?”

我摇摇头。 “不过长时间里我们总是给对方添非现实性麻烦的。至于是不是从现实角度处理，那又是另一个问题。”

“恐怕没人那样去想。”

“或许。”

她莞尔一笑，起身拿起账单，“账我来付，何况迟到了四十分钟。”

“如果那样合适，我就不客气了。” 我说，“另外问个问题好吗?”

“好啊，请。”

“电话中你说猜得出我的外貌，是吧?”

“我指的是根据气氛。”

“一下子就猜到了?”

“一下子。” 她说。

雨仍以同一程度不停地下着。 从宾馆窗口可以看到旁边大楼的霓虹灯。 无数雨线在彩色的人工光照中朝地面飞奔。 站在窗旁俯视，雨线似乎只朝地面一个部位下泻。

我躺在床上吸罢第二支烟，往服务台打电话预约了翌晨的火车票。 在这座城市我再没有可做的事情了。

只有雨一直下到深夜。

第六章　寻羊冒险记Ⅱ

1. 奇人怪事（一）

一身黑西服的秘书在椅子上坐定，一声不响地看着我。那视线既不是在左右审视，又不是在上下扫描，也并非尖锐得足以穿透身体，温度不冷也不热，甚至冷热之间也不是——视线中不含有我所知道的任何一种感情。仅仅是在看我而已。也许是看我身后的墙壁，但墙壁的前面有我，归根结蒂是在看我。

他把茶几上的银烟盒拿在手上，打开盒盖，捏出一支不带过滤嘴的烟，指甲往一头弹了几下弹齐，用打火机点燃，朝斜对面吐了口烟，之后把打火机放回桌面架起二郎腿。这时间里视线丝毫没有移动。

此人与我的同伴讲述的一模一样。衣着整齐得过分，脸庞端庄得过分，手指修长得过分。假如没有切成锐角的眼睑和玻璃工艺品般冷冰冰的瞳仁，保准给人看成同性恋者。但由于眼睛的关系，此君连同性恋者都不像，什么都不像，不同任何人相似，不容人产生任何联想。

细看之下，瞳仁呈不可思议的颜色。黑中带有茶色，又约略掺进些许蓝，且左右掺的程度不一样，简直就像左右各想其事。手指在膝头不住地动。我产生一种强烈的错觉，以为那十指马上就要离开他的手朝我这边走来。莫名其妙的手指。那莫名其妙的手指慢慢伸向茶几，碾死大约减少了三分之一的烟。冰块在玻璃杯里融化了，透明的水混入葡萄汁，混得很不均匀。

房间笼罩在无可言喻的沉默中。走进大房间时常遭遇类似的沉默。较之房间的大，沉默更来自其中人数的少。然而占据这个房间的沉默，其质则又有所不同——它是那样地滞重，有一种强加于人的味道。记得过去我曾在哪里体验过这样的沉默，而具体想起却花了一点时间。我像翻动旧影集似的捋着记忆，想了起来：原来那是笼罩垂危病人的沉默，里边蕴含无可回避的死的预感。空气里总好像弥漫着灰尘，带有别样的意味。

“都要死，”他依然凝视着我，静静地说道，一种像是完全把握了我心理活动的口气，“谁都要死，早早晚晚。”

如此言毕，对方再次陷入令人窒息般的沉默。蝉鸣不止。它们拼命地摩擦身体，力图唤回行将逝去的季节。

“对于你，我准备最大限度地坦诚相告。”他说。说法好像在直译什么公文。用词和语法固然确切无误，但语言缺乏活气。“但坦诚相告同如实相告又是两个问题。坦诚与如实的关系，好比船头与船尾的关系。先显露坦诚，后现出真相。其时间差同船的大小成正比。庞大事物的真相是不易显露的，有时甚至要等到我们生命终止之后才好歹露出。所以，即使我不向你出示真相，也并非我的责任和你的责任。”

我没有办法回答，遂默然不语。对方见我默然，继续说道：

“特意请你来，是为了把船开向前去，我和你开。双方坦诚交谈，一步步接近真相。”他就此打住，清下嗓子，瞥一眼自己放在沙发扶手上的手。“但这么说未免过于抽象，所以从现实问题开始好了——就是你制作的PR刊物问题。此事已经听说了吧？”

“听说了。”

对方点点头，停顿片刻，之后继续下文：“对此我想你恐怕也很意外。自己辛苦制作的东西被弃若敝屣，任何人心里都不会好受。而那若是一种生活手段，就更加如此。现实损失也很大嘛，是吧？”

“是的。”我说。

“我想就现实损失这点听一下你的说明。”

“我们这种工作，现实损失无可避免。做好的东西仅仅因广告商一时心血来潮而被退回的时候也是有的。而那对我们这样的小公司来说是生死攸关的大事。所以为了避免损失，我们百分之百顺从广告商的意向。说得极端一点，杂志的每一行都是同委托人一起敲定的。我们便是这样力求避开风险。工作是没多大意思，可我们缺乏财力，而且单枪匹马。”

“大家也都是从那种地方爬上来的。”对方安慰我说，“啊，这个暂且不说了。你的意思是否可以解释为你的公司由于我掐死你的杂志而在财务上蒙受了相当大的损失？”

“正是。已经印刷制版了，纸费和印刷费必须在一个月内支付，还有外约稿的稿费。金额虽然不过五百万左右，但不巧的是我们是打算用来偿还贷款的——一年前我们咬牙进行了设备投资。”

“知道的。”他说。

“另外还有同广告商的日后合同问题。我们处于弱者地位，广告商又不愿意同惹过麻烦的代理店打交道。我们同人寿保险公司签订了发行 PR 刊物一年的合同，倘若此次纠纷致使合同作废，我们公司实质上将整个覆灭。虽说公司小，又没什么门路，但信誉不错，是靠口碑发展起来的。一旦信誉受挫，只有坐以待毙。”

我说完后，对方也一声不响地看我的脸，稍后开口道：“你说得非常坦诚，我们的调查结果也是如此，这点我表示欣赏。那么，如果我劝说保险公司无条件支付作废杂志所需费用并且今后继续履行合同，事情会怎么样呢?”

“往下不存在任何问题。无非带着何以至此的朴素疑问重返单调的日常工作。”

“而且，另付报酬也未尝不可。只要我在名片背后写上一句，你的公司即可拿到十年份额的事情做，并且不是**散发传单**式的。”

“总之就是交易啰?”

“好意的交换。我向你的搭档好意提供了 PR 刊物停止发行的信息。你若对此表示出好意，我也待你以好意——希望你能这样理解。我的好意是伴随着实惠的，你也总不至于同脑袋迟钝的醉鬼永远合作下去吧?”

“我们是朋友。”我说。

小石子落入无底深井般的沉默持续了片刻。石子落抵井底需三十秒。

“也罢，”对方说，“那是你的问题。我相当详细地调查了你的经历，还是满有意思的。人这东西大致可分为两类：一类是现实性平庸的，一类是非现实性平庸的。你显然属于后者。这点你最好记住。你的命运也将是非现实性平庸的命运。”

“记住就是。”我说。

他点了下头。我把冰已融尽的葡萄汁喝去一半。

“那么谈具体的好了。”他说，“关于羊的。”

对方动了动身体，从信封里取出一张大幅黑白照片，对着我放在茶几上。房间中似乎多少挤进了一点现实空气。

“这是你们杂志刊载的照片。”

没用底片而只是直接放大杂志图片便弄得如此清晰，实在令人吃惊。想必用的是特殊技术。

“据我了解，照片是你个人从哪里弄到手，用在杂志上的，不错吧?”

“不错。”

“据我们调查，照片是在此前六个月内由彻头彻尾的外行人拍摄的。照相机是廉价的袖珍型。不是你拍的。你有一架单透镜尼康，应该拍得更好。这五年你也没去北海道，是吧?”

“那又怎么样?”我说。

“唔。”对方沉默一会，仿佛在鉴定沉默的质量。“也罢，我们需要的是三个情报：你是在何处从何人手中取得这照片的，到底以何目的将这蹩脚照片用在杂志上的?”

“无可奉告。”我干脆得自己都有些吃惊，“新闻工作者有保守消息来源的权利。”

对方紧紧盯视着我，用右手中指碰了碰嘴唇。反复碰几次后，手又放回膝头。沉默又持续了一阵。但愿哪里有布谷鸟的鸣叫。但当然没有布谷鸟叫。布谷鸟傍晚不叫。

“你真是个怪人!”他说，“只要我有意，足可以使你们公司关门大吉。那一来，你也就谈不上是新闻工作者了。当然喽，我是说假定你现在编造的无聊小册子和无聊**传单**也算是所谓新闻工作的话。”

我再次考虑布谷鸟。布谷鸟何以傍晚不叫呢?

“并且，有几种办法可以让你这样的人开口。”

“或许如此。”我说，“可是那需要时间，不到时间我不会开口，即使开口也不会全部道出。而你又不晓得多少算是全部，不对吗?”

一切都是虚张声势，然而一发命中。随之而来的不安稳的沉默，告诉我得分的是我。

“和你交谈很有趣，”对方说，“你的非现实性里有一种悲凉味。算了算了，谈别的吧!”他从衣袋里掏出放大镜，放在茶几上，“仔仔细细看一看这照片。”

我左手拿照片，右手拿放大镜慢慢细看。几只羊头朝这边，几只羊朝另一个方向，几只羊只管吃草。感觉上仿佛没上来气氛的同窗会的速成照片。我一只只数羊，看草的丰茂，看远处的白桦，看更远处的山峦，看天空悬浮的云。无任何异常。我从照片和放大镜上抬起眼睛注视对方。

“没看出有什么异常之处?”他问。

“没看出。”我说。

对方倒也没显得怎么失望。

“你在大学大概是学生物的吧?”他问，“对于羊知道多少呢?”

“等于一无所知。我学的几乎全是专业性质的，派不上用场。”

“说说看，知道多少说多少。”

“偶蹄目，食草，群居性。大约明治初期传入日本，用于产毛和食肉——也就这么多。”

“是那样的。”他说，“只是要纠正一个小地方：羊传入日本不是明治初期，是安政[①]年间。而在那之前，如你所说日本是不存在羊的。也有说法认为平安时期就已从中国传入。即便实有其事，后来也在哪里灭绝了。所以明治维新以前大多数日本人都不曾看到过羊这种动物，也谈不上了解。尽管它也在十二生肖里边，算是较有名气的，但谁都不晓得羊到底是怎样一种动物。不妨说，当时人们以为羊差不多和龙和貘同属想象中的动物。事实也是如此，明治以前日本人画的羊全都是莫名其妙的玩意儿，可以说，同 H · G · 威尔斯对于火星人的了解差不多一个程度。

“即使今天，日本人对于羊的认识也是极其肤浅的。总之，从历史上看，羊这一动物一次也没有在生活层面上同日本人有过关系。羊被国家从美国引进、饲养，并被弃之不理。这便是羊。战后由于从

① 安政：日本年号，一八五四至一八六〇年。

澳大利亚和新西兰可以自由进口羊毛羊肉，因此日本养羊几乎无利可图。不觉得羊够可怜的？说起来，这也就是日本现代本身。

“当然，我并不想向你宣讲日本现代的空虚性。我要说的只是两点：一点是日本直到幕府末期想必都不存在一只羊，另一点是其后进口的羊逐只受到政府的严格检验。知道这两点的含义吗?”

这是在问我。“是要一一把握日本存在的羊种吧?”我说。

“正是。补充一点，和赛马会上用的马一样，羊的关键也在于配种。因此日本的羊几乎都可以简单上溯到几代之前，也就是说，羊是被彻底管理的动物。杂交也可以一一把握。没有走私，因为不存在特意走私羊的好事者。就羊种来说，有食用羊、西班牙美利奴羊、科沃特羊、中国羊、休罗普沙羊、科利德尔羊、切维奥特羊、罗马诺夫斯基羊、奥斯特夫里加羊、博达列斯塔羊、罗幕尼马苏羊、林肯羊、道塞特荷羊、萨福克羊，大体是这个程度。所以，”对方说，“希望你再好好看一遍。”

我再次把照片和放大镜拿在手里。

“请好好看一下前排右数第三只羊。”

我把放大镜对准前排右数第三只羊，又看两边的羊，然后重新看右数第三只羊。

“这回看出什么了?”他问。

“种类不同。”我说。

“这就是了。除去右数第三只羊，其余都是普通的萨福克种，只此一只不同，比萨福克短粗壮实得多，毛色也不一样，脸也不黑。怎么说呢，给人的感觉要远为强健有力。这照片我给几个绵羊专家看过，他们得出的结论是：日本不存在这样的羊，甚至世界上也不存在。所以，你现在是在看不可能存在的羊。”

我拿放大镜重新观察右数第三只羊。细看之下，原来背部正中间那里有污痕，颜色很浅，犹如滴落的咖啡点。由于十分模糊不清，看上去既像胶片的伤痕，又仿佛眼睛的错觉。说不定真的是谁把咖啡洒在羊背上。

“背部好像有浅色污痕。”

“不是污痕，”对方说，“是星状斑纹。和这个比较一下。”

他从信封里取出一张复印件直接递到我手上。上面画的是羊，似乎是用深色铅笔画的，空白处有黑色指痕。总体上很稚拙，但有一种颇能打动人的东西。细小部位画得异常认真。我交替看着照片上的羊和画上的羊。显然是同一只羊。画上的羊背有星状斑纹，同照片上的羊的污痕两相呼应。

“再瞧这个!”说着，对方从裤袋里掏出打火机递给我。是都彭①特制的银烟具，沉甸甸的，上面刻有和我在车上见到的同样的羊，背上清楚地带有星状斑纹。

我的头开始隐隐作痛。

① 都彭：法国打火机品牌。

2．奇人怪事（二）

“刚才我对你谈到平庸，”他说，“但并不是指责你的平庸。简单说来，正因为世界本身是平庸的，所以你也才平庸。你不这么认为?”

“不明白。”

“世界是平庸的，这点毫无疑问。如此说来，莫非世界一开始就是平庸的不成？不然。世界原本是混沌的，而混沌并非平庸。平庸化始于人类生活和生产手段的分化。卡尔·马克思通过对无产阶级的界定而将平庸固定下来。惟其如此，斯大林主义才同马克思主义一脉相承。对马克思我是肯定的，因为他是记得原始混沌的少数天才之一。在同样意义上对陀思妥耶夫斯基我也持肯定态度，然而我不承认马克思主义，那实在太平庸了。”

他喉咙深处发出一个低音。

“我现在谈得非常坦诚，算是我对你刚才坦诚的回报。往下我将对你怀有的所谓朴素疑问作出答复。不过，在我答复结束的时候，恐怕留给你的选择余地将是极其有限的了，这点希望给予谅解。简言之，是你把赌注抬起来的。听清楚了?”

“没别的办法嘛!”我说。

“现在，这座公馆中有一个老人奄奄一息。”对方说道，“原因很清楚：脑袋里有个极大的血瘤，大得足以使脑袋变形。你对脑医学知道多少?”

“基本上一无所知。”

“简单说来就是血炸弹。血流受阻，畸形隆起，就像吞进高尔夫球的蛇。一旦爆炸，脑的功能即刻终止。然而又不能做手术，因为稍一刺激就会爆炸。说得现实些，唯有等死而已。或许一周死去，也可能要一个月，无人知晓。”

对方噘起嘴唇徐徐吐气。

“死并没有什么奇怪，毕竟年迈之人，病名也已清楚。奇怪的是他为什么会**活到**现在。”

此人到底想说什么呢?我全然揣度不出。

“说实话，三十二年前死了也毫不奇怪。”

他继续道，“大约四十二年前的事了。最初发现这个血瘤的是为甲级战犯检查健康状况的一个美国军医，时间是一九四六年秋，东京审判即将开始之前。发现血瘤的医生目睹X光照片深受震动。为什么呢?因为脑袋里带有如此之大的血瘤的人居然活着且活得比正常人还精力充沛——这一现象已远远超出医学常识。于是他从巢鸭转入当时被作为军队医院接收的圣路加医院，接受全面检查。

“检查持续了一年，最后什么也没查清——除了什么时候死都无足为奇和活着本身便不可思议这两点之外。那以后他也没有任何不适，继续活得神气活现，头脑运转也完全正常。原因不得而知。盲点！理应死去之人却活着到处行走。

“不过，几个小症状是搞清了：每隔四十天发生一次剧烈的头痛，一次痛三四天。据本人说，头痛始于一九三六年，估计是血瘤形成期间。由于实在痛不可耐，痛时曾服用止痛药，坦率地说就是大麻。大麻的确可以缓解痛苦，却又带来奇妙的幻觉。那是高度浓缩了的幻觉，具体情形只有本人才知道，但不管怎样，滋味肯定不好受。关于幻觉的具体记录全部留在美军那里，是医生详细记述下来的。我曾非法弄到手读了几次。尽管是以事务性笔调记载的，但仍令人不寒而栗。实实在在地将其作为幻觉加以定期体验并能忍受得住的人大概几乎是没有的。

“为什么会产生那样的幻觉也不明白。据推测是有一种血瘤周期性释放的能量，头痛是肉体对它的反应。而当反应壁拆除之时，能量便直接刺激脑的某一部分，结果产生幻觉。当然，这仅仅属于假设。对这一假设美国军部也怀有兴趣，开始彻底调查。是由情报部门主持的绝密调查。至于美国情报部门何以对一个人的血瘤进行调查，至今仍不清楚。但可以设想有这样几个可能性：第一个可能性是借医学调查之名听取属于敏感范畴的情况，也就是把握中国大陆的谍报网和鸦片网。因为，由于蒋介石的节节败退，美国正步步失去在中国的门路，从而迫不及待地想得到先生掌握的网络。毕竟不便就此正式问讯。事实上，先生经过这一系列调查之后，未经审判就被释放了。不难认为其中有秘密交易——情报与人身自由的交换。

“第二个可能性是企图澄清他作为右翼头目的古怪性格同血瘤之间的关系——等会儿再对你说明——这是个很有趣的构想。但我想他们最终什么也没弄明白。活着本身都已不可思议，又怎么能明白那种情况呢？除非解剖。所以，这也是个盲点。

“第三个可能性是有关洗脑的。设想通过给脑以一定的刺激波来找出特定的反应，当时这种做法很流行。事实表明，美国当时成立了那种洗脑研究小组。

“至于三个可能性之中情报部门主要着眼于哪一个还不清楚，从中得出怎样的结论也不清楚。一切都已埋葬在历史沉积层里，知道真相的只有美军上层少数人和先生自己。先生迄今没向包括我在内的任何人提起此事，以后恐也不会提起。所以，现在我向你说的不外乎一种推测。”

说到这里，对方轻轻咳嗽一声。我已全然闹不清进这房间已过去多长时间了。

“但是，关于血瘤形成期也就是一九三六年的情况，我知道得稍许详细一点。一九三二年冬先生因涉及暗杀政要计划而被关进监狱，铁窗生活一直持续到一九三六年六月。这个有监狱正式记录和医务记录，先生有时也跟我们谈起。扼要说来是这样的：先生入狱不久就得了严重的失眠症，严重得已达到极为危险的地步。而且不是一般失眠，有时三四天有时甚至近一星期都一觉不睡。当时的警察不让政治犯睡觉以迫使其坦白，尤其先生牵涉到皇道派与统制派的抗争，审讯格外严厉。犯人一要入睡，就泼水，用竹刀殴打，用强光照射，从而把犯人的睡眠弄得支离破碎。如此折腾几个月，多数人都要报销。睡眠神经给破坏掉了，或死，或发狂，或严重失眠。先生走的是最后一条路。失眠症彻底消除是一九三六年春，即同血瘤形成为同一时期。对此你怎么看?”

“极端失眠以某种缘故阻碍脑血的运行，以致形成血瘤——是这样的吧?”

“这是最为常识性的假设，外行人也想得到。美国军医大概也是这样想的。但仅此是不充分的，我认为这里边缺少一个重要元素，而血瘤现象恐怕是那个元素的从属物。因为长血瘤的还有几个人，他们并没有这样的症状，并且仅这样解释也无法证明先生何以继续生存。”

他讲的听起来确实很有道理。

“关于血瘤还有个奇特的现象：先生以一九三六年春为界判若两人。那以前先生总的说来只是个平庸的现行右翼分子，生于北海道一个贫苦农民家庭，排行第三，十二岁离家去朝鲜，因不顺利又返回国内加入右翼团体。充其量不过血气方刚，动不动舞一通日本刀，字恐怕都认不得几个。可一九三六年夏出狱之时，先生在所有方面都一跃成为右翼首领。他具有左右人心的超凡性，周密严谨的逻辑性，唤起狂热反响的讲演才能，以及政治远见、决断力，尤其有了以民众弱点为**杠杆**驱动社会的能力。”

对方吁了口气，轻咳一声。

“诚然，他那作为右翼思想家的理论和对世界的认识是不值一驳的，但这个无足轻重。问题在于多大程度上组织实施，就像希特勒将生存空间和优等民族等不值一驳的思想以国家规模付诸实施那样。但先生没走那条路。他走的是后路——幕后之路。他不登台表演，而从背后驾驭社会。为此他于一九三七年去了中国大陆。不过算了，还是回到血瘤上来。我想说的是：血瘤形成期同他奇迹般地实现自我变革的时间完全一致。”

“按照你的假设，”我说，“血瘤同自我变革之间不存在因果关系，而是说有一个位置上平行的、谜一样的元素在里边？”

“你的理解能力实在非比一般，”他说，“简洁明快！”

“那么羊是在哪里参与的呢？”

对方从银制烟盒里取出第二支烟，用指甲弹齐一端，衔在嘴上，没有点火。“按顺序来。”他说。

滞重的沉默持续有顷。

“我们构筑了一个王国，”对方说，“一个强大的地下王国。我们控制所有东西，政界、财界、舆论界、官僚集团、文化，以及其他你所想象不到的东西，甚至敌对者都在我们的网内。从权力到反权力，无所不包，而其大多数却连受控于我们这点都未意识到。总而言之，这是一个十分老奸巨猾的组织，而这组织是战后先生一个人创建的。也就是说，先生一个人控制着国家这一巨大轮船的船底。他一拔塞，船就沉没。乘客们肯定会在不明所以的时间里葬身鱼腹。”

他点燃烟。

“但这组织有个极限：国王的死。国王一死，王国就土崩瓦解。为什么呢？因为王国是靠一个天才的天资构筑并维持下来的，按我的假设，是靠谜一样的元素构筑并得以维持的。一旦先生归西，一切就寿终正寝。因为我们的组织不是官僚组织，是以一个大脑为顶点的一架机器。这里有我们组织的意义，有它的弱点，或者说**有过**。先生一死，组织迟早分裂，如同被大火包围的布尔哈拉宫殿那样沉没于平庸之海。谁都做不了先生的继承人。组织将被分割，就好像拆毁庞大的宫殿而在遗址上面建起林立的公寓，成为均衡与概率的世界，不知意志为何物。也许你认为这是对的，分割是对的。可你想想看，整个日本变成一马平川，没有山没有海岸没有湖泊，唯独均衡的公寓鳞次栉比——这难道是对的吗?”

“不明白，”我说，“如此设问本身是否合适都不明白。”

“你是聪明人，”说着，他在膝头叉起十指，指尖缓缓打着拍子。“公寓当然是**比喻**。说得准确些，组织分成两个部分。一部分前进，一部分使之前进。此外当然还有发挥种种职能的部分，但大致分来，我们的组织是靠这两部分得以存在的。其他部分几乎无任何意义。前进部分称为‘意志部分’，使之前进部分称为‘收益部分’。人们议论先生时提出的只是这‘收益部分’。而且，先生死后人们群起而分割之的也只是这‘收益部分’。‘意志部分’谁都不感兴趣，因为无人理解得了，这就是我所说的分割的含义。意志无法分割，或者百分之百继承，或者百分之百消失。”

他手指依然在膝头缓缓打着拍子。此外一切都与开始时相同。无可捉摸的视线，冷冰冰的眸子，没有表情的端庄的脸。脸始终以同一角度对着我。

“所谓意志是什么呢?”我试着问。

“统率时间统率空间统率可能性的观念。”

“不懂。”

“当然不懂，任何人都不懂。唯独先生本能地理解它。说得极端些，是自我认识的否定。只有在这里完全的革命才能实现。换个你们也容易理解的说法：一场劳动包含资本、资本包含劳动的革命。”

“听起来好像幻想。”

“正相反。认识才是幻想。”他说得斩钉截铁。“当然，我现在口中的只是语言。而无论怎样罗列语言都根本不可能向你述说先生怀有的意志的形态。我的说明仅仅是以另一种语言性关联表示出我同那一意志之间的关联。这也关系到对语言的否定。当个人认识同进化连续性这两根西欧人文主义支柱失去意义的时候，语言的意义也不复存在。存在不是作为个体存在，而是作为混沌状态存在。你这一存在就不是独立独特的存在，而不过是混沌罢了。我的混沌是你的混沌，你的混沌是我的混沌。存在就是交流，交流即是存在。”

房间似乎陡然变得奇冷，而我身旁备有一张暖床，有人诱我到床上去。这当然是错觉。时值九月，外面仍有无数秋蝉鸣噪不已。

“你们在六十年代后半期开展的或准备开展的意识扩大化，因其植根于个体而一败涂地。也就是说，倘若个体质量未变，而仅仅一味扩大意识，那么最后等待你们的只能是绝望。我所说的平庸即是这个意思。不过，恐怕无论怎么解释你都不会理解。况且我也不是在寻求你的理解，只是尽力坦诚相告罢了。”

“刚才递给你的那幅图，”他说，“是美国陆军医院医务记录的复印件。 日期是一九四六年七月二十七日。 那是先生应医师要求亲笔绘制的——作为记述幻觉作业的一环。 事实上，根据医务记录，这只羊以非常高的频率出现在先生的幻觉中。 以数字说，大约是百分之八十，也就是五次中有四次出现羊，而且不是普通的羊，是这背部带星纹的栗色羊。

“另外，这打火机上刻的羊徽是先生自一九三六年以来作为自己的印记一直使用的。 想必你也注意到了，羊徽同医务记录上的羊图完全一致，并且同你现在手中照片上的羊也一模一样。 你不认为这是个十分有趣的事实?”

“不会是巧合吧?”我说。 我打算尽可能说得听起来很轻松，但效果并不理想。

“还有，”对方继续道，“先生热心搜集了国内外大凡关于羊的所有资料和信息，每星期都要花很长时间亲自确认一次从日本国内出版的所有报刊上剪辑下来的关于羊的报道。 我一直帮他做这件事。先生热心得很，简直像在搜寻什么似的。 卧床不起之后，我便**极为私人性质地**继续这项作业。 对此我非常感兴趣。 到底会出现什么呢?结果你出现了，你和你的羊。 无论怎么看这都不是巧合。”

我掂了掂手中打火机的重量。 重量委实令人惬意，既不太重，也不过轻。 世上竟有这等重量。

“先生为什么如此热心地寻找羊，原因你可明白?”

“不明白。”我说，“还是问先生来得快吧?”

“能问早问了。 先生近两个星期昏迷不醒，估计再不会清醒过来。一旦先生亡故，背上有星纹的羊的秘密也就永远埋葬在黑暗中，而这一点我无论如何都无法接受。不是出于个人得失，是为了更大的大义。”

我打开打火机盖，推砂轮点火，又合上盖。

“你大概觉得我的话荒唐无聊。或许那样，或许真的荒唐无聊。我只是希望你理解一点：剩给我们的除此无他。先生死去，一个意志死去，意志周围的一切也将死绝。剩下来的唯有可以用数字计算的东西。此外一无所剩。所以现在我想找到那只羊。”

他第一次沉默着闭了几秒眼睛。“说一下我的假设，无论如何只是假设——不中意忘掉就是——我认为正是那只羊构成了先生意志的原型。”

“好像在说动物形小甜饼。”我说。

对方未予理会。

“羊大约已进入先生体内。估计是一九三六年进入的。那以后羊在先生体内住了四十多年。那里肯定有草场，有白桦林，恰如那张照片上的。你以为如何?”

“作为假设甚是有趣。”

“特殊的羊！非常、特殊的、羊！我想找出它，为此需要你的协助。”

“找出又怎么样呢?”

“怎么样也不能怎么样。我恐怕是无可奈何。我若做什么，对我来说实在太力不胜任了。我唯一的希望就是亲眼确认那东西的消失。如果那只羊有什么需求，我准备竭尽全力。因为先生一旦故去，我的人生就几乎再没什么意义可言了。”

接下去他一阵沉默。我也默然。只有蝉仍在叫。傍晚的风吹得庭园树木的叶片簌簌作响。房间里依旧寂寂无声。死之粒子恰如防不胜防的传染病满房间飘移。我在眼前推出先生脑袋里的草场，草枯羊逃后的荒漠的草场。

“再说一遍：希望你告诉我照片是怎样到手的。”对方说。

“不能告诉。”我回答。

他叹口气：“我以为我对你是开诚布公的，所以希望你也坦诚相告。”

“从我的角度不可能讲出。我一讲出，有可能给送我照片的人带来麻烦。”

“那么说，”对方道，“你是有足够的证据认为在羊上面会给那个人带来某种麻烦了?”

“证据谈不上，只是那么觉得罢了。里边有什么名堂——听你述说时我一直有这个感觉。是有什么名堂。这类似一种直觉。”

“所以不能讲。”

“是啊，”我略一沉吟，“在麻烦方面我多少是个权威，也熟知给人添麻烦的方法——这点不亚于任何人。所以生活中尽量注意不给人添麻烦。但终归却因此给人添了更多麻烦。怎么折腾都一回事。虽说如此，一开始却不能那样做。这是原则问题。”

“我不大明白。”

“就是说，平庸是以各种各样的形式出现的。”

我叼起烟，用手中的打火机点燃，深吸一口。心里多少舒坦了一点。

“既然不愿意讲，不讲也可以。”对方说，“但你要把羊找到，这是我们最后的条件。从今天算起两个月内如果你找到了羊，我们按你说的数目付给报酬。但若找不到，你的公司和你就彻底玩完。可以吗?”

“只好如此!”我说，“不过，若是一切都源于某种误解，压根儿就不存在背部带星纹的羊呢?”

“结果也是一样。对你也好对我也好，或找到羊或找不到，二者必居其一，没有中间道路。我也有些不忍，但反正正如刚才所说，是你把赌注抬起来的。既然拿了球，就只能跑到终点——纵使没有终点。”

“也罢。”我说。

对方从上衣口袋里掏出一个厚墩墩的信封放到我面前：“做费用好了。不够来电话，马上追加。有什么疑问?”

“疑问没有，感想倒是有的。”

“什么感想?”

“总体上荒唐得令人难以置信。但从你口中听来，又好像有某种真实性。今天的话即使我说出去也肯定没人相信，我想。”

他稍稍扭起嘴角，未尝不可视为笑意。“明天就开始行动！刚才说了，**今天算起**两个月。”

“事情没那么容易。两个月可能解决不了。毕竟是从广袤无边的大地上找出一只羊。”

对方什么也没说，只是盯视我的脸。给他盯视起来，我觉得自己好像成了空荡荡的游泳池，池里又脏又有裂缝，不知明年能否使用。他眼睛一眨未眨地足足看了我三十秒，之后慢慢开口道：

“可以走了。”

的确该走了。

3. 汽车及其司机（二）

“回公司？还是去哪里？”司机问。还是来时那个司机，但比来时多少和蔼些。肯定属于容易和人混熟那类性格。

我在宽大的坐席上尽情舒展四肢，考虑去哪里合适。不打算回公司。一想到要向同伴一五一十解释一番就觉得头痛——到底该怎样向他解释呢？何况我正是休假之身，却又没心思回家，总觉得最好在回家之前看一下地道之人用两条腿地道行走的地道世界。

“新宿西口。”我说。

也是因为黄昏的关系，通往新宿的道路塞车塞得一塌糊涂。过了某一临界点，车便如抛锚一般几乎寸步难移，感觉上就像在波涛的摇撼下时不时移动几厘米。我想了一会地球自转的速度。这条公路究竟以多少公里的时速在宇宙中旋转呢？我在头脑中大致计算出概数，但不知道较之游乐场的空中飞车是快还是慢。我们不大知晓的事情委实太多了。似懂非懂罢了。倘有宇宙人来我这里问我赤道以多少公里时速旋转，我将异常狼狈，就连星期二之后为何是星期三恐怕都答不上来。他们笑我不成？《卡拉马佐夫兄弟》和《静静的顿河》我分别读了三遍，甚至《德意志意识形态》也读了一遍。圆周率都能数到小数点以下十六位。这样他们也还要笑我？大概会笑的，且笑得要死。

“不听听音乐什么的？”司机问。

“好啊。”我说。

车内流淌出肖邦的叙事曲，酝酿出一种婚礼大厅休息室般的气氛。

“我说，”我问司机，“知道圆周率？”

“就是 3.14 那玩意儿吧？”

“嗯。小数点以下能说出几位？”

“三十二位。”司机无所谓似的说，“再往下把握不大。”

“三十二位？”

“是的。有个记牢的办法。那又怎么？”

“啊，不怎么。”我泄气地说，“没什么的。”

随后我们听了一会肖邦，车往前开了十来米。四周的小汽车司机和公共汽车上的乘客一个劲儿打量我们乘坐的这辆怪物车。虽说知道窗是特殊玻璃，从外面看不到里面，但给别人这么盯视起来，仍然不是个滋味。

“真够拥挤的。”我说。

“是啊，”司机应道，“不过正如没有不亮的黑夜一样，不完的交通堵塞也是没有的。”

“那自然。”我说，“可你觉得着急的时候也是有的吧？”

“当然有。着急，甚至气恼，尤其是有急事的时候。但我尽量把一切都看作是施加给我们的考验。就是说，着急等于自己的败北。”

“你这关于塞车的解释听起来满有宗教意味。”

“我是基督教徒。教堂是没去，但一直是基督教徒。”

我“唔”了一声，“可是，身为基督教徒同身为右翼大头目司机，这两点不矛盾吗?”

“先生是个了不起的人。在我以前见过的人当中，先生是仅次于上帝的人物。”

“见过上帝?”

“那还用说。每晚都打电话。”

“但是，”我有点困惑，脑袋又开始混乱，“但是，大家都给上帝打电话，不会挤得总是占线?比如就像午后的查号台一样。”

“那不必担心。可以说上帝是共时性存在。所以，即使一百万人一齐打电话，上帝也会同时跟一百万人通话。”

“我是不大明白，这可是正统解释?就是说——怎么说呢——从神学角度而言。”

“我是激进派，同教会不对**脾气**。”

“唔。”

车大约行驶了五十米。我叼香烟准备点火，这才意识到自己一直紧攥着打火机。我把那小子递给我的这个带有羊徽的都彭烟具下意识地带了出来。银打火机已完全适应了我的手心，就像生来始终在我手心里似的。无论重量还是手感都无可挑剔。我想了一会，最终决定据为己有。打火机少一两个谁都不至于不便。我开关两三次，然后给烟点上火，揣进衣袋，而将一次性打火机投进车窗袋里。

“几年前先生告诉我的。”司机突然说。

“告诉什么?”

“上帝的电话号码。”

我轻叹一声，轻得几乎听不出来。是我脑袋不正常，还是他们神经出问题了呢?

“只悄悄告诉你一个人?”

“是的，只悄悄告诉我自己。一个出类拔萃的人。您也想知道?”

“可能的话。”我说。

“那我说给您听：东京九四五……”

“等一下。”说着，我掏出手册和圆珠笔记下电话号码。

“告诉我这样的人不要紧么?”

“不要紧的。也不是任何人都告诉，但您像个好人。”

“谢谢。”我说，“可是向上帝说什么好呢?我又不是基督教徒。”

“我想那不是什么大问题。只要您如实地说出自己所想的所苦恼的就行。哪怕再无聊无谓的话，上帝都绝对不会厌倦、不会嘲笑的。”

“谢谢你。打打看。”

“打打好。”司机说。

车开始顺利行进，前方已现出新宿的楼宇。车到新宿之前我们再没说什么。

4. 夏日的结束和秋天的开始

车到目的地时，街头已笼罩在淡蓝色的暮霭之中。 告知夏日结束的凉爽的风滑过楼宇间的空隙，拂动着下班归来的女孩们的裙子。 她们凉鞋的“咯噔”声回荡在瓷砖贴面的人行道上。

我爬上一座大厦的最顶层，走进轩敞的酒吧，要了 HEINEKEN 啤酒①。 等啤酒等了十分钟。 这时间里我把臂肘拄在椅扶手上，支颐合目。 什么也想不起来。 闭上眼睛，响起几百个小人拿扫帚在我脑袋里清扫般的声音。 他们扫个没完，谁也没想到用垃圾铲。

啤酒端来，我两口就喝光了。 小碟里的花生豆也全部吃了。 已不再闻扫帚声。 我走进收款机旁边的电话间，给耳朵漂亮的女友打电话。 她不在她的房间也不在我的房间。 大概到哪里吃饭去了。 她绝对不在家里吃饭。

接着，我拨动分手的妻子的新公寓电话号码。 铃响两次时，我转念放下了听筒。 想来也没什么可说的，并且我也不愿意被看成没有神经之人。

此外便没地方可打电话了。 在这座足有一千万人流动往来的城市的正中，可以打去电话的对象只有两个，且一个是离婚的妻子。无奈，我把十元硬币放回衣袋，走出电话间，向身旁走过的男侍者要了两瓶 HEINEKEN。

一天即将这样过去。有生以来似乎还没有过如此无趣的一天。夏日的最后一天本应多少有它的情趣才是，然而这一天竟给人拉扯得团团转，拨弄得团团转。窗外阴冷的初秋夜色横陈开来，地上小小的黄色街灯永无尽头地列队而去，从上面看去，就好像在等人将它们一脚脚踩灭。

啤酒端来。我拿起一瓶打开，把两碟花生豆全部倒在手心，依序吃将下去。邻桌四个学游泳归来的中年妇女一边唧唧喳喳说着什么，一边啜着五颜六色的热带鸡尾酒。男侍者站得笔直，唯脖颈稍歪，打着哈欠。另一个男侍者在向一对中年美国夫妇介绍菜谱。我吃掉所有花生，喝干第三瓶啤酒，之后再没事可干。

我从牛仔裤的屁股口袋里拽出信封打开，一张张数着这捆万元钞票。扎着纸条的新钞捆，与其说是钞票，莫如说更像扑克牌。数到一半，手指刺刺地作痛。数到九十六时，一个年老的男侍者走来撤下空瓶，问我再来一瓶如何。我数着钞票默默点头。看起来他对我数钞票毫无兴趣。

数罢一百五十张，装回信封，插回屁股口袋。这工夫新啤酒上来了。我又吃了一碟花生豆。吃完心想为什么这么能吃呢？答案只有一个：肚子饿了。想来早上到现在只吃了一块水果蛋糕。

---

① HEINEKEN：一种荷兰啤酒，一般译为“喜力”，酒精含量较低。

我叫男侍者拿菜谱给我看。煎蛋卷没有，但有三明治。我要了奶酪黄瓜三明治。问附加物，说是炸马铃薯片和泡菜。我不要炸马铃薯片，让他把泡菜加大一倍。顺便问有没有指甲钳。当然有指甲钳。宾馆里的酒吧实在应有尽有。一次我曾在宾馆酒吧借过《法日辞典》。

我慢慢喝啤酒，慢慢看夜景，慢慢在烟灰缸上剪指甲。然后又看一次夜景，给指甲打锉。如此时间里，夜深了下去。在消磨城市时间方面，我正往专家水平逼近。

天花板扩音器呼唤我的名字。一开始没听出是我的名字。播完几秒钟后，我的名字才渐渐带有我的名字的固有性质，不久在我头脑中变成纯粹的我的名字。

我扬手做个手势，男侍者把手提式无线收发报机送到桌前。

“原定计划有所变更，”一个听过的声音说道，“先生情况急转直下，已经没多少时间。所以，给你的时间期限也要提前。”

“提前多少？”

“一个月。不能再等。一个月后羊找不到，你就万事皆休，哪里都不存在你的归宿。”

一个月，我转了下脑筋。但我头脑中时间观念如一团乱麻，一个月也罢两个月也罢，似乎无甚区别。原本就没有基准说找一只羊一般需多长时间。

“居然知道这地方！”我试着说。

“一般事情我们都知道。”对方道。

“除羊所在地点以外。”

“是那么回事。”他说，“总之你得动！你太浪费时间。 最好想想自己的处境。 将你逼入如此处境也是你自己本身。”

的确如他所说。 我用信封中最上面的万元钞票付罢账，乘电梯下到地面。 地面情形依旧，地道之人以两条腿地道地行走，但这光景并未使我怎么释然。

5．五千分之一

回到家，信箱里连同晚报一起进来三封信。一封是银行存款余额通知；一封是百般无聊的晚会请柬；一封是半旧车销售中心直接邮寄的广告，大意是说如换一辆高一档次的车，人生将多少变得鲜亮。多管闲事！我把三封信摞在一起从正中撕开，扔进纸篓。

我从电冰箱里拿出果汁倒进玻璃杯，坐在厨房餐桌旁喝着。桌上有女友留的便条，写道：出去吃饭，九点半回来。桌子上的数字电子钟显示现在时间是九点半。注视当中，数字变成三十一，少顷变为三十二。

看钟也看得腻了，遂脱衣淋浴，洗头。浴室有四种洗发香波和冲发剂。她每次去超级商场必买一点新的杂物回来，进浴室每次都增加一点什么。一数，刮须膏有四种，牙膏有五管。依序组合起来，数字十分了得。我走出浴室，换上慢跑用的短裤和T恤，于是身上挥之不去的不快感不翼而飞，好歹神清气爽起来。

十时二十分，女友拎着超级商场的购物袋回来了。她总是夜间去超级商场。纸袋里装有三把打扫用的刷子和一盒曲别针和六罐彻底冰镇过的啤酒。我又可以喝啤酒了。

“羊的事。”我说。

“所以我不是说了么。”她应道。

她从电冰箱里拿出一盒香肠罐头，用平底锅炒了。我吃三条，她吃两条。凉爽的夜风从厨房窗口吹来。

我说公司发生的事，说车，说那座公馆，说那个奇妙的秘书，说血瘤，说背部带星纹的短粗壮实的羊。说了很久，说罢时钟已指在十一点。

“情况就是这样。”我说。

我说完后她也没显得怎么吃惊。边听边一直掏耳朵，连打了几个哈欠。

“什么时候出发?”

“出发?”

“不是找羊去吗?”

我手指依然挂在啤酒罐易拉环上，抬脸看她。

“哪里也不去。”我说。

“不去不会不妙?”

“没什么不妙。反正我早就打算离开公司，不管谁怎么找麻烦，饭碗总还是找得到的。总不至于连命都搭上吧?”

她从盒子里抽出一支新棉球棒，用指头旋转着摆弄了一会。“可事情没那么简单。总之找到一只羊不就可以了么？满有意思的嘛!”

"谈何容易！北海道比你想的大得多，羊也有几十万只，如何能从中找出一只羊来？笑话！就算那只羊背上有什么星纹！"

"五千只。"

"五千只?"

"北海道的羊的只数。昭和二十二年[①]有二十七万只，如今只有五千只。"

"何以晓得?"

"你出去后我上图书馆查的。"

我叹口气："你什么都知道。"

"那也不是。不知道的要多得多。"

"唔。"我打开第二罐啤酒，往她杯子和自己杯子里各倒一半。

"反正北海道如今只有五千只羊，根据政府的统计资料。怎么样，心情多少轻松些了吧?"

"一回事。"我说，"五千只也好，二十七万只也好，没有多大差别，问题在于是从天边的大地上找出一只羊来。更何况一点线索也没有。"

"线索不是没有。有照片，另外不是还有你朋友么？我想从哪个渠道都可以有所收获。"

"两个都虚无缥缈。照片上的风景随处可见，鼠的信封邮戳都模糊不清。"

她喝了口啤酒，我也喝了一口。

---

① 昭和二十二年：一九四七年。

“讨厌羊?”她问。

“喜欢。”我说。

脑袋又开始乱套了。

“不去这点，已经决定了。”我说。原本是说给自己听的，结果却不像。

“不喝咖啡?”

“也好。”我答道。

她拿下空啤酒罐和玻璃杯，用水壶烧水。等水开的时间里，她在隔壁听音乐磁带，约翰尼·里弗斯连续唱了《夜半专题》和《超越贝多芬》，接着唱《秘探》。水开后，她边冲咖啡边随着磁带哼唱《乔尼·B你好》。这时间里我一直看晚报。十足的家庭光景。只要没有羊的问题，我本可以满心欢喜。

在磁带转完传来“咔”的一声之前，我们一直默默地喝咖啡，嚼几片薄饼干。我继续看晚报，全部看罢又重看同一地方。政变，某电影演员死了，有猫擅耍杂技。全都是与我不相干的事。这时间里约翰尼·里弗斯接着唱旧摇滚曲。磁带转完，我叠起晚报，目视女友。

“我还不大清楚。不错，较之什么也不做，还是四下找找羊为好，哪怕是一场徒劳。只是，我可不愿意给人指使，受人威胁，被人耍弄。”

“可是，大家活着都多多少少给人指使、受人威胁、被人耍弄嘛。何况，也可能没有要找的东西。”

“或许。”稍顷我说道。

她继续默默地掏耳朵，发间不时闪出丰满的耳垂。

“眼下北海道再妙不过了，游客少，气候好，羊也都跑到外面来。正是好季节！”

“可能。”

“如果，”她咀嚼最后一片饼干，“如果你带我一块去，我想肯定对你有帮助。”

“干嘛对找羊那么起劲儿？”

“我也想看那羊嘛！”

“很可能为一只平平常常的羊白白折腾一场，再说连你也要卷进这场啰嗦事里去。”

“没关系的，你的啰嗦事就是我的啰嗦事嘛。”她微微一笑，“我非常喜欢你。”

“谢谢。”我说。

“只一声谢谢？”

我叠起晚报推到茶几一端。窗口徐来的风把我吐出的烟带走了。

“老实说，我对这件事提不起兴致。有名堂的。”

“有什么名堂？”

“什么都有。”我说，“总体上尽管荒唐可笑不值一提，而细部却清晰无比，而且难解难分。感觉不好。”

她什么也没说，指头转动着桌上的橡皮筋套。

“再说找到羊又能怎么样？假如果真如那小子说的那样是只特殊的羊，找到它说不定会使我卷入比现在远为严重的麻烦事里去。”

“可你的朋友大概已经卷入那场严重的麻烦事里去了吧？不然怎

么会特意给你寄来那张照片呢?”

言之有理。我把手上的牌全部摊在桌子上，结果统统输给了对方——似乎全给人家猜中了。

“看来只好去了。”我泄了气。

她莞尔一笑：“这样肯定对你最好也不过了。羊会顺利找到的，我想。”

她掏好耳朵，用纸巾把棉球棒包起扔掉，然后拿起橡皮筋套，在脑后扎起头发，露出耳朵。房间空气好像焕然一新了。

“睡吧!”她说。

6. 周日午后的郊游

醒来已经早上九点了。身旁不见了她。想必出去吃饭，吃完直接回自己宿舍去了。没留纸条。洗脸间晾着她的手帕和内衣。

我从电冰箱里取出橙汁喝，把三天前的面包放进电烤箱。面包发出墙土一样的味儿。从厨房窗口可以看见邻居院子的**夹竹桃**。谁在远处练钢琴，指法好像从上行电动扶梯往下降落。三只胖得圆滚滚的鸽子蹲在电线杆上空洞地鸣叫不止。不，其叫声里有某种含义亦未可知，很可能因脚掌上的**水泡**疼而连续鸣叫。在鸽子眼里，说不定我才是空洞而不具含义。

待两片烤面包塞进喉咙深处，鸽子已没影了，唯独电线杆和**夹竹桃**剩了下来。总之是周日的早晨。报纸周日版上刊登了一幅马越树篱的彩色照片。马背上戴黑帽子的脸色欠佳的骑手正以厌恶的眼神盯视相邻的版面。相邻的版面上不厌其烦地交代兰花栽培法，说兰花有数百个品种，每一种都有每一种的历史，说某国王侯甚至为兰花而丧身殒命，还说兰花不由使人想起命运云云。什么东西都有哲学，都有命运。

由于已下了决心不管怎样都要去找羊，心情顿时畅快起来，指尖都好像充满生机。自越过二十岁那道分水岭以来，如此心情还是第一次体验。我把餐具放进洗碗槽，给猫喂了早餐，之后拨通黑西服男子的电话号码。铃响六遍，那人接起。

“但愿没有吵醒你。”我说。

“别担心，早上都很早的。”他说，“有事?”

“报纸，你看什么报?”

“所有全国性大报和八种地方报。地方报不到傍晚送不来的。”

“全都看喽?”

“工作的一项内容嘛。”对方耐住性子说，“你问什么?”

“周日版也看?”

“周日版同样看。”

“今天早晨的周日版上马的照片看了?”

“马的照片看了。”他回答。

“马和骑手不像是各自考虑完全不同的事?”

沉默通过听筒如新月一般潜入房间，连呼吸声都全然听不到。沉默得那样彻底，以致耳朵都像开始作痛。

“就这事?”对方问。

“不，随便聊聊。有个共同话题不也挺好吗?”

“我们的共同话题此外还有的，例如羊的问题，”他清了清嗓子，“对不起，我不像你那么有闲工夫，简明扼要地说说事情好么?”

“问题就在这里，”我说，“简要说来，我明天想去找羊。想来想去，最后还是决定这样干。但是，既然干，就要以我的步调干。

想说的时候就说个够，闲聊的权利在我也是有的。我可不愿意所有行动都给人监视，不愿意给名字都不晓得的人拨弄得团团转——只此一事。”

“你误解了你所处的立场。”

“你也误解了我所处的立场。听着：我认真想了一个晚上，这才想明白我几乎没有怕失去的。老婆已经分手，工作今天也打算辞去。房子是租的，家具什物也没值钱货。财产只有二百万存款和一辆半旧车，再加一只到岁数的猫。西装全都是过时物，拥有的唱片也基本成了古董。没有名气，没有社会信誉，没有性魅力，没有才华，年龄也已不轻，说话总是不伦不类，说完就后悔。借你的话说，即是平庸之人。还有什么可以失去的呢？有的话，但请指点。”

沉默良久。这时间里，我拉掉缠在衬衫纽扣上的线头，用圆珠笔在便笺上画了十三个星形。

“任何人都有一两件不愿失去的东西，包括你，”对方说，“在找出那种东西方面我们可谓行家里手。人必然有位于欲望与自尊的中间点的东西，如同所有物体都有重心。我们可以找出它来。现在你也心中有数。失去之后你才会意识到它曾存在。”短暂的沉默。“不过也罢，那是更下一阶段才出场的问题。眼下你演说的主题未尝不可理解。接受你的要求就是。不指手画脚，随你怎么干。**时间是一个月**，这样可以吧？”

“可以。”我说。

“那好。”

电话挂断。挂得颇叫人不快。为消除这不快，我做了三十个俯卧撑和二十个仰卧起坐。之后刷洗餐具，洗了三日量的衣服。心情于是得以平复下来。九月一个心旷神怡的周日。夏天已如难以忆起的旧日记一般遁往了什么地方。

我穿上新衬衫，穿上没沾番茄酱的那条牛仔裤，蹬上左右色调一致的袜子，拿梳子理了理头发。然而十七岁时所感受的周日早晨的气氛还是未能找回。理所当然。无论谁怎么说，我毕竟增加了岁数。

接着，我从公寓车库开出濒于报废的“大众”，开到超级商场买了一打猫食罐头和猫大小便用的沙子，买了一套旅行剃须刀和内衣，而后坐在油炸面圈店的柜台前喝几乎无味道可言的咖啡，嚼一个肉桂炸面圈。柜台正面的墙壁是块大镜子，映出我嚼炸面圈的嘴脸。我手拿刚开始吃的炸面圈望了一会自己的脸，猜想别人将对我的脸作何感想。当然我不晓得别人作何感想。我吃掉剩下的炸面圈，喝干咖啡，走出店门。

站前有家旅行代理店，我在那里订了两张明日去札幌的机票，然后走进车站大楼，买了可以挎带的帆布旅行包和雨帽。每次都从裤袋信封抽出一张嘎嘎新的万元钞付账。似乎怎么花那捆钞票都不见少，磨得约略见少的只是我自身。世上就是存在如此类型的钱款——拿在手上来气，花的时候晦气，花光时自己生自己的气，于是又想花钱，但那时已无钱可花。无可救药。

我坐在站前长椅上吸两支烟，不再想钱。周日早晨的站前处处是一家老小或年轻情侣。如此怅怅观望的时间里，不由想起妻临分手时说的一句话——或许该要个孩子才是。的确，我这年纪有若干个孩子都无足为奇，然而想到为人父的自己，情绪顿时一落千丈，觉得若是孩子，恐怕是不愿意给我这样的父亲当儿子的。

我双手抱着购物纸袋，又吸了支烟，吸罢穿过人群走去停车场，把东西放进车后座。在加油站加油换油时，我进附近书店买了三本袖珍书。这么着，两张万元钞票没了踪影，衣袋里哗啦啦挤满了零币。返回公寓，把零币一古脑儿投进厨房一个玻璃碗里，用冷水洗把脸。早上起来好像过去了很长很长时间，但一看钟，到十二点还有些时候。

女友返回是下午三点。她身穿花格衬衫芥末色棉布裤，戴一副一看就叫我头痛的深色太阳镜，肩上挎一个和我一样的大帆布包。

“做旅行准备去了。”说着，她用手心拍拍鼓鼓囊囊的旅行包。“要打持久战吧?”

“势所难免。”

她太阳镜也不摘就歪倒在窗前旧沙发上，望着天花板吸薄荷烟。我拿来烟灰缸放在她旁边，抚摸她的头发。猫赶来跳上沙发，下颌和前肢搭在她脚脖上。吸够了，她把剩下的烟插在我两唇之间，打个哈欠。

“去远处高兴?”我问。

“嗯，非常高兴，尤其是能和你一起去。”

“可要是找不到羊，我们就无处可归了，说不定一辈子都四处流浪。”

“像你朋友那样?”

“是啊。我们在某种意义上是大同小异的同类。不同的是他属自愿逃开，我是被弹出去的。”

我把烟碾死在烟灰缸里。猫伸长脖子打了个大大的哈欠，打完又恢复原来的姿势。

“你旅行准备妥当了？”她问。

“哪里，刚开始。不过也没什么东西，替换衣服洗漱用具罢了。你也用不着拿那么一大包，需要的话在那边买就行了，钱绰绰有余。”

“喜欢这样，”她嗤嗤笑道，“不带一大包东西，上不来旅行的感觉。”

“真那样？”

大敞四开的窗口外传来尖锐的鸟鸣，未曾听过的鸣声。新季节里的新鸟。我把窗口射进的午后阳光用手心接住，轻轻贴在她脸颊。如此姿势保持了很久。我呆呆望着白云从窗口的这一端飘到另一端。

“怎么了？”她问。

“这么说或许奇怪——我怎么也不认为现在即是现在，总觉得我好像不是我，这里好像不是这里。时常这样。要很久很久以后二者才好歹合在一起。这十年来始终如此。”

“为什么是十年？”

“因为再无法**切割**。没别的原因。”

她笑着抱起猫，轻轻放在地板上，“抱我！”

我们在沙发上抱在一起。从旧货商店买来的昔日沙发，每次把脸贴近布面都有一股昔日气味。她柔软的肢体同那气味融合起来，如依稀的记忆一般亲切而温馨。我用手指悄悄拨开她的秀发，吻在她耳朵上。世界微微摇颤。小小、小而又小的世界。时间在那里如温和的风一般流逝。

我解开她所有的衬衫扣，手心贴在乳房下面，就那样注视她的腰肢。

“简直就像活的吧?”她说。

“指你?”

“嗯。我的身体，和我自身。”

“是啊，”我说，“的确像是活的。”

那样的静。周围没有一丝声息。我们之外的所有人都到什么地方庆祝秋天第一个周日去了。

“嗳，我非常非常喜欢这样。”她小声低语。

“喔。”

“就好像来郊游似的，心里美极了。”

“郊游?”

“是呀!”

我两手绕到她后背，紧紧抱住她。我用嘴唇拂去她额前的头发，再次吻住她的耳朵。

“十年很长?”她在我耳畔轻声问。

“是啊，”我说，“觉得十分漫长。漫长得很，却什么也没落实。”

她枕在沙发扶手上的脖颈略微歪了歪，淡然一笑。一种在哪里见过的笑法，而在哪里却想不起来，是谁也不记得了。脱光身子的女孩实在惊人地相似，每每弄得我不知所措。

“找羊吧!”她仍然闭着眼睛，“找到羊，很多事情就顺利了。”

我久久地看着她的脸，看她两只耳朵。午后柔和的阳光悄然包笼她的身体，俨然一幅古老的静物画。

7. 关于被限定的执拗的思考方式

六点一到，她马上穿好衣服，对着浴室镜子梳理头发，往身上喷雾状香水，刷牙。这时间里我坐在沙发上看《福尔摩斯探案集》。开头是这样的："我的朋友华生的想法，虽然囿于狭隘的范围，但又有极其执拗之处。"开头委实突兀不凡。

"我今晚回来得晚，你先睡吧。"她说。

"工作?"

"嗯。本来该休息的，没有办法。明天开始请长假，事情要提前处理。"

她走出门去。不一会儿，门又开了。

"我说，不在时猫怎么办?"她说。

"你不说我忘得死死的。想法安排就是。"

门随即关上。

我从电冰箱里拿出牛奶和干酪条喂猫。猫很费力地吃着干酪。牙已彻底不顶用了。

电冰箱里没有一样我可以吃的东西，只好边看电视新闻边喝啤酒。周日没有堪称新闻的新闻，这种日子的晚间新闻大多出现动物园的景致。大致看罢长颈鹿、大象和熊猫，我关掉电视，拨动电话盘。

“猫的事。”我对那小子说。

“猫?”

“养有一只猫。”

“猫又怎样?”

“不托付给谁没办法出远门。”

“那一带不是有好多猫旅馆么?”

“年老体衰。关进笼子，不出一个月就呜呼哀哉。”

传来指甲“嗑嗑”敲桌面的声响。“那么?”

“想寄养在你们那里。你们那儿院子大，寄养一只猫的空地总是有的吧?”

“难办呐！先生讨厌猫，院里又在招鸟。猫一来鸟就不上前了。”

“先生人事不省，猫又没机灵到可以捕鸟。”

指甲又敲了几下桌子，停下。“好吧。猫明早十点派司机去取。”

“猫食和大小便用的沙子准备好了。另外，猫食只吃一个牌子的，吃完请买同样的。”

“具体的直接跟司机讲可好?我想我以前也说过，我没有时间。”

“窗口只设一个，这也是为了明确责任所在。”

“责任?”

“就是说，我不在期间猫要是没了或死了，即便找到羊，我也概不告诉的。”

“唔。”对方说，“也罢。虽说有点不着边际，但你作为生手，的确真有两下子。我做记录，你慢慢讲。”

“请别喂肥肉，那会全部吐出来。牙齿不好，硬东西不成。早上一瓶牛奶和猫食罐头，傍晚一把煮鱼干和肉或干酪条。大小便处请每天换沙，它讨厌不卫生。时常泻肚，如果两天都不好，请到兽医那里拿药给它喝。”

如此言毕，倾听听筒另一端沙沙响起的圆珠笔声。

“此外?”

“开始生**耳虱**了，每天请用蘸上橄榄油的棉球棒掏一次耳朵。它不高兴掏，乱扭乱动的，小心别捅破耳膜。还有，如果担心抓伤家具，每星期请剪一次爪子，普通的指甲钳就可以。跳蚤我想没有，但为了慎重起见，最好不时用除蚤剂洗洗。除蚤剂宠物商店有卖的。洗完后用毛巾好好擦干梳理，最后用吹风机吹一下，否则会感冒。”

沙沙沙。“其他的?”

“就这么多了。”

对方对着电话机念了一遍记录下来的事项。记录很有条理。

“这回可以了吧?”

“可以了。”

“再见。”说罢，电话挂断。

周围完全黑了下来。我把零钱、香烟和打火机塞进裤袋，蹬上网球鞋，出门走进常去的一家快餐店，要了炸鸡排和漩涡形面包。端来之前，我边听布莱萨斯·约翰逊的新唱片边喝啤酒。约翰逊唱完，换成彼尔·维萨斯。我边听彼尔·维萨斯边吃炸鸡排。接着边听梅纳德·弗格逊的《星球大战》边喝咖啡。感觉上好像没怎么吃东西。

咖啡杯拿走后，我往粉红色电话机里投三枚十元硬币，拨同伴家的电话号码。他的小学生长子接起电话。

“下午好！”我说。

“晚上好！”他纠正道。

我觑一眼表，是他正确。

稍后，换上同伴。

“情况如何？”他问。

“现在说可以么？怕是正吃饭什么的吧？”

“吃饭倒正吃饭，没关系。反正也不是好饭菜，再说还是那边情况有趣。”

我把同那个黑西服男子的谈话简要说了一遍——大大的小汽车，大大的公馆，行将就木的老人。羊则没有涉及。一来我不认为能使他相信，二来说起来太长。结果，我的话理所当然叫人摸不着头脑。

“简直摸不着头脑。”同伴说。

“不能讲给你听的。讲了要给你添麻烦。就是说你有家室……”我边说边在脑海中浮现出他那分期付款尚未付完的四室一厅高级公寓和他的低血压妻子及其卖弄小聪明的两个儿子，“问题就在这里。”

“原来是这样。”

“总之明天就必须踏上旅途。得离开很长时间，一个月或两个月或三个月，具体的我也说不清楚，也可能再也不回东京。”

“唔——”

“所以嘛，公司就请你一手负责。我抽身走开，不愿意给你添麻烦。工作基本告一段落了，况且虽说是共同经营，重要部分都是你坐镇的，我多半是东游西逛。”

“可你不在，现场具体事情我弄不明白。”

“缩短战线，回到过去！广告、编辑之类一律退掉，回到原先的翻译事务所去，就像近来你说的那样。留下一个女孩，其余临时工全部辞退，用不着那么多人了。作为退职金多付两个月工资，大概谁都不至于抱怨。事务所迁到更小的地方去。收入减少，支出也得减少。我不在时，不拿的那部分由你拿，对你来说没什么大变化。税金也罢你所担心的剥削也罢，都要少许多。适合你的。”

同伴沉思良久。

“不成，”他说，“肯定顺利不了。”

我口叼香烟正找着打火机，女侍者擦火柴给点上了。

“不要紧的。我一直跟你一起干过来的，我说不要紧就不要紧。”

“和你两人没问题。”他说，“还从来没有过一个人想干什么就顺利干成的先例。”

“喂，听着，我不是叫你扩展事业规模，是叫你缩小。就是过去干的产业革命以前的手工翻译。你一个女孩一个，外请五六个初稿翻译临时工和两个熟手翻译。不至于干不来吧！”

“你还不完全了解我。”

十元硬币“咔嗒”一声掉下，我又投入三枚硬币。

“我和你不同。”他说，“你可以一人单干，我却干不来。我不跟谁发牢骚、商量，就前进不了。”

我捂住受话口叹息一声。车轱辘话。黑山羊吃掉白山羊的信，白山羊吃掉黑山羊的信……

“喂喂！”

“听着呢。”我说。

电话另一端传来两个小孩为电视频道争吵的声音。

“想想孩子好了，”我试着说。这么展开虽不公正，但别无良策。“怎么好说泄气话呢！你要是觉得不行，大家可就同归于尽了。要是对世界有怨言，就别生什么小孩！好好工作，少喝什么酒！”

他长时间沉默不语。女侍者端来烟灰缸。我打手势要啤酒。

“的确如你所言。”他说，“努力就是，能否顺利没把握。”

“肯定顺利。六年前不是一没钱二没门路踢打出来的么！”我把啤酒倒进杯子，喝了一口说道。

“你不知道和你在一起我有多么放心。”同伴说。

“过些天再打电话。”

“嗯。”

“在一起这么多年，谢谢了，很愉快的。”我说。

“事情办完回东京，再一起搭伙干！”

“是啊！”

我随即放下电话。

然而我不至于再重操旧业了，这点他明白我也晓得。一起工作了六年，这点事自然心中有数。

我拿起啤酒瓶和杯子折回餐桌，继续自饮。

失业使我心情畅快起来。我正在一点点简化。我失去了故乡，失去了青春，失去了朋友，失去了妻子，再过三个月二十九岁也将失去。到六十岁时我究竟会怎么样呢？我想了一会。但想也没用。一个月以后的事都无从预料。

我回到家，刷牙，换睡衣，上床继续看《福尔摩斯探案集》。十一点熄灯睡觉。睡得很香，一觉睡到天亮。

8. 沙丁鱼的诞生

上午十点，那辆潜水艇一般笨头笨脑的车停在了公寓楼门口。 从三楼俯视，与其说是潜水艇，看上去更像扣在地上的金属甜饼干模具，大约可压出足够三百个小孩吃两个星期的巨型甜饼干来。 我和她靠着窗框往下看车看了半天。

天空晴朗得有些令人不快，使人联想起战前表现主义电影中的场面。 高空中飞行的直升机渺小得近乎不自然。 万里无云的天空犹如被切去眼睑的巨大眼睛。

我把房间的窗扇全部关好锁定，电冰箱切断电源，查看了一遍煤气闸。 洗涤物已全部收回，床盖上了床罩，烟灰缸洗了，洗脸间数量繁多的药瓶归拢得整整齐齐。 两个月的房租提前付了，报纸也打招呼中止了。 从门口望去，无人的房间静得有点别扭。 我边望房间边想在这里度过的四年婚姻生活，想我同妻之间本有可能生的孩子。 电梯门开了，她招呼我。 我把铁门关上。

等我们的时间里，司机用干布忘我地擦拭车的前窗玻璃。 车依旧无半点污痕，在阳光下闪闪生辉，异常耀眼，仿佛只消手一碰，皮肤就会出现症状。

“早上好!”司机说。 还是前天那个富有宗教意味的司机。

“早上好!”我说。

“早上好!”我的女友说。

她抱着猫，我拎着装有猫食罐头和猫便用沙的纸袋。

“好天气啊!”司机抬头望天，“怎么说呢，简直晴得透明。”

我们点头。

“晴到这个程度，上帝的旨意大概容易传到吧?”我说。

“没那回事。”司机笑眯眯应道，“旨意已在万物之中，花里石头里云絮里……”

“车呢?”她问。

“车里也有。”

“可车是工厂制造的嘛。”我说。

“不管谁制造的，上帝的意志都要进入万物之中。”

“像**耳虱**那样?”她问。

“像空气那样。”司机纠正。

“那么说，比如沙特阿拉伯生产的汽车就有真主进入里边了?”

“沙特阿拉伯不生产汽车。”

“真的?”我问。

“真的。”

“那么，美国生产的汽车出口到沙特阿拉伯，有什么神进到里边呢?”女友问道。

问得很难。

“对了，要讲一下猫的事。”我解围道。

“多可爱的猫啊!”司机如释重负地说。

其实猫绝不可爱，甚至莫如说处于可爱的对立面。毛像磨损的地毯一样沙沙拉拉，尾尖弯成六十度角，牙齿发黄，右眼三年前受了伤，现在还不住流脓，几乎已丧失了视力，能否认清是运动鞋还是马铃薯都是疑问。脚掌如同干硬干硬的水泡，耳朵宿命般地附有耳虱，由于年纪的关系每天要放二十个屁。妻从公园长椅下领回来时还是年轻力壮的花猫来着，可它就像放在下坡路上的保龄球，沿着七十年代后半期的斜坡迅速跌向深谷。况且连名字也没有一个。至于没有名字这点是减少还是助长猫的悲剧性，这我不太清楚。

“乖乖!”司机对猫说道，但毕竟没有伸手，“叫什么名字呢?”

“没有名字。”

“那么平时怎么称呼呢?”

“不称呼。”我说，“只是存在。”

“问题是它并非一动不动，而是由意志驱动的吧？由意志驱动的东西没有名字，总觉得有些奇怪。”

“沙丁鱼也受意志驱动，可谁也没给它取名字嘛!”

“可沙丁鱼同人之间没有情感交流，况且叫名字它也理解不了。当然喽，取不取名是人的自由。”

“你的意思是说，由意志驱动、可以同人进行情感交流且有听辨能力的动物是具有被赋予名字的资格的，是吧?”

“是那么回事。”司机自以为是地点几下头，“如何，我随便给取个名字可以么?”

“完全可以。取什么名字?”

“**沙丁鱼**怎么样?因为这以前它等于是被当作**沙丁鱼**来对待的。”

“不坏。”我说。

“是不坏吧?”司机露出得意的神色。

“你看呢?”我问女友。

“不坏。”她也赞成,“天造地设似的。”

“**沙丁鱼**在此!”我说。

“**沙丁鱼**,过来!”司机抱过猫。猫怯生生地咬司机手指,继而放了个屁。

司机开车把我们送去机场。猫在助手席上老老实实地蹲着,不时放屁,这从司机不时开一下窗户即可知道。路上我提醒他如何关照猫——掏耳方法、出售粪便除臭剂的商店、投食量等等。

“请您放心,”司机说,“注意爱护就是,毕竟是我给它命名的嘛。”

路面空得很,车如产卵期溯流而上的大马哈鱼一般向机场一路疾驰。

“为什么船有名,而飞机没名呢?”我问司机,“为什么只叫九七一航班或三二六航班,而不分别命名为‘铃兰号’或‘雏菊号’什么的呢?”

“肯定是与船相比数量太多的缘故,大批量生产的玩意儿。”

“是吗？船也算大批量生产的么，数量比飞机还多。”

“不过，”司机停顿数秒，“作为现实问题，东京城里的公共汽车也是不可能一一命名的。”

“公共汽车要是一一命名该多有意思！”女友插进来。

“但那样一来，乘客岂不是要挑肥拣瘦？比如从新宿去千驮谷，要乘‘羚羊号’而不坐‘骡子号’。”司机说。

“你说怎么样？”我问女友。

“的确，是没人坐‘骡子号’。”女友回答。

“那一来‘骡子号’司机就可怜了。”司机作司机式发言，“而‘骡子号’司机是没有罪过的。”

“是的是的。”我说。

“是啊，”女友说，“但我还是坐‘羚羊号’。”

“喏，”司机说，“问题就在这里。船所以有名字，是大批量生产之前约定俗成沿袭下来的，原理上同给马取名是一回事。所以，被当作马来使用的飞机就是自有其名号的。例如‘圣路易之魂’和‘快乐的爱诺拉’等等，显然有意识交流在里边。”

“就是说是因为根本上是属于有生命的喽？”

“正是。”

“那么，目的性这东西对于名字是次要因素？”

“是的。仅有目的性，用番号就可以了，就像犹太人在奥斯威辛被干掉那样。”

“果然。”我说，“那是就名字的根本在于生命的意识交流作业这一前提而言。为什么车站和棒球场有名字呢？尽管不是生命体？”

“车站没有名字不好办的嘛!”

“所以希望你不是从目的而是从原理上加以说明。”

司机认真沉思起来，以致没注意信号变绿，后面紧跟的房车式样的“丰田海狮”按响模仿《荒野七人》序曲的喇叭。

“大概没有互换性的缘故吧。比方新宿站只有一个，不能同涩谷站相替换——无互换性和非大批量生产。归结为这两点如何?”司机说。

“要是新宿站在江古田多好玩!”女友道。

“新宿站在江古田，就是江古田站。”司机反驳。

“可要是小田急线也一起带去呢?”

“话说回来吧，”我说，“假如车站具有互换性会怎么样呢?假如——我是说假如——国营电气列车站统统是大批量生产的折叠式，新宿站同东京站可以整个替换的话呢?”

“简单：在新宿就是新宿站，在东京就是东京站。”

“既然如此，名字就不是附属于物体，而是附属于作用的。这不还是目的性吗?”

司机沉默下来。但这次沉默没那么长。

“我忽然心想，”司机道，“我们是否应该对这些东西多少投以温和的目光呢?”

“你意思是?”

“就是说，城镇啦公园啦道路啦车站啦棒球场啦电影院啦全都有名字——作为它们固定于地面的代价而被赋予名字。”

新见解。

“那么，”我说，“假定我完全放弃意识而牢牢固定化于某处，我怕也会得到像模像样的名字吧?”

司机瞥一眼我映在后视镜中的脸，眼神充满狐疑，仿佛在说莫非哪里设有圈套。“固定化?”

“如冷冻起来等等。像森林里的睡美人那样。”

“您不是已经有名字了么?”

“是啊，”我说，“忘了。”

我们在服务台领了登机牌，向跟过来的司机道声再见。看样子他想送到最后，但距起飞还有一个半小时，只好作罢返回。

“人真够特殊的。”女友说。

“有个地方专门住这类人。”我说，“在那里奶牛到处找钳子。”

“有点像《岭上我的家》。”

“或许。”我说。

我们走进机场餐厅，提前吃午饭。我点了炸虾奶汁烤菜，她要了意大利面条。窗外波音747以令人想起某种宿命的庄重感飞上飞下。她不无怀疑地一条条检查着吃面条。

“我一直以为飞机上供饭呢。”她似乎满肚子意见。

“哪里。”我等口里的烤菜块儿稍凉些后吞进去，赶紧喝口凉水。光是热，味道几乎谈不上。“供饭的是国际航线。国内航线若是远距离也有提供盒饭的，只是不怎么可口。”

“电影呢?”

“没有。 札幌一个钟头多一点点就到了。”

“那，岂不什么都没有?”

“什么都没有。 坐在座位上看一会书就到目的地，跟公共汽车一样。”

“没有信号?”

“嗯，没有信号。”

“得得。”她叹息一声，随后放下叉子，用纸巾擦拭嘴角。 面条剩下一半。 “也用不着取名字?”

“是啊，无聊得很。 无非时间大大缩短罢了。 坐火车要十二小时。”

“那，剩下的时间哪里去了?”

我也吃一半不吃了，又要了两杯咖啡。 “剩下的时间?”

“坐飞机不是节省十多个小时么? 那么长的时间到底去了哪里?”

“时间哪里也没去，加算上去而已。 我们可以在东京或札幌自由支配这十个小时。 十小时可以看四部电影，吃两次饭。 对吧?”

“要是一不想看电影二不想吃饭呢?”

“那是你的问题，时间没有责任。”

她咬起嘴唇，观望了一会虎背熊腰的747机体。 我也一起望着。 747总使我想起以前在家附近住的肥胖的丑老太婆。 没有**张力**的硕大的乳房和浮肿的双腿，干巴巴的脖颈。 机场俨然是她们的集会广场。 几十个之多的这般模样的“老太婆”一个个赶来又一个个离去，在候机楼大厅里走来走去的颈项笔挺的飞行员和空中小姐好像给她们掰去了身影，显得异常平板而单薄。DC7和双涡轮螺旋桨客机时代似乎没有这种情形。但究竟如何我已无从记起。大概因为747太像肥胖的丑老太婆了，致使我有如此感觉。

“喂，时间会膨胀？”她问我。

“不，时间不膨胀。”我回答。话本是我自己说的，听起来却不像自己的话音。我清清嗓子，喝一口端来的咖啡。“时间不膨胀。”

“可实际上时间是增加的吧？就像你说的——**加算**上去。”

“只不过花在路途的时间减少罢了。时间总量不变。无非可以看多几部电影。”

“如果想看的话。”她说。

实际上我们一到札幌就看了两部轮放的电影。

第七章　海豚宾馆冒险记

1. 在电影院结束移动，入住海豚宾馆

坐飞机的时间里，女友一直在窗口旁眺望下面的风景，我在她身旁一直读《福尔摩斯探案集》。寥廓的长空万里无云，地面始终印有飞机的身影。准确说来，因为我们坐在飞机上，所以在山野上移动的机影中应该包括我们的影子。而这样，我们也被烙在了地上。

“我喜欢那个人。”她边喝纸杯里的橙汁边说。

“哪个人?”

“司机呀。”

“喔，”我说，“我也喜欢。”

“还有，**沙丁鱼**是个满不错的名字。”

“是啊，名字的确不错。较之我来养，说不定在那里猫更幸福。”

“不是**猫**，是**沙丁鱼**。”

“对，**沙丁鱼**。”

“为什么一直没给猫取名字呢?”

“为什么呢?”我用带羊徽的打火机点燃烟，“一定是不喜欢名字

那东西吧。我是我，你是你，我们是我们，他们是他们，这不挺好的么，我觉得。”

她“唔”了一声，“我倒喜欢我们这个词儿，很有点冰河时代的韵味是吧?”

“冰河时代?”

“例如我们应往南行，我们应捕捉猛犸什么的。”

“可也是。”我说。

到千岁机场领完行李来到外面，空气比预想的冷。我把缠在脖子上的粗棉布衫套在T恤外面，她在衬衣外加了件毛背心。秋天比东京早一个月在这里落座。

“我们恐怕应在冰河时代相遇，”她在开往札幌的公共汽车上说，“你捕捉猛犸，我抚育孩子。”

“真像是很妙。”我说。

不一会她睡了。我从车窗望着路两旁绵绵不断的密林。

一到札幌，我们马上进饮食店喝咖啡。

“首先决定基本方针，”我说，“要分工负责。我负责照片上的风景，你负责羊。这样可以节省时间。”

“似乎很合理。”

“如果顺利的话。”我说，“总之希望你调查北海道主要羊牧场的分布情况和羊的种类。去图书馆或政府即可弄清楚，我想。”

“图书馆我喜欢。”她说。

“那好。”

“现在就动身?”

我看一眼表：三点半。“不，晚了，明天不迟。今天放松一会儿，把住处定下，吃饭洗澡睡觉。”

“想看电影。”

“电影?”

“特意坐飞机节约了时间嘛!”

“那倒是。”我说。于是我们走进第一家进入视野的电影院。

我们看的是两部轮放。一部讲凶杀，一部讲恶魔。观众席人数寥寥无几。许久没进如此空荡的电影院了。为消磨时间，我数了下观众人数。连我们八个。银幕上的人物倒多得多。

不过电影方面也一塌糊涂。在 MGM① 的狮子吼完和片名在银幕上现出的那一瞬间，我便恨不得扭头离座而去。居然存在这等电影。

不料她却以专注的眼神饿虎扑食一般盯住银幕不放，找不出时间搭话。于是我也只好看起了电影。

第一部讲鬼怪，讲一个统治某座城市的恶魔。恶魔住在教堂一间小得可怜的地下室里，让一名腺病体质的医生当下手。我不大理解恶

---

① MGM：美国米高梅电影制片公司之略。其注册商标“狮子大吼”极有名。

魔何以产生君临城市的念头，因为那座四周是玉米地的城市委实寒伧得不成样子。

但恶魔对这城市甚是执着，并且为一个——唯独一个——少女不服从自己的支配而气恼。恶魔发起火来，浑身颤抖得俨然稠得发颤的绿色果冻。发怒方式颇令人忍俊不禁。

我们前座一个中年男人打鼾打个不停，鼾声如雾笛一般凄凄然。右侧角落有两人极尽相互爱抚之能事。后头不知谁惊天动地地放一个响屁，响得足以让呼噜声一时止息，惹得两个女高中生嗤嗤直笑。

我条件反射地想起**沙丁鱼**。想起**沙丁鱼**，这才好歹想起自己已离开东京置身札幌。反过来说，在听到有谁放屁之前我未能实际感觉到自己已远离东京。

不可思议。

如此想来想去，我睡了过去。梦中出来一个绿色的恶魔。梦中的恶魔一点儿也不惹人笑，只在黑暗中默默逼视我。

第一部电影放完亮灯时，我也睁眼醒来。观众们像事先商量过似的轮流打起哈欠。我在小卖部买了两支冰淇淋跟她吃着。冰淇淋硬邦邦的，活像去年夏天卖剩下的。

“一直在睡觉?”

“嗯。”我说，“有趣?”

“妙趣横生！城市最后爆炸了。”

“嗬。”

电影院**静**得不得了。或者不如说我四周**静**得不得了。感觉上很怪。

“暖，”她说，“你不觉得身体好像现在还在移动?”

经她一说果然是那样。

她握住我的手：“一个劲儿移动，怪担心的。”

“噢。”

“就好像要移去别的什么地方，移去别的莫名其妙的地方。”

场内变暗开始放电影预告时，我拨开她的头发，在她耳朵上吻一下：“不要紧，不必担心。”

“如你所说，”她低声道，“还是该乘坐有名字的交通工具才是。”

在第二部电影由始至终的一个半钟头时间里，我们一直在黑暗中如此静静地移动。她脸颊一直贴在我肩头。肩头给她的呼吸弄得潮潮的暖暖的。

走出电影院，我搂着她的肩漫步在暮色笼罩的街头。我觉得我们比以前亲密了。来往行人的嘈杂声很是叫人快意。天空眨闪着淡淡的星。

“我们真的是在正确的地方?”她问。

我仰首望天。北极星处于正确的位置。不过看上去也有点像假北极星，太大，太亮。

“是不是呢?”我说。

“总像有什么误差似的。”

“初来乍到的地方就是这样子的，身体还没适应过来。”

“很快就会适应?”

“大概两三天吧。”我回答。

走累了，我们便跨进第一眼看到的餐馆，各饮两杯生啤，吃马铃薯和大马哈鱼。虽说是盲目闯进来的，但味道相当可以。啤酒十分可口，白调味汁清淡而又有**余味**。

“对了，”我边喝啤酒边说，“住处该定了。”

“关于住处我已经有了设想。”她说。

“什么设想?”

“反正你按顺序念一下宾馆名称。”

我叫态度冷淡的男侍者拿来按行业排列的电话号码簿，翻到“旅馆·宾馆”那页逐个朗读起来。一口气念到四十个左右时，她叫我停住：

“可以了。”

“可以?”

“你最后念的宾馆。”

“DOLPHIN HOTEL。”我念道。

“什么意思?”

“**海豚**宾馆。”

“就住那里。”

“名都没听说过。”

“除它以外没有可住的宾馆，我觉得。”

我道谢把电话簿还给男侍者，往**海豚**宾馆打电话。一个口齿不灵的男人接起电话，说双人房或单人房有空的。出于慎重，我问除双人房单人房还有什么房，回答除双人房和单人房原本没其他房。我脑袋有点混乱，但还是先订了双人房，问了房费。房费竟比我预想的便宜百分之四十。

从我们刚才进去的电影院往西走过三条马路，再往南走下一条，便是**海豚**宾馆。宾馆很小，无个性可言。如此无个性的宾馆我想未必能找出第二家。其无个性之中甚至荡漾着一种形而上的氛围。既无霓虹灯又无招牌，连像样的门面也没有，只在餐厅工作人员出入口模样的冷冰冰的玻璃门旁嵌着一块刻有“DOLPHIN HOTEL”字样的铜牌。连一幅海豚画也见不到。

建筑物虽是五层，却如一个竖放的巨型火柴盒一样呆板。近前一看，并不怎么古旧，却又十足旧得令人侧目，想必建造时即已旧了。

这就是**海豚**宾馆。

不料她对这**海豚**宾馆却好像一见钟情。

“看样子不是蛮好的么?”她说。

“看样子蛮好的?”我反问。

“小巧玲珑，没有多余物。”

“多余物，”我说，“你说的多余物指的可是不带**污痕**的床单、不漏水的洗漱台、容易调控的空调机、柔软的卫生纸、新的香皂、没晒旧的窗帘之类?”

“你看事物的阴暗面看得太多了!”她笑道，“总之我们可不是来观光旅游的。”

打开门，里面是大得出乎意料的大厅。 厅中央有一套待客沙发和一台大屏幕彩电。 开着不关的电视上播映的是知识问答节目。 空无人影。

门两侧摆着大大的赏叶盆栽植物，叶子一半已变色。 我关上门，站在两盆植物之间打量了一会大厅。 细看之下，厅并没那么宽敞。所以显得宽敞，是因为家具极端之少。 待客沙发、挂钟和大镜子，此外别无他物。

我近墙看了看挂钟和镜子。 两个都是哪里赠送的。 钟误差七分之多，照在镜子里的我的脖子也多少偏离我的躯干。

待客沙发也和宾馆本身一样旧。 橙色布面已橙得相当奇妙——就好像晒足太阳又给雨淋了一个星期，之后放进地下室故意使其生出霉斑。 在极为原始的彩色影片时代曾见过如此色调。

近前一看，待客用的长沙发上，一个开始秃头的中年男人以烘鱼干的姿势躺着。 起初以为他死了，原来是在睡觉，鼻子不时抽动一下。 鼻梁上有眼镜压痕，眼镜却不知去了何处。 看来，似乎并非看电视看着看着睡过去的。 不得其解。

我站在服务台前往里窥视。 一个人也没有。 女友摇铃。 “叮铃”声回荡在空荡荡的大厅。

等了三十秒，仍无任何反应。 长沙发上的中年男人也未醒来。

她再次摇铃。

长沙发上的中年男人呻吟一声，仿佛是在责备自己，随后睁开眼睛茫然看着我俩。

女友催促似的摇响第三遍铃。

男人从沙发上一跃而起，穿过大厅，从我身旁擦也似的进入服务台。原来是负责服务台的。

“对不起，”他说，“实在对不起。等着等着迷迷糊糊睡了过去。”

“抱歉，把你吵醒了。”我说。

“哪里哪里。”说着，他朝我递来住宿登记卡和圆珠笔。他左手小指和中指第二节往上竟没有了。

我在卡片上一度写了真名实姓，又转念揉成一团塞进衣袋，换一张卡片写下胡编的名字和胡编的住址。不起眼的名字不起眼的住址，但作为一闪之念的产物两个都说得过去。职业填作不动产业。

服务台负责人拿过电话机旁的假象牙框眼镜戴上，甚是用心地看我填的住宿登记卡。

“东京都杉并区……二十九岁，不动产业……”

我从衣袋掏出纸巾，擦去手指上沾的圆珠笔油。

“这次来是为商务上的事?”

“嗯，啊。”我回答。

“住几晚?”

“一个月。”

“一个月?”他以注视一张雪白画纸时的眼神注视我的脸。“一个月一直住在这里?”

“不欢迎?”

“不是不欢迎，只是每三天要劳客人结算一次。”

我把旅行包放在地上，从衣袋掏出信封，点出二十张嘎嘎新的万元钞票置于台面。

“不够再添。”我说。

服务台负责人用左手三根手指拿钞，以右手指点了两遍，然后在收据上填好金额递给我。“对房间有什么要求请不要客气。”

“可能的话，最好安排在远离电梯的拐角处的房间。”

负责人背对着我盯视钥匙板，踌躇好一会儿，这才摘下带有四〇六编号的钥匙。钥匙几乎全部挂在钥匙板上。看来，这**海豚**宾馆很难说深谙经营之道。

海豚宾馆不存在男服务员，我们必须自己拿行李上电梯。如女友所说，此宾馆概无多余之物。电梯犹如患肺病的巨犬咔嗒咔嗒摇晃不已。

“久住还是这样小而整洁的宾馆合适。”她说。

小而整洁的宾馆——的确概括得不坏，足可作为广告词用在“安安”旅行专页上：若是久住，不管怎么说，这种无拘无束的小而整洁的宾馆乃是最佳选择。

然而，走进这小而整洁的宾馆房间，我首先要做的，是用拖鞋把在窗台上爬的蟑螂打死，再捏起落在床脚的两根阴毛扔到纸篓里去。在北海道还是第一次看见蟑螂。这时间里女友调节热水温度准备洗澡。水龙头的声音简直震耳欲聋。

“住高级些的宾馆去好了！”我打开卫生间的门对她吼道，“反正钱有的是。”

“不是钱的问题。我们找羊要从这里开始。总之非这里不可。”

我歪在床上吸烟，打开电视，各频道转一遍后关掉。唯独电视图像还像那么回事。热水声停止，她的衣服从门里甩出，传来淋浴声。

打开窗帘，发现路对面密密麻麻排列着同这**海豚**宾馆一样的千篇一律的不伦不类的楼宇。哪栋楼都像挂了一层灰，脏兮兮的，一闻便有一股小便味儿。尽管时近九点，亮灯的窗口却寥寥无几，有人在里边像是很忙地动来动去，做什么工作我不晓得，反正看上去像不怎么开心。当然，在他们眼里，我恐怕也不甚开心。

我拉合窗帘，转身回床，躺在浆得像柏油路面一样硬的床单上，想同我分手的妻，想和她一起生活的男子。提起那个男子，我对他相当熟悉。原本是我的朋友，不可能不熟悉。他二十七岁，是个不很有名气的爵士吉他手。就不甚有名气的吉他手来说，他算是较为地道的。性格也过得去，只是其貌不扬。有的年份彷徨于肯尼·巴雷尔和B·B·金之间，有的年份在拉里·科里埃与吉姆·霍尔之间徘徊。

至于她何以继我之后选择此人，我不大明白。不错，每个人身上都存在一种所谓倾向。他优于我的地方仅仅是会弹吉他，我优于他的地方只是会洗盘子。大部分吉他手都不洗盘子，一旦弄伤手指，便失去了存在的理由。

接下去，想我同她的做爱，计算四年婚姻生活中为消磨时间进行的做爱次数。但最终得出的数字是不确切的，而不确切的数字很难认为有多大意义，或许应在日记本上记下才是，至少应在手册上做个记号。这样，我便可以准确把握四年期间我所进行的做爱次数了。我需要的是能够用数字反映的现实性。

同我分手的妻则拥有做爱的精确记录。她并未写日记。她从第一次来月经就开始在大学生用的笔记本上准确无误地记录月经，作为参考资料，性交记录也包括在内。笔记本共八册，同她珍惜的信和照片一并藏在上锁的抽屉里，任何人都不给看。我无从晓得她的做爱记录写到什么程度，而在同她分手后的现在，更是永远无法晓得了。

“我要是死了，”她经常这样说，“把那笔记本烧掉。多多浇上汽油，彻底烧成灰埋到土里。一个字都绝对不许你看!”

“可我一直和你睡觉的嘛，全身上下几乎没我不知道的部位。现在还害羞什么呢?”

“细胞每个月更新一次。即使就现在来说，”她把纤纤十指的背面伸到我眼前，“你自以为知道的也差不多都不过是记忆中的我罢了。”

她——除去离婚前一个月——便是头脑如此地道的女子。她毫厘不爽地把握着其人生中的现实性。也就是说，她遵循着这样一个原则：门一旦关闭便再也无法打开，却又不可能一切都永远大敞四开。

我现在对她所了解的，仅仅是关于她的记忆。而那记忆又如坏死的细胞迅速远离了，连同她做爱的准确次数都不得而知。

2. 羊博士出场

翌晨八时醒来，我们穿衣坐电梯下楼，进附近一家饮食店吃优惠价早点。**海豚**宾馆没有餐厅和酒吧。

“按昨天说的，我们分头行动。”说着，我把复印的羊照片递给她。“我以照片上的山背景为线索找场所，你以养羊的牧场为中心找羊。方法明白吧？无论多么小的暗示都不要放过。毕竟比在北海道到处乱窜好些。”

“放心，交给我好了。”

“那，傍晚宾馆房间见。”

“别太担心，”她戴上太阳镜，“保准手到擒来。”

“但愿。”我说。

但事情当然不那么简单。我去了道政府观光科，转了各种观光点和旅行社，访问了登山协会，大凡同旅游观光和山有关的地方也都去转了，但没有一个人对照片上的山有印象。

“山形太普通了，”他们说，“况且照片上的只是局部。”

我转了一整天只得出这样一个结论：仅看局部是很难推断山的名字的，除非是很有特征的山。

路上我进书店买了北海道全道地图和一本叫《北海道的山》的书，又进咖啡馆喝了两瓶干姜水。北海道山多得令人无法置信，并且山色山形个个难分彼此。我把鼠的照片上的山逐个对照书中照片上的山，不出十分钟就头痛起来。问题首先是书中照片拍摄的山仅仅是北海道所有的山的一小部分，而且纵使同一座山，只消改变一下角度印象也截然不同。“山是活的。”作者在书序言中写道，“角度、季节、时间抑或心情的些微变化都会使山大改其观。所以我们须认识到——这点十分重要——我们通常仅能把握山的一部分、山的一个断片。”

“得得!”我不由出声叹道。叹罢重新开始这已认为是徒劳的作业。听报时钟打响五点，我坐在公园长椅上和鸽子一起嚼玉米花。

女友收集情报的作业在质量上比我稍强，但在徒劳这点上并无不同。两人在**海豚**宾馆后面的一家小饭馆边吃简单的晚饭边交换今天一天各自的遭遇。

“道政府畜产科基本上什么都不知道。”她说，“就是说羊已是被弃置不管的动物。养羊划不来，至少是大量放养。”

“那么，也可以说养得少故而容易找。”

“也并不是那样的。如果绵羊饲养业兴旺，就会有独立的协会活动，政府部门就可以掌握相对完整的脉络；而在目前情况下，根本摸不清零星绵羊饲养业的现状。因为大家像养猫养狗似的随便养那么几只。大致晓得的绵羊饲养者的住址有三十处左右，这已是四年前的资料了，四年时间应该有不小变化。因为日本的农业政策每三年就猫儿眼似的变一次。”

“得得！”我边喝啤酒边叫苦，“看来出师不利啊！北海道有一百多座样子相仿的山，绵羊饲养业的实况又完全摸不着头绪。”

“不是才过去一天么，一切刚刚开始。”

“你耳朵没捕捉到灵感?”

“灵感暂时来不了啦，”说着，她夹起煮鱼，喝口酱汤，“这个我已多少知道的。灵感的到来只限于我为了什么而迷惘的时候或感到精神饥渴的时候。现在不同的。”

“就是说，不到快淹死时救生绳不来?”

“是的。我现在和你这么活着感到十分充实，充实的时候灵感是不会来的，所以我们只能以自己的力量找到羊。”

“真弄不明白，”我说，“现实中我们已被追赶得气喘吁吁，要是羊找不到，我们将被逼入十分狼狈的境地。至于如何狼狈我也并不知道。但既然那伙人说要把我们逼入狼狈境地，那指的就是**真正**的狼狈境地。毕竟他们是老手。即便**先生**死了，也还有组织剩下。那个组织在日本全国如下水道一般无处不在，企图把我们逼入困境。我也觉得事情来得荒唐，但现实已经那样。”

“那么说，岂不像电视《宇宙入侵者》了?”

“在荒唐这点上。总之我们已经被卷了进去，我说的**我们**指的是你和我。一开始是我自己，中途你加入进来。这还不能说是快要淹死了?”

“哎哟，我喜欢这样的。比同陌生人上床、露出耳朵照镁光灯、校对人名辞典好多了。生活就应该这个样子。”

“就是说，”我说，“你没有快要淹死，救生绳也不会来。”

“是那么回事。我们要以自己的努力找羊。我也好你也好，肯定并非那么窝囊废。”

或许。

我们回宾馆性交。我非常欣赏性交这个词，它使人联想起某种形式被限定的可能性。

但我们在札幌的第三天和第四天也一无所获。我们八点钟起床吃优惠价早点，分头度过一天，傍晚边吃晚饭边交换情报，回宾馆性交睡觉。我扔掉旧网球鞋买了双新轻便鞋，到处给几百个人看照片。她以政府部门和图书馆的资料为基础开列了一个长长的绵羊饲养者一览表，一个接一个打去电话。然而收获是零。没有一个人对山有印象，没有一个绵羊饲养者晓得背部带星纹的羊。倒是有一位老者说记得在南萨哈林岛见过这样的山，但很难设想鼠到过萨哈林岛。萨哈林岛和东京不通快信。

第五天第六天过去，十月一屁股坐在札幌街头。阳光固然温煦，但风已夹带凉意。黄昏时分我便穿上带有薄棉絮的运动服。札幌街道宽阔，且直得令人厌倦。这以前我不知道在仅由直线构成的街道上行走竟如此消耗人的体力。

我确实在消耗自己。第四天东南西北的感觉消失了，开始觉得东的对面是南，于是在文具店买了指南针。手拿指南针转悠起来，街道迅速化为非现实性存在。建筑物看上去俨然如摄影棚里的布景，路上行人如同用纸壳剪下来似的扁平扁平。太阳从呆板板的大地的一边升起，如炮弹一般在天空画着弧形落往另一边。

我一天喝七杯咖啡，每隔一小时小便一次，食欲渐次减弱。

“在报纸登则启事如何?”女友提议，“我是说希望你朋友跟我们联系。”

“主意不赖。”我说。有无效果自当别论，起码比什么也不做好得多。

我转了四家报社，在第二天的早报上登了三行启事。

> 鼠：乞速联系。
>
> 十万火急!!
>
> 海豚宾馆四〇六室

往下两天，我在宾馆房间等电话。电话打进三个。一个是一位市民的，问鼠是什么意思。

“我朋友的绰号。”我回答。

他满意地放下电话。

一个是开玩笑电话。

“啾啾，”打电话的人说，“啾啾。”

我放下电话。 城市真是个怪地方。

另一个是话音极为细小的女士打来的。

“大家都管我叫鼠。”她说。 从话音听来，远处的电线似乎在随风飘摇。

“特意劳您打来电话，不好意思。 我找的是男的。”我说。

“估计是男的。”她说，“不过反正我也给人叫鼠，所以想最好还是打个电话……”

“实在谢谢。”

“啊，不用谢。 那位可找到了?”

“还没有。”我说，“遗憾。”

“我要是就好了……可终归不是。”

“是啊，遗憾。”

她沉默不语。 这时间里，我用小指尖搔耳根。

“真的想和您说说话。”她说。

“和我?”

“自己也说不清楚，反正今早看到报纸上的启事就一直心神不定，不知好不好给你打个电话。 我想肯定会打扰您的……”

“那么说，人家管你叫鼠是说谎喽?”

“是的。”她说，“谁也没管我叫什么鼠。 说到底连个朋友也没有。 所以很想找人说说话。”

我叹口气：“也罢，反正谢谢了。”

“对不起。 您是北海道的?”

“东京。”我说。

“从东京来这里找朋友?”

“不错。”

“他多大年纪。”

“刚三十。”

“您呢?”

“差两个月三十。”

“独身?”

“是的。”

“我二十二。年龄一大，好多事情都会变得开心是吧?”

“会不会呢，”我说，“不清楚。有的变得开心，也有的相反。”

“要是能吃着饭慢慢聊就好了……”

“对不起，我必须一直在这里等电话。”

“是啊，”她说，“啰啰嗦嗦，请原谅。”

“总之谢谢你打来电话。”

电话挂断。

细想之下，又像是手法巧妙的妓女拉客电话，但也可能的的确确是孤独女孩打来的。对我来说，怎么都一回事，总归毫无线索。

翌日电话只有一个。一个脑袋不正常的男子打来的：“鼠的事交给我好了!”他用十五分钟向我讲了被关押在西伯利亚期间对付老鼠的事。故事妙趣横生，但不成其为线索。

我坐在窗边弹簧开始探头的软椅上，一边等待电话铃响，一边观望对面三楼一家公司的劳动场景，观望了一天。但整整一天也全然没弄明白那家公司到底是干什么的。十一二个人，就像进行篮球比赛似的始终出出入入。某人把文件递给某人，某人在上面盖印，某人把它装入信封跑去外面。午休时一个乳房肥硕的女事务员给每人斟茶。午后有几个人从外边要来咖啡。我也想喝咖啡，遂请服务台代为留言，到附近一家饮食店喝咖啡，顺便买两罐啤酒回来。回来一看，公司人员减为四个。乳房肥硕的事务员同年轻男职员有说有笑。我边喝啤酒边以她为中心打量公司活动情况。

我越看越觉得她的乳房大得反常。乳罩一定是用金门大桥的钢缆做成的。几个年轻职员看样子想同她睡觉。他们的性欲隔着两层玻璃和一条马路传导过来。感觉别人的性欲也真是奇妙。如此时间里竟涌来一股错觉，以为是自己本身的性欲。

五点，女事务员换上红连衣裙回去后，我拉合窗帘，看电视里重放的《兔八哥》。在**海豚**宾馆的第八天就这样迎来了夜幕。

“得得!”这“得得”已逐渐成为我的口头禅。“一个月过完三分之一，可我们什么边际也没摸着。”

“是啊。”她说，“**沙丁鱼**怎么样了呢?”

晚饭后，我们在**海豚**宾馆大厅那个质量差劲的橙色沙发上休息。除了我俩，便只有服务台那个三指负责人了。他或用梯子换电灯泡，或擦窗玻璃，或折叠报纸。我俩以外也还该有几个住客，但似乎都像背阴处的木乃伊，悄无声息地闷在房间里不出来。

“工作方面怎么样了?”服务台负责人边给盆栽植物浇水边战战兢兢地问我。

“不怎么样啊。”我说。

“好像在报上登启事了。”

“登了。”我说，“为土地遗产继承的事找人。”

“遗产继承?”

“嗯。继承人下落不明。”

“是这样。”他表示理解，“您这职业好像很有意思。”

“那也不是。”

“挺有《白鲸》情调的。”

“白鲸?”我问。

“是白鲸。寻觅什么是很有趣的作业。”

“例如猛犸?”我的女友问。

“是的，都一样。”服务台负责人说，“我所以给这里取名为DOLPHIN HOTEL，其实就是因为麦尔维尔的《白鲸》里有**海豚**出现的场面。”

“呃。”我说，“既然那样，索性叫鲸鱼宾馆岂不更好!”

“鲸鱼形象不大美好。”他露出遗憾的神情。

“**海豚**宾馆，蛮漂亮的名字。”女友说。

“非常感谢。”服务台负责人微微笑道，“对了，承蒙如此长期留住，也是一种缘分，我想送瓶葡萄酒表示一点谢意……”

“真高兴。”她说。

“谢谢，谢谢。”我说。

他钻入里面房间，一会儿拿出一瓶冰镇白葡萄酒和三个玻璃杯返回。

“算是干杯吧，虽是工作时间，我也来一点。”

“请请。”我们说。

我们喝起葡萄酒。酒虽不很高级，但味道干爽，很叫人畅快。杯子也十分考究，带有透明葡萄纹。

“喜欢《白鲸》是吧?”我问。

“嗯。所以从小就想当水手来着。”

“现在经营宾馆?”她问。

“这不，指头残缺了。”他说，“卸货轮时卷进了起重机绞盘。”

“可怜。”她说。

“当时眼前一片漆黑。可人生这东西是捉摸不定的。如今也算有这么一家宾馆了。虽不是什么了不得的宾馆，但总可以维持生计。已经十年光景了。”

这么说，他不是一般的服务台负责人，而是老板。

“宾馆好得无与伦比。”女友鼓励道。

“非常感谢。”说着，老板给我们倒第二杯葡萄酒。

“就十年来说，怎么说呢，建筑物够有风格的，是吧?”我断然问道。

“嗯，战后不久建造的。有点特殊关系，就低价买了下来。”

“那以前做什么用来着?”

“名称叫北海道绵羊会馆，处理所有有关绵羊的事务和资料……”

“绵羊?”我问。

“羊。”他说。

“建筑物是北海道绵羊协会的，直到昭和四十二年①。也是因为道内绵羊饲养业不景气，后来闭馆了。”说着，他喝口葡萄酒。“说起那时当馆长的，正是家父。家父说他不忍心自己心爱的绵羊会馆就这么关门大吉，就以保存绵羊资料为条件，以较低价格把这座建筑连地皮一起从协会手里买了下来。所以，至今二楼也全都是绵羊资料室。当然啰，虽说是资料，早已陈旧得毫无用处，无非是老人的一种爱好罢了。其余部分我用来做宾馆房间。”

“巧了!”我说。

“巧了?”

“其实我们找的人同羊有关。线索嘛，倒只有他寄来的一张羊照片。”

“哦，”他说，“可以的话，想看一下。”

我取出夹在手册里的羊照片递过去。他从服务台拿来眼镜，细细端视照片。

“有印象。”他说。

“有印象?”

① 昭和四十二年:一九六七年。

“的确有的。”如此说着，他拿开一直竖在电灯下的梯子，靠在对面墙上，爬上去在靠近天花板那里摘下一副镜框，下来用抹布擦去框上的灰尘，递给我们。

“场景不是和这个一样么?”

镜框本身已十分陈旧，但里面的照片更旧，已变成褐色。照片上同样有羊，共约六十只。有栅栏，有白桦林，有山。白桦林的形状虽然同鼠的照片全然不同，但背后的山确实一样。构图也毫无二致。

“得得，”我对她说，“我们天天在这照片下通过。”

“所以我不是说应该住这**海豚**宾馆的嘛!”她不以为然地说。

“那么，”我喘口气问老板，“照片上的风景在什么地方呢?”

“不知道。”他说，“照片从绵羊会馆时期就一直挂在同一位置。”

“唔——”

“但有知道的办法。”

“什么办法?”

“请问问家父。家父房间在二楼，在那里起居。差不多一直躲在二楼看羊资料。我快有半个月没见他面了。饭菜放在门口，三十分钟后空了——看来的确是还活着。”

“问你父亲就能弄清照片上的风景在哪里?”

“想必可以弄清。刚才也说了，家父当过绵羊会馆的馆长，羊的事无所不知，以致世人都叫他羊博士。”

“羊博士。”我说。

3. 羊博士能吃能说

据羊博士的儿子海豚宾馆老板介绍，羊博士迄今为止的人生绝对算不上幸福。

“家父一九〇五年作为长子出生于仙台一个旧士族[①]家庭。”儿子说，“以公元纪年来说，可以么?”

“请请。”

“虽不特别富裕，但有些房地产，再说毕竟是曾经做过城代家老[②]的世家。幕府末期还出过著名的农学家。”

羊博士学习成绩小时就出类拔萃，在仙台城是无人不晓的神童。不但学业，小提琴也拉得出色。上中学时曾在来仙台的皇族面前拉过贝多芬的奏鸣曲，得到一块金表。

家人希望他攻读法律，往法律方面发展，但羊博士一口拒绝。

“对法律没有兴趣。”年轻的羊博士说。

“那么，走音乐那条路可以吧?”父亲说，“一家出个音乐家也好嘛。”

“对音乐也没兴趣。”羊博士回答。

沉默有顷。

“那么，”父亲开口道，“你打算往什么路上发展呢?”

“对农业有兴趣，准备学农政。”

“好吧。”稍顷父亲说道。不得不这么说。羊博士性格诚然坦率温和，但话一出口决不收回，就连父亲也无法插嘴。

第二年羊博士如愿以偿地进入东京帝国大学农学系。他那股子神童劲儿进了大学也始终不衰。任何人——甚至教授——都对他高看一眼。学业依然出类拔萃，人缘也好，总之是无可挑剔的精英。并且没有不检点的行为，有时间就看书，看累了便去操场拉小提琴。校服口袋里总不离那块金表。

以首屈一指的成绩从大学毕业出来，径直作为超级精英进入农林省。其毕业论文题目，简单说来是有关日本本土、朝鲜、台湾一体化实行大规模计划农业的。虽然多少有过于理想主义之嫌，但在当时一时成为话题。

羊博士在农林省本部锻炼两年之后，赴朝鲜半岛研究水稻种植，提交一份“朝鲜半岛水稻种植业试行方案”，得到采用。

一九三四年羊博士奉调回京，安排他同陆军一个年轻军官见面。军官请他设法保证羊毛自给自足以配合在中国大陆北部展开的大规模军事行动。这是他第一次接触羊。羊博士归纳出日本本土及满洲内蒙古绵羊增殖计划大纲之后，翌年春去满洲进行实地考察。他的沦落即是从那里开始的。

一九三五年春在平稳中过去了。事情发生在七月：羊博士在一个

---

① 士族：日本一八六九年赋予武士出身之人的称号，一九四七年废除。

② 家老：日本幕府时期诸侯的家臣之长。城代家老，指诸侯不在藩国时总理藩国事务的家老。

人骑马悠悠然出去视察绵羊时失踪了。

三四天过去了，羊博士仍未回来。搜查队——军队也参加了进去——在荒野中四处搜寻，但哪里也不见他的踪影。人们猜想不是被狼吃了就是给土匪带走了。一周后人们彻底放弃希望时，羊博士憔悴不堪地返回暮色中的宿营地。他双颊下陷，负了几处伤，唯独眼睛炯炯有神。并且马也没了，金表也不见了。他解释说迷了路，马受伤了，大家也就信以为真。

但此后大约过了一个月，机关里出现了一种奇妙的传闻，说他同羊之间"有了特殊关系"。而"特殊关系"是何含义则无人知晓。于是他被上司叫去房间询问实情。在殖民地社会，传闻是不能听之任之的。

"你同羊之间真的有了特殊关系?"上司问。

"有了。"羊博士回答。

以下是两人问答内容。

Q. 特殊关系可是性行为?

A. 不是。

Q. 解释一下。

A. 是精神行为。

Q. 不成其为解释。

A. 找不出合适字眼，大概接近于所谓灵交，我想。

Q. 和羊进行灵交?

A. 是的。

Q. 就是说一星期的失踪时间里你和羊灵交了?

A. 是的。

Q. 你不认为这是擅离职守行为?

A. 我的职守是研究羊。

Q. 灵交不能视为研究事项，以后要注意。你可是以优异成绩从东京帝国大学农学系毕业的，进入农林省后也表现出色——可以说，是将来担负东亚农政重任的人物。这点你应该认识到。

A. 明白了。

Q. 灵交的事忘掉！羊不过是家畜。

A. 忘掉是不可能的。

Q. 解释一下原因。

A. 因为羊已在我体内。

Q. 不成其为解释。

A. 没办法再解释。

一九三六年二月，羊博士被召回国内。几经询问后，那年春天被安排在农林省资料室，工作是编写目录，整理书架。一句话，他被逐出了东亚农政的中枢。

“羊从我体内离去了。”当时的羊博士对要好的朋友说，“但它曾经在我体内。”

一九三七年，羊博士从农林省辞职，利用他曾主要负责的日满蒙三百万只绵羊增殖计划，从农林省获得民间贷款，去北海道养羊。羊五十六只。

一九三九年，羊博士结婚。羊一百二十八只。

一九四二年，长子出世（即现在的**海豚**宾馆老板）。羊一百八十一只。

一九四六年，羊博士的绵羊牧场被美国占领军作为演习场接收。羊六十二只。

一九四七年，任职于北海道绵羊协会。

一九四九年，夫人因肺结核去世。

一九五〇年，就任北海道绵羊会馆馆长。

一九六〇年，长子在小樽港绞断手指。

一九六七年，北海道绵羊会馆关闭。

一九六八年，“DOLPHIN HOTEL”开业。

一九七八年，青年不动产商关于羊照片的提问——即我的提问。

“得得。”我说。

“无论如何都想见见你的父亲。”我说。

“见是没有问题。可是父亲讨厌我，所以对不起，就二位上去好么?”羊博士的儿子说。

“讨厌?”

“因为我缺了两根手指，脑袋上又没了头发。”

“是这样，”我说，“人像是有些古怪。”

“由做儿子的我说是不大好——实在古怪。自从和羊发生关系后，整个人完全变了。非常难以接触，有时甚至残酷。但实际上他是个内心温和的人，这点听他拉小提琴即可听出来。是羊伤害了父亲，又通过父亲伤害我。”

“你喜欢父亲吗?”女友问。

“嗯，是的，是喜欢。”**海豚**宾馆老板说，“但父亲讨厌我。出生以来他一次也没抱过我，也没给过我一句温暖的话。我缺了手指秃了脑袋之后，还时不时拿这个欺负我。”

“肯定不是存心欺负。”她安慰道。

“我也那样认为。”我说。

“谢谢。”

“我们直接去见，能见到么?”我问。

“不清楚。”老板说，“不过有两点如果能注意的话，大约是可以见到的。一点是明确地说想问有关羊的事。”

“另一点呢?”

“不要说是从我口里听来的。”

“好的。”我说。

我们向羊博士的儿子道谢后爬上楼梯。楼梯上凉乎乎的，空气潮湿。电灯若明若暗，拐角处积满灰尘。旧纸味和体臭味充溢四周。我们走过长长的走廊，按老板说的，敲响尽头处的一扇旧门。门上端贴着一块写有“馆长室”字样的塑料牌。没有回音。我们又敲一次，仍无回音。敲第三遍时听得里面有人哼哼。

“讨厌!”里面传出语声，“讨厌!”

“我们就羊的事向您请教来了。”

“滚一边去!”羊博士在里面吼道。就七十三岁来说，声音相当铿锵有力。

“请您务必接见一下。”我隔门喊道。

“羊没什么好说的，混账!”

“还是**应该**说的，”我说，“关于一九三六年不见了的那只羊。”

沉默片刻。之后门霍地打开，羊博士站在我们面前。

羊博士头发很长，雪一样白。眉毛也白了，如**冰柱**挂在眼前。

身高一米六五左右，体格健壮。脸上棱角分明，鼻梁以滑雪场跳台般的角度挑衅性地从脸中间突向前去。

房间里荡漾一股体臭。不，那甚至不能称为体臭。在越过某一临界点之后，便已不再是体臭，而同时间、同光融为一体。宽大的房间里逼仄地堆满书籍，几乎见不到地板。书大多数是用外语写的学术著作，哪一本都满是**污痕**。右边靠墙有一张沾满**污垢**的床，正面窗前安放着大大的硬红木写字台和转椅。台面收拾得比较整齐，书上压一个羊形玻璃镇纸。灯光昏暗，唯独落满灰尘的台灯把六十瓦的光柱投在台面上。

羊博士上身是灰色衬衫和黑色对襟毛衣，下面穿一条几乎没了形状的人字呢肥筒裤。灰衬衫和黑对襟毛衣在光线作用下成了白衬衫和灰对襟毛衣。说不定本来就是这种颜色。

羊博士坐在写字台前的转椅上，用手指示意我们坐在床上。我们怕踩响地雷似的跨书挪步到床前坐下。床实在很脏，我真担心自己的牛仔裤永远沾在床单上移动不得。羊博士在桌上交叉着十指，凝目注视我们。手指连关节都生出黑毛，那黑毛同令人目眩的白发形成奇妙的对比。

只见羊博士拿过电话，对听筒吼道："快拿饭来！"

"那么，"羊博士说，"你们是来谈一九三六年不见的羊来了？"

"是的。"我说。

他"唔"了一声，接着用手纸很大声地擤了把鼻涕，"想说什么？还是想问什么？"

"都想。"

“那，先说好了。”

“我知道一九三六年春从你身上逃走的羊的以后去向。”

“噢，”羊博士抽了下鼻子，“你是说你知道我四十二年来不惜一切代价到处寻找的东西?”

“知道。”我说。

“瞎说吧!”

我从衣袋里掏出银打火机和鼠寄来的照片置于台面。他伸出长毛的手拿起打火机和照片，对着台灯光审视了很长时间。沉默如粒子一般在房间飘移。厚重的双层玻璃窗把城市的噪音挡在外面，只有旧台灯的“嘶嘶”声使得沉默更显滞重。

老人看完打火机和照片，“咔嗤”一声关掉台灯，用粗手指揉着双眼，简直像要把眼球揉进头盖骨里。手指拿开时，眼睛如兔眼一般又红又浑浊。

“抱歉，”羊博士说，“一直给蠢货们包围着，弄得我再不相信人了。”

“没关系。”我说。

女友莞尔一笑。

“你能想象只有思想存在而表现手段却被连根拔除的状态是怎么回事吗?”羊博士问。

“不明白。”

“地狱！唯有思想团团打着旋涡的地狱，没有一丝光亮没有一线生机的十八层地狱。而那就是我四十二年来的生活。”

“因为羊的关系?”

“是的，是羊的关系。 羊把我抛弃在那种状态中。 那是一九三六年春天的事。”

“从农林省辞职是为了找羊?”

“当官的，全都是混蛋。 那些家伙根本不懂事物真正的价值，他们永远也理解不了那只羊具有的重大意义。”

有人敲门，一个女子的声音道：“饭菜送来了。”

“放下!”羊博士吼道。

传来托盘放在地上的咣啷声，随即脚步渐渐远去。 我的女友开门把饭菜端到羊博士的写字台上。 托盘上放有给羊博士的汤、色拉、卷形面包和肉丸子，以及两杯给我们准备的咖啡。

“你们吃了?”羊博士问。

“吃过了。”我们回答。

“吃的什么?”

“葡萄酒炖乳牛。”我说。

“炸虾。”她说。

羊博士“唔”了一声，然后喝汤，“嗑哧嗑哧”嚼汤上漂浮的油炸面包块。 “对不起，边吃饭边说好么? 肚子饿了。”

“请请。”我们说。

羊博士喝汤，我们啜咖啡。 喝汤时羊博士总是盯着汤碗喝。

“照片上的地方您知道吗?”我问。

“知道，一清二楚。”

“可以告诉我们吗?”

“等等，”羊博士把喝空的汤碗推去一边，“事情这东西有个顺序。先从一九三六年说起吧。我先说，我说完你说。”

我点头。

“简单说来，”羊博士讲道，“羊进入我体内是在一九三五年夏天。我在满蒙边境附近调查放牧情况时迷了路，钻进偶然看见的山洞里过了一夜。梦中出来一只羊，问我可不可以进入我体内，我说无所谓。当时自己没当回事，因为心里明白是在做梦。”老人咯咯笑着吃色拉，“那是过去从未见过的一种羊。由于职业关系，我知道世界上所有种类的羊，但那只羊是特殊的。犄角弯的角度甚是奇妙，四肢短粗壮实，眼睛如地下水一般清澈透明。毛是纯白色的，背部生有星纹褐毛。这样的羊哪里都没有。所以我才说进入我体内也无所谓。我又是研究羊的人，不可能眼睁睁地放过如此珍稀的品种。”

“羊进入体内是怎样一种感觉呢?”

“没什么特殊的，只是感觉到有羊。早上一起来就感觉到，知道有羊在自己体内。一种非常自然的感觉。”

“头痛的经历呢?”

“生来从未有过。”

羊博士把肉丸子整个蘸满调味汁塞入口中，闭口大嚼。“羊进入人体在中国北方和蒙古地区并非什么稀罕事，他们以为羊进入人体是神赐予的恩惠。例如元朝出版的书上写道，成吉思汗体内进入一只‘背负星星的白羊’。怎么样，有趣吧?”

“有趣。”

“能够进入人体的羊被视为长生不死之羊，而体内有羊的人也长生不死。然而羊一旦逃离，就无所谓长生不死了。一切取决于羊。

它要是中意，几十年都在同一个地方；而若不中意，就一下子离开。羊离开后的人一般被称作‘羊壳’，也就是我这样的人。”

他闭口大嚼。

“羊进入体内后，我一直研究有关羊的民俗学和传说。问当地人，或查古书。一来二去，羊进入我体内的说法在人们中间越传越广，最后传到我的上司耳朵里。上司不满意这个，把我贴上‘精神错乱’的标签送回国内，即所谓殖民地痴呆症。”

羊博士消灭掉三个肉丸，开始进攻面包。从旁边看谁都知道他吃得开心。

“构成日本近代的本质的愚劣性，就在于我们在同亚洲其他民族的交流当中没学到任何东西。羊的问题也是同样。日本绵羊养殖的失败，就是简单地从羊毛羊肉自产自足这个观点出发所造成的。缺乏日常生活层面的思想认识，只知道高效盗取脱离时间的结论。一切皆然。也就是说，脚没站在地上。战败也是理所当然的。”

“羊也一起来到了日本?”我把话拉回。

“是的。”羊博士说，“从釜山乘船回来的，羊也一起跟回。”

“羊的目的到底是什么呢?”

“不知道，”羊博士冲口而出，“不知道啊！羊没有告诉我。但那家伙野心勃勃，这点我是知道的。它有个庞大的计划，想彻底改变人和人世。”

“由一只羊来干?”

羊博士点了下头，把最后一块面包塞入口中，“啪嗒啪嗒”地拍手。“无足为奇。想想成吉思汗干的好了。”

“那倒是。”我说，“可为什么羊时至今日才干、并选在日本干呢?”

“大概是我把羊弄醒了吧。羊肯定在那山洞睡了好几百年之久。是我、是**这个我**把它弄醒过来的。”

“不是你的责任。”我说。

“不不，”羊博士说，“是我的责任，我本来该早些意识到才是。那样，我也有办法可想。但我意识到这点费了些时间，等我意识到时，羊已经跑掉了。”

羊博士沉默下来，用手指揉了揉冰柱般的白眉毛。看来四十二载的时间重量已吃进他身体的每一个细胞了。

“一天早上醒来，羊已经不见了。我这才知道所谓‘羊壳’是怎么个东西。地狱！羊只留下了思想，而若没有羊又无法把那思想释放出去。这便是‘羊壳’。”

羊博士再次拿手纸擤了把鼻涕：“好了，下面轮到你讲了。”

我讲了羊离开羊博士以后的情况——羊进入狱中一个右翼青年的体内，他出狱后成了右翼大头目，后来去中国大陆建立情报网和搜刮钱财。战后被定为甲级战犯，但以提供中国大陆情报网为交换条件获得释放。释放后以从大陆带回的财宝为杠杆控制了日本战后政治、经济、信息广告业的阴暗面，等等。

“这个人物听说过。”羊博士无限厌恶似的说，“看来羊总算找到了合适人物。”

“不料今年春天羊离开了他的身体。本人眼下人事不省奄奄一息，而在此之前羊一直在掩饰他的脑疾。”

“幸运啊！对‘羊壳’来说，半清不清的意识还是没有为好。”

“羊为什么离开他身体了呢？本来他已花费了漫长岁月，构筑了那么庞大的组织。”

羊博士喟然长叹：“你还不明白？那个人物的情形和我一样：没有了利用价值嘛！人是有极限的，而到达极限的人对羊便无用处了。估计他还没能完全理解羊真正有求于他的是什么。他的作用就是构筑庞大的组织，完成之后他便被抛开，正如羊把我作为交通工具来利用那样。”

“那么，羊在那以后怎么样了呢？”

羊博士拿起台面上的照片用手指啪啪敲着：“在日本全国往来彷徨，寻找新的宿主。想必羊将用某种手段找出一个新的人物把他置于组织之上吧。”

“羊所追求的是什么呢？”

“刚才也说了，遗憾的是我无法用语言表达出来。羊追求的只能是羊式思想的具体外观。”

“那可是善的？”

“对羊式思想来说当然是善的。”

“对您呢？”

“不清楚，”老人说，“真不清楚。羊离去后，就连哪部分是我自己哪部分是羊的影子都不清楚了。”

“您刚才说的**有办法可想**指的是什么呢？”

羊博士摇头道："这个不打算讲给你听。"

沉默再次笼罩房间。窗外下起了急雨。来札幌的第一场雨。

"最后，请您把照片上的地方告诉我们。"我说。

"那是我生活了九年的牧场，在那里养羊来着。战后很快被美军接收，还的时候作为带牧场的别墅用地卖给一个有钱人了。现在也应该是那个人所有。"

"现在还在养羊?"

"不知道。但从照片上看，好像现在也还在养。那地方远离人烟，举目不见人家，冬天交通都断绝，一年恐怕也就使用两三个月。倒是个安静的好地方。"

"不使用时由谁管理呢?"

"冬天大概一个人也没有。除了我，不至于有人愿意在那里度过一冬。至于羊，只要花钱，委托给山下的镇营绵羊饲养场即可。屋顶的雪设计上可以自然滑落地面，盗窃也无须担心——在那样的山中就算盗得什么也很难走到镇上，毕竟雪量大得惊人。"

"眼下有什么人在吗?"

"这——怕没有吧！快下雪了，又有熊到处寻找越冬食物……打算去一趟那里?"

"我想是要去的。此外没别的**指望**。"

羊博士闭起嘴巴，久久没有做声。嘴角沾着肉丸番茄酱。

"其实在你之前还有一个人就那牧场来问过我，大约是今年二月。大致年龄嘛，对了，和你差不多。说是看到宾馆大厅里的照片来了兴致。我也正闲得无聊，就这个那个告诉他不少。他说打算用来做小说素材。”

我从衣袋掏出我和鼠的合影递给羊博士。那是一九七〇年夏天杰在杰氏酒吧给照的。我歪头吸烟，鼠冲着照相机竖起大拇指。两人都年轻，都晒得黑黝黝的。

“一个是你，”羊博士打开台灯细看，“比现在年轻。”

“八年前的照片。”我说。

“另一个像是那个人。倒是上了点年纪长了胡须，应该不会看错。”

“胡须？”

“上嘴唇上的很整齐，其他乱糟糟的。”

我试着想象留胡须的鼠的脸，但想象不好。

羊博士给画了牧场详图。在旭川附近换乘专线，大约三小时到达山脚的一座小镇。从镇子到牧场开车还要三小时。

“承蒙指教，十分感谢。”我说。

“实话跟你说，那只羊最好不要再去理会了，我就是一个例证。和那羊弄在一起的人没一个幸福，因为在羊这一存在面前，一个人的价值观是绝对软弱无力的。不过嘛，你也有很多具体情况。”

“是啊。”

“小心！”羊博士说，“把碟碗放到门外去。”

4. 再见，海豚宾馆

我们花了一天时间作出发准备。

在体育用品店买齐登山装备和便携食品，在百货大楼买了厚厚的菲舍曼毛衣和毛袜，在书店买了牧场附近五万分之一的地图和一本地域史。鞋买的是结结实实的适合走雪路的钉鞋，内衣买的是硬撅撅的防寒用内衣。

“这买卖好像不大适合我。”她说。

“到雪地里，就没工夫考虑这么多了。”我说。

“打算住到积雪时节?”

“说不准。不过十月末就开始下雪，准备工作还是先做了好。谁也不晓得发生什么。”

回到宾馆，我们将这些物体塞进大背囊，把从东京带来的用不着的东西装在一起托**海豚**宾馆老板保管。事实上她的旅行包里装的基本上是闲物：化妆品一套，五册书和六盒盒式音乐磁带，连衣裙和高跟鞋，满满一纸袋长筒袜和内衣，T 恤和短裤，旅行闹钟，速写本和一套二十四色铅笔，信纸和信封，浴巾，小急救箱，吹风机，棉球棒。

“干嘛把连衣裙和高跟鞋带来了?”我问。

“要是有晚会不就麻烦了?”她说。

“哪里会有什么晚会!”

最终，她还是把小心叠好的连衣裙和高跟鞋塞进我的背囊。化妆品则在附近商店重新买了旅行用的。

老板愉快地把行李保管下来。我算清了到明天为止的住宿费，说一两个星期回来。

“家父可有帮助?”老板不无担心地问。

我说帮了大忙。

“我也时常心想要是能寻找点什么就好了。”老板说，“但找之前自己都不知到底找什么好。家父那人始终在寻找什么，现在仍在找。我还是孩子的时候就听家父说过梦见一只白羊的事。所以，我一直以为人生就是那么一种东西，就是要四处寻找什么，那才是真正的人生。”

海豚宾馆的大厅一如往日**寂然**无声。上了年纪的女勤杂工拿着拖把在楼梯上上上下下。

“但家父七十三岁了，羊还没找到。我不知道羊是否真的存在。我觉得对他本人来说，人生并不怎么幸福。我希望家父幸福，即使从现在开始也好。可他瞧不起我，我说什么都不肯听。这也是因为我的人生没有目标。”

“你有**海豚**宾馆嘛。”我的女友热情安慰道。

“再说你父亲找羊也可能告一段落了，”我补充说，“未完成的部分由我们继续下去。”

老板微微一笑：“那样可就再好不过了。 往后我们两人应该可以过得幸福。”

“祝福你们。”我说。

“那两个人真能过得幸福?”过一会剩我们两人时，她问我。

“或许得花点时间，但肯定不成问题。 毕竟四十二年的空白被填补上了，羊博士的使命已经结束了。 羊往后的足迹必须由我们寻找。”

“我很喜欢那对父子。”

“我也喜欢。”

收拾完东西，我们性交了一次。 然后上街看电影。 电影里也有很多男女跟我们一样性交。 我觉得看别人性交也并不坏。

第八章　寻羊冒险记Ⅲ

1. 十二瀑镇的诞生和兴衰

在札幌开往旭川的早班列车上，我边喝啤酒边看那本有套封的厚书《十二瀑镇的历史》。十二瀑镇是羊博士牧场所在之地。作用或许不大，但看一看也没什么损失。书中介绍著者一九四〇年生于十二瀑镇，从北海道大学文学部毕业后作为乡土史学者活跃至今。虽说活跃，著作却仅此一本。一九七〇年五月刊行，当然是初版。

书上说，第一批拓荒人进入现今为十二瀑镇的这片土地是在明治十三年[①]初夏。他们总共十八人，全部是津轻的贫苦佃农，论财产无非几件农具、衣服、被褥以及锅碗菜刀之类。

他们走到札幌附近的一座阿伊努族村落，拿出所有的钱雇了一位阿伊努小伙子当向导。小伙子身材瘦削，眼神黯淡，名字的阿伊努语含义是“月之圆缺”（著者推测他大概有焦躁抑郁症倾向）。

但作为向导，他远比给人的印象出色得多。他率领语言几乎不通且疑心极重脸色阴沉的十八个农民沿石狩川北上。他完全清楚去哪里能找到肥沃的土地。

第四天一行人来到一块地方：一望无边，美丽的鲜花到处盛开怒放，又得河水之利。

“好地方!”小伙子心满意足地说，“野兽少，土地肥，又能捕到大马哈鱼。”

“不成，”领头的一个农民摇头道，“再往里一些好。”

小伙子心想，大概这些农民以为越往里走越有好地方。那好，再往里去就是。

一行人又往北走了两天。这回发现了一片高地，虽没有那片地那么肥沃，但不用担心水灾。

“怎么样?”小伙子问，“这里也好。可以吧?”

农民们摇头。

这样的问答反复几次之后，他们终于来到现在的旭川。从札幌出发走了七天，大约一百四十公里。

“这里怎么样?”小伙子并没抱什么希望。

“不成。”农民们回答。

“可再往前要爬山啰!”小伙子说。

“不怕。”农民们高兴地说。

于是他们翻过了盐狩岭。

---

① 明治十三年:一八八〇年。

农民们避开肥沃的平原而故意寻找未开垦的腹地，自然有其原因。事实上他们每个人都欠了一屁股债没还，简直夜逃一般背井离乡，必须极力避开容易被人发现的平原地带。

阿伊努小伙子当然不晓得个中缘故，见他们拒绝肥田沃土而一味北上，自然感到惊愕、苦闷、困惑、狼狈，以至丧失了自信。

但小伙子性格似乎十分复杂。等到越过盐狩岭时，他已经彻底为自己把这些农民一直带向北去这不可思议的宿命般的使命所俘虏了。为了使农民们高兴，他故意选择荒僻的路和危险的沼泽地。

越过盐狩岭往北走了四天，一行人遇到一条河由东向西流去。商量的结果，是决定向东前进。

那儿的确地不成地，路不成路。他们拨开海洋般茂密的山白竹，花半天时间穿过草比人高的草地，穿过泥水及胸的湿地，爬过石山，坚决向东挺进。夜晚在河边拉起帐篷，听着狼嚎入睡。手被山白竹扎得满是血迹，蠓虫和蚊子劈头盖脑扑上身来，甚至钻进耳孔里吸血。

向东走到第五天，他们来到有山挡住再也前进不得的地方。小伙子宣布总之再往前走人很难居住了，农民们这才好歹止住脚步。时间是明治十三年七月八日，地点是距札幌二百六十公里。

他们查看地形，查看水质，查看土质，发现这里相当适于农耕。于是他们每一家分好土地，在地中间用圆木搭建了共同生活的木屋。

阿伊努小伙子叫住正好来附近打猎的一伙阿伊努人，问这地方叫什么名字。“这种屁眼地方哪里会有什么名字呢！”他们回答。

这么着，这片拓荒地那以后一段时间里连个名也没有。方圆六十公里荒无人烟（纵使有也不愿同其交往），居民点也就根本不需要什么名字。明治二十一年道政府官员前来给全体拓荒民办理户籍，说没有地名不好办，但拓荒民们谁也没觉得不好办。不仅如此，他们还拿着镰刀**锄头**在公用木屋集会，做出“不给居民点取名”的决议。那官员也没办法，只好根据居民点旁边一条河有十二道瀑布，取名为“十二瀑居民点”上报道政府。自那以来“十二瀑居民点”（后改为十二瀑村）便成了这里的正式名称，但这当然是很久以后的事了。还是回到明治十四年来。

这地带夹在两座呈六十度角的山之间，正中有一条很深的河谷穿过，光景的确像“屁眼”。地面上拉拉扯扯地长满毛竹，高大的针叶树在地下盘根错节。狼、虾夷鹿、熊、野鼠以及大大小小各种各样的鸟到处走来晃去，寻找不可多得的树叶、肉和鱼。苍蝇蚊子实在多得不行。

“你们真要在这里住下来?”阿伊努小伙子问。

“那当然。”农民们回答。

原因自不清楚，总之阿伊努小伙子没有返回出生的故乡，直接同拓荒民们一起留了下来。著者推测是出于好奇心（著者屡屡推测）。不过倘若没有他，拓荒民们能否度过那个冬季都大可怀疑。小伙子教给拓荒民们冬季野菜的采集方法，防雪的方法，在冰河上捕鱼的方法，狼套制作的方法，驱逐即将冬眠的熊的方法，根据风向判断天气的方法，防冻伤的方法，巧烧山白竹根的方法，按一定方向砍伐针叶树的诀窍。这样，人们接受了小伙子，小伙子也恢复了自信，后来他同一个拓荒民姑娘结婚，有了三个孩子，改姓日本姓。他已不再是“月之圆缺”了。

可是，尽管有阿伊努小伙子如此大力帮助，拓荒民们的生活也还是极其艰苦的。八月，每家每户都建好了自己的小屋，但也不过是用长短不一的劈开的木桩架起来的罢了，冬天里雪花毫不留情地吹进屋来，早上起来枕旁积雪一尺多厚也不是什么稀罕事。棉被一家基本上只有一条，男人们生起火，就在火堆前和衣睡在席上。手头粮食吃光后，人们刨出河鱼，挖开积雪寻找变黑的蜂斗菜和薇菜来吃。这年冬天格外寒冷，但没一个人死去，也没发生争吵和抱怨。他们唯一的武器就是与生俱来的贫穷。

春天来了。两个孩子降生，居民点人口成了二十一人。孕妇产前两小时还在田野里劳动，第二天早上即已上工。新田地里种上了玉米和马铃薯。男人们砍树烧根垦荒。生命从地表探头，长出嫩嫩的果实，人们舒了口气。而就在这时，一群蝗虫飞来了。

成群结阵的蝗虫翻山而来，起初看上去犹铺天盖地的乌云，继而伴随着“呜呜”的地鸣声。谁也不知道将要发生什么，唯有阿伊努小伙子清楚，他命令男人们在田里四处生火，叫把所有的煤油浇在所有的家具上点火烧着，又叫妇女们拿锅用擂槌猛敲。他做了大凡能做的一切（如事后人们公认的那样），然而一切都是徒劳。几十万只蝗虫落在田里把庄稼一阵大嚼，什么也没剩下。

蝗虫离去后，小伙子伏在地上大哭。 农民们无任何人掉泪。 他们把死蝗虫收在一起烧了，烧罢马上接着垦荒。

人们又靠吃河鱼吃薇菜蜂斗菜熬过一冬。 又一个春天转来时有三个孩子降生，人们照样外出种地。 夏天蝗虫再次飞来把庄稼吃个精光。 阿伊努小伙子这回没哭。

蝗虫的袭击到第三年总算停止了。 霪雨浇烂了蝗虫卵，但同时也给庄稼带来灾害。 转年发生大规模金龟子虫害，下一年的夏天异常阴冷。

看到这里，我合上书，喝一罐啤酒，从旅行包里掏出咸鲑鱼子盒饭吃了。

她在对面座位上抱臂打瞌睡。 从车窗泻入的秋晨阳光在她膝头悄然铺上一层淡淡的光布。 不知从哪里飞进来的小飞蛾如风中的纸屑忽上忽下地飘着，不久落在她乳房上休憩了一会，又不知飞去了哪里。 飞蛾离去后，看上去她多少老了一点。

吸完一支烟，我重新打开书，继续看《十二瀑镇的历史》。

第六年，拓荒村终于开始现出活力。 庄稼丰收，公用木屋得到修整，人们习惯了寒冷地区的生活。 圆木屋换成整齐的木板房，垒起了炉灶，吊起了马灯。 人们把剩下的一点点粮食、鱼干和虾夷鹿角装上船，花两天时间运到镇上，换取食盐、衣服和油。 有几个人学会用垦荒时砍倒的木头烧炭。 河下游出现了几座相似的村落，有了交流。

随着拓荒的进展，人手不足成了突出问题。 村民们开会讨论了两天，决定从故乡叫几个人来。 关于欠债，写信悄悄问了一下，回信说债权人看样子早已死心塌地了。 这样，最年长的农民写信给往日几个同村伙伴，问他们想不想来这里一起开荒。 这是明治二十一年，同户口普查时由官员将这里命名为十二瀑居民点是同一年。

翌年，有六户人家十九口人迁来这里。 他们被迎进修整过的公用木屋，人们流着眼泪分享重逢的欢乐。 新居民分得了土地，在先来居民的帮助下种了庄稼盖了房子。

明治二十二年迁来四户，十六口人。 明治二十九年迁来七户，二十四口人。

居民如此地不断增加，公用木屋扩建成了像样的集会场所，旁边还修了一座小神社。 十二瀑居民点改名为十二瀑村。 人们的主食仍是玉米饭，但有时掺进了白米。 邮局投递员——尽管不定期——也可以见到了。

当然，不快的事也不是没有。 当官的不时前来征税征兵。 尤其感到不快的是那个阿伊努小伙子（当时已三十五六岁了），他无论如何也理解不了纳税和征兵的必要性。

“还是以前那样好啊!”他说。

尽管如此，村子仍在不停地发展。

明治三十五年，人们得知村旁的高地适于放牧，在那里建了村营绵羊牧场。 道政府来人指导如何围栅栏如何引水如何修筑羊圈。 随后，沿河道路由犯人整修完毕。 不久政府以等于白给的价格卖给他们的羊群沿路走来。农民们全然闹不明白政府为何对自己如此关心，多数人认为毕竟以前吃了那么多苦，偶尔好事也还是有的。

政府当然不是出于关心而把羊送给农民的。军部为了将来进攻中国大陆，企图做到防寒用羊毛自给自足，为此向政府施加压力，政府命令农商省扩大绵羊养殖，农商省将任务派给北海道政府——如此而已。日俄战争正日益迫近。

村里对绵羊最感兴趣的是那个阿伊努小伙子，他从道政府人员那里学得饲养法，成为牧场负责人。至于他为什么对羊有那么大兴趣则不得而知，大概是因为不大习惯村里随着人口增加而急剧复杂起来的集体生活。

来牧场的有食用羊三十六只，休罗普沙羊二十一只，以及两只苏格兰边界牧羊犬。阿伊努小伙子很快成为养羊能手，羊和狗逐年增加。他打心眼里喜欢羊和狗。政府人员很满意。小狗崽作为良种牧羊犬被各地牧场抱走了。

日俄战争开始后，村里有五名青年被征入部队，派往中国大陆前线。五人都在同一部队。在争夺一座山丘的战斗中，敌方一颗炸弹在部队右边爆炸，两人丧命，一人失掉左臂。三天后战斗结束，活着的两人把炸得四分五裂的同乡尸骨收在一起。他们都是第一批和第二批拓荒者的儿子。战死的一人是现已成为牧羊人的阿伊努人的长子。他们是穿着羊毛军大衣死的。

“为什么要跑到外国打仗呢?”阿伊努牧羊人到处问人。当时他已四十五岁了。

谁也没有回答他的提问。阿伊努牧羊人离开村子，躲进牧场同羊一起生活。妻子五年前因肺炎去世，剩下的两个女儿已经嫁人。村里给他一点点薪金和食物以作为牧羊的报酬。

失去儿子以后，他彻底变成了一个难以接近的老人。六十二岁时死了。帮他放羊的男孩在冬天一个早晨发现了他躺在牧舍地上的尸体——是冻死的。相当于第一代苏格兰边界牧羊犬的孙子的两条狗在他尸体两旁以绝望的眼神“咕咕”地抽着鼻子。羊们什么也不知道，兀自吃着圈里铺的草。羊们牙齿摩擦的“嗑嗑”声如响板合奏一般回荡在静静的牧舍中。

十二瀑镇的历史仍在继续，但那个阿伊努小伙子的历史至此为止。我起身去厕所小便，泄出相当于两罐啤酒的尿液。返回座位，她已醒来，正茫然望着窗外风景。窗外是舒展的水田，时而也可见到圆筒形粮仓。河渐渐靠近，又远离开去。我边吸烟边看风景，看她眼望风景的侧脸，看了好一会。她一句话也没说。吸完烟，我又回到书本。铁桥的影子在书上一闪一闪地跳跃。

后来成为牧羊老人的那个不幸的阿伊努小伙子的故事结束后，下面的历史就相当枯燥了。一年羊因胀肚死了十只，水稻因霜害一时受挫——除此之外，村子继续顺利发展，到大正时期①升格为镇。镇富裕后，设施越发完备。建了小学，有了镇公所，邮局代办所也有了。北海道拓荒时代基本结束。

① 大正时期：一九一二年至一九二六年。

耕地再无法扩大之后，小户农民的子弟也有离开镇子去满洲和萨哈林岛谋求发展的。一九三七年项下有关于羊博士的记载：作为农林省技术官员在朝鲜及满洲反复钻研……三十二岁时因故退休，在十二瀑镇北边山上的盆地开办绵羊牧场。关于羊博士的记载前后只有这几行。作为乡土史专家的著者似乎也对进入昭和时期后的镇史不感兴趣，记述断断续续，例行公事一般。文笔也失去鲜润，远不如讲叙阿伊努小伙子之时。

我跳过一九三八年至一九六五年这二十七年时间，阅读“现在的镇”项下的内容。书中的“现在”指一九七〇年，不是真正的现在。真正的现在是一九七八年十月。不过，既然写一个镇的通史，那么确实有必要最后端出“现在”来，因为即使那个现在即将失去现在性，任何人也否定不了现在乃是现在的事实。而现在一旦不成其为现在，历史也就不再是历史。

根据《十二瀑镇的历史》，一九六九年四月当时镇人口为一万五千人，较十年前减少六千人。减少部分几乎都是弃农者。经济起飞时期产业结构发生变化，加之北海道农业有其寒冷地带的特殊性，造成了异常惊人的弃农率。

那么，他们离弃的农田做什么用了呢？变成了林地。曾祖父们流着血汗砍树开拓的土地，又由子孙们栽上了树木。事情也真是不可思议。

这样，现在的十二瀑镇的主要产业是林业和木材加工。镇上有几家小加工厂，人们在那里制作电视机木壳、镜台以及作为土特产的木熊和阿伊努偶人。过去的公用木屋如今成了拓荒资料馆，陈列当时的农具餐具等物。也有日俄战争中战死的村里青年的遗物，还有带罴棕熊齿型的饭盒。寄往故乡打听债权人消息的信也保存在那里。

不过坦率说来，现在的十二瀑镇实在百无聊赖。大多数人下班回来，都是平均看四小时电视睡觉。选举投票率固然很高，但当选人物一开始便心中有数。镇的口号是“丰美的自然中的丰美的人性”。至少站前竖有这样的标语牌。

我合上书，打个哈欠，睡了。

2．十二瀑镇的进一步衰落和羊们

我们在旭川换车，继续乘列车向北越过盐狩岭，同九十八年前阿伊努小伙子和十八个贫苦农民所走的大体是同一路线。

秋日的阳光清晰地辉映出原生林的残姿和通红欲燃的斑斓的花楸树①。大气**寂寂然**纤尘不染。凝眸看去，但觉眼睛作痛。

车厢一开始很空，中途给上学的男女高中生挤得水泄不通，他们的吵嚷声欢笑声头皮味儿莫名其妙的话语无可排泄的性欲充溢四周。如此状况约持续三十分钟后，他们在一个站忽然了无踪影了。列车重新归于空空荡荡，不闻任何话声。

我和她各分一半巧克力嚼着，各自观望外面的风景。阳光静静地倾泻在地表。感觉上各种物体是那样遥远，就好像倒过来看望远镜一样。女友用沙哑的口哨低声吹了一会《乔尼 · B 你好》的旋律。我们久久地——从来没有这么久——沉默不语。

下车已经十二点多了。下到月台，我用力挺直身体，做了个深呼吸。空气清澈得几乎使肺叶猛然向上一缩。太阳光暖洋洋舒坦坦地抚摸着肌肤。但气温无疑比札幌低了两度。

铁路沿线排列着几座砖瓦结构的旧仓库，旁边直径达三米的圆木呈金字塔形摞了上去，黑乎乎的，吸足了昨夜的雨水。我们乘来的列车开走后，再无一个人影，唯有花坛里的万寿菊在清冷冷的风中摇头晃脑。

从月台看去，这是个典型的地方小城。有不大的商店，有乱糟糟的主街，有汇集十条线路左右的公共汽车总站，有导游图。一看就觉得了无情趣。

"这就是目的地?"她问。

"不，不是。还要在这里换一次车。我们的目的地要比这里小很多很多。"我打个哈欠，再次做个深呼吸，"这是中转站，第一批拓荒者在这里往东边转向。"

"第一批拓荒者?"

我在候车室没有生火的炉前坐下，在等下班车的时间里向她扼要介绍了十二瀑镇的历史。由于年号复杂，我以《十二瀑镇的历史》卷末资料为基础，在手册空白页上列了个简单的年表。手册左边写十二瀑镇的历史，右边写日本史上的主要事件——满不错的历史年表。

例如，一九〇五年（明治三十八年）旅顺俄军投降，阿伊努人之子战死。据我的记忆，这也是羊博士出生那年。历史在某处总会有点儿联系。

---

① 花楸树：一种蔷薇科落叶乔木，秋天叶子变为红色。

“这么看来，日本人好像是在战争夹缝中活过来的。”她对比看着左右年表说道。

“有点儿。”我说。

“为什么那样呢?”

“比较复杂，一两句说不清。”

“唔——”

跟大多数候车室一样，这儿的候车室也空空荡荡冷冷清清。长椅难坐得很，烟灰缸里满满地挤着吸足水的烟头，空气闷乎乎的，墙上贴着几张观光景点的广告画和通缉犯名单。除去我俩，只有一个身穿驼色毛衣的老人，一个领着四五岁男孩的母亲。老人丝毫不改变一度摆好的姿势，专心看一本小说杂志，翻书页时简直像在揭橡皮膏，翻罢这页到翻下一页竟花了十五分钟。那对母子看上去颇像处于倦怠期的夫妻。

“归根结蒂，大家都穷，以为弄得好可以从贫穷中挣扎出来。”我说。

“像十二瀑镇人那样?”

“是的。所以大家才拼死拼活地耕田。可是差不多所有拓荒者都是在贫穷中死去的。”

“为什么?”

“土地的关系。北海道是冷土地，几年必遭一次霜害。庄稼收不上来，自己吃的都没有。没有收入，煤油买不起，来年种苗也买不起。这样，只有以土地为担保从高利贷那里借钱。但这里农业生产率不高，不足以偿还高利贷利息。结果地被没收，很多农民就这样沦落成了佃农。”

我啪啦啪啦地翻动《十二瀑镇的历史》。

“一九三〇年自耕农比例跌到十二瀑镇人口的百分之四十六。昭和初期经济严重萧条，再加上霜害。”

“就是说，辛辛苦苦开出土地，终归还是没能完全摆脱借债的命运，对吧？”

车来还有四十分钟，她一个人去街上散步。我留在候车室一边喝咖啡一边打开已经读了开头的书。试看了十分钟，转念作罢，把书放回衣袋。脑袋里什么也进不去。十二瀑镇的羊们在我的脑袋里，把我输入的铅字“咔喳咔喳”逐个吞进肚去。我合目喟叹。过站的货车拉响了汽笛。

开车十分钟前她买了一袋苹果回来。我们当午餐吃了。吃罢上车。

列车简直是濒于报废。地板软些的部位已磨出波纹，在通道走时身体左右摇摆。座位面的**绒毛**几乎磨光，弹簧垫如一个月前的面包。掺杂着厕所和油腻味儿的无可救药的空气充斥车厢。我花了十分钟抬起车窗，放一会外面的空气进来。但车开动后，由于有细沙涌进，又花了差不多和开时一样多的时间把窗关上。

列车只两节车厢，一共约十五名乘客，而且所有人都被冷漠与倦慵的缆绳紧紧捆在一起。驼色毛衣老人仍在看杂志。以他的阅读速度，看的是三个月前的旧杂志也无足为奇。肥胖的中年妇女以一副倾听斯克里宾钢琴奏鸣曲的音乐评论家的神气盯视着空间的某一点，我偷偷随其视线看去，却什么也没有。

小孩儿们都很安静，谁也不大声喧哗，谁也不到处乱跑，甚至外面的风景也懒得看。有个人不时咳嗽，声音如用火筷子敲木乃伊的头。

列车每次靠站都有人下去。有人下时列车长也一起下去收票，列车长一上来车就开动。列车长毫无表情，纵使不蒙面也绝对可以去当抢银行的强盗。新上车的乘客一个也没有。

窗外一条河绵延不断。由于汇集了雨水，河水浑浊，成了褐色，在秋日阳光下，看上去俨然如光闪闪的牛奶咖啡在一路流淌。沿河有条柏油路时隐时现。虽然不时有装木材的大卡车向西飞驰，但总的来说，交通状况极为寡淡冷清。路两旁的广告板面对空无一物的空白不停地发送漫无目的的信息。为了解闷，我开始打量接踵闪入眼帘的散发出都市味儿的时髦广告板——或晒得微黑的比基尼女郎喝可口可乐，或中年性格演员在额头蹙起**皱纹**斜握苏格兰威士忌杯，或潜水表淋漓尽致地挂满水花，或女模特在一掷千金的新潮房间里往指甲上涂指甲油。看来名为广告产业的那种新拓荒者们委实在无孔不入地开拓着大地。

列车到达终点站十二瀑镇站时已经两点四十分了。我们两人都不知不觉地酣然睡去，列车员报站大概也没听见。柴油发动机像勉强吐出最后一息似的排泄一空后，随之而来的只有百分之百的沉默。让皮肤丝丝作痛般的沉默催我睁开眼睛，原来车厢里除了我俩已别无乘客。

我慌忙从网式行李架上取下行李，拍几下她的肩叫醒她下车。掠过月台的风冷飕飕的，令人想到秋天的结束。太阳早已滑过中天，驱使黑魆魆的山影犹如无可奈何的污痕匍匐在地面上。方向不同的两道山脉在镇前汇合，仿佛为了不让风吹灭火柴的火苗而合拢的手掌一般，将镇子整个包笼起来。细细长长的月台恰似迎头扎向滔天巨浪的一条可怜的小艇。

我们目瞪口呆地看了一会这一景象。

“羊博士过去的牧场在哪里?”她问。

“山上。汽车要三个小时。”

“马上去?”

“不，”我说，“马上去，到那里也半夜了。今天找地方住下，明早出发。”

正对着车站有一个空无人影的环形交通岛。出租车候车场不见车影，交通岛正中鸟状喷水塔无水喷出，但见鸟干张着嘴只管毫无表情地仰视天空。喷水池周围是个圆形的万寿菊花坛。一眼即可看出，镇子比十年前萧条得多。路上几乎没人走动，偶尔擦肩而过的人，脸上浮现的也是萧条山镇居民特有的散漫神情。

交通岛左侧排列着六七座旧仓库，分明是靠铁路搞运输的时代的遗物。仓库是旧砖砌就的，房脊很高，铁门不知重涂过多少次漆，现在已被扔下不管了。仓库房脊上蹲着一排硕大的乌鸦，无言地俯视着镇子。仓库旁边的空地上，**一枝黄花**[1]犹如密林一般繁茂，正中间有两辆小汽车在任凭风吹雨淋，哪一辆都没了轮子，引擎盖大敞四开，内脏俱被拽出。

俨然业已关闭的滑雪场一般的交通岛上竖着一块镇导游图，几乎所有的字都被风雨吹打得无法辨认。能够真切认出的仅有“十二瀑镇”和“大规模水稻栽培最北作业区”等字样。

交通岛对面有条小小的商业街。商业街固然同一般镇上的并无不同，只是道路宽得出奇，使得镇子愈发给人以寒伧凄清的印象。宽阔的路旁排列的花楸树红得很是鲜艳，但路面还是显得寒伧、凄清。花楸树同镇的命运无关，兀自尽情享受生命的快乐，唯独在此居住的男女及其日常琐碎的活动被一古脑儿吞进了这寒伧、这凄清之中。

我背着背囊沿五百米左右的商业街走到尽头，寻找旅馆。但没有旅馆。商店的三分之一落着卷帘门。钟表店门前的招牌滑下半边，在风中“啪嗒啪嗒”晃动不已。

商业街陡然断掉的地方有一方杂草丛生的大停车场，停着奶油色的尼桑 Fairlady 和赛车型的红色丰田 Celica，均是新车。说来也是不可思议，这种无个性的新和镇上空旷的气氛却不无谐调之感。

商店街再往前基本上没什么了。宽阔的道路沿着徐缓的斜坡向

---

① 一枝黄花：一种菊科植物，顶部为黄色。

河边伸去，同河碰头后，呈T字形左右分开。坡两侧排列着小小的木结构平房，院子里灰溜溜的树木向天空举起粗糙不堪的枝杈。哪棵树枝都奇形怪状。家家门口都放有大煤油罐和千篇一律的牛奶箱。每家屋脊上都竖了一根高得惊人的电视天线，天线仿佛向镇后耸立的山脉挑战似的在空中张开银色的触手。

“不会有什么旅馆吧?”她担心地问。

“放心，哪座城镇都必有旅馆。”

我们折回车站问站务员旅馆在什么地方。年纪相差如父子的两个站务员看样子正无聊得要命，热情得不能再热情地告以旅馆地点。

“旅馆有两个。”年长的那位说，“一个贵些，一个便宜些。贵的那个道政府大人物来时或开正规宴会时使用。”

“伙食好得很。”年轻的那位说道。

“另一个是行脚商、青年人也就是普通老百姓住的。样子倒不大好，但不是不卫生什么的。浴室就很考究。”

“不过墙壁薄。”年轻人说。

随即两人就墙壁厚薄议论一番。

“住贵的。”我说。信封里的钱还剩不少，又不存在必须节约的任何理由。

年轻的站务员撕下一页便笺，画出去旅馆的路线。

“谢谢。”我说，“同十年前相比，镇子寂寞多啦!”

“嗯，是啊。”年长者应道，“木板厂如今只有一家，没有像样的产业，农业每况愈下，人口也少了。”

“学校编班都伤脑筋。”年轻的站务员说。

“人口有多少呢?”

“大致七千，实际七千也没有，也就是五千左右吧。”年轻人回答。

“就说这条铁路线吧，跟你说，都不晓得什么时候会废掉。全国第三位赤字线!”年长者说。

比这还惨的铁路线居然还有两条，令人吃惊。我道了谢离开车站。

旅馆位于河边，走下商业街前头的缓坡，往右拐三百米就是。是一座看上去满舒服的老旅馆，仍保存着镇子充满活力时期的面影。面对河面，很大的庭园修剪得整整齐齐，角落里一条小牧羊狗正一头扎在食盆里提前吃晚食。

“登山?”带我们去房间的女佣问。

“登山。”我简单回答。

二楼只两个房间。房间很宽敞。来到走廊，可以俯视和从火车窗口看到时一样的牛奶咖啡色河流。

女友说想洗澡，那时间里我决定一个人去镇公所看看。镇公所在商业街往西拐过两条路的空荡荡的街上，比想象的新得多整洁得多。

在镇公所畜产科窗口，我递上约两年前学当自由记者时用的带有杂志名称的名片，提出想了解一下绵羊饲养情况。妇女周刊采访绵羊情况未免奇妙，但对方满口答应，把我让进里边。

“镇上现有二百余只绵羊，全是萨福克羊，也就是肉用羊。肉推销给附近的旅馆和饮食店，非常受欢迎。”

我掏出手册，适当做做记录。想必往下几周时间里他将一本接一本买这妇女周刊。想到这里，不由心情黯然。

“是为了羊肉菜肴吧?”介绍了一阵子绵羊饲养情况之后，对方问道。

“那也是有的。”我说，“不过总的说来，我们主要想把握羊的全貌。”

“全貌?”

“就是性格、生态，等等。”

“噢。”

我合上手册，喝一口端上来的茶：“听说山上有过去的牧场?”

“嗯，有的。战前是很正规的牧场。战后给美军接收过去，现在没有使用。归还十多年了，由哪里来的一个有钱人当别墅使用来着。但由于交通不便，不久谁也不来了，等于空在那里，所以租借给了镇子。本该买下来做观光牧场，但镇子穷，想不出办法，况且首先需要修桥筑路。”

“租借?”

“夏天镇上绵羊牧场的人带了五十只左右的羊上山，一来那里作为牧场实在难能可贵，二来只靠镇营牧草地草不够用。九月中下旬气候开始变糟的时候，又把羊领下来。”

“那里有羊的时间您知道吗?”

“每年多少有所不同，一般是从五月到九月中旬。”

“带羊上山的人有几个呢?”

“一个。十年来一直是同一个人。”

“想见一见那个人。”

这位职员给镇营绵羊饲养场打电话。

“现在去可以见到。”他说，“用车送你去好了。”

起初我谢绝了，但仔细听来，原来去饲养场除用车送外别无办法，镇子既无出租车又无车可租，走路需一个半小时。

职员驾起轻型汽车，从旅馆门前向西开去。通过长长的混凝土桥，穿过阴冷冷的沼泽地，爬上徐缓的进山坡路。轮胎卷起的沙土发出噼里啪啦的响声。

“从东京来，不觉得这地方像死了似的?”他问。

我没有正面回答。

“实际也快死了。铁路通的时候还算好，一旦不通，就真的呜呼哀哉了。镇子呜呼哀哉，实在有些奇妙。人呜呼哀哉不难明白，镇子却也来个呜呼哀哉……”

“镇子呜呼哀哉怎么办呢?”

“怎么办? 天晓得！不等晓得人们就全跑光了。如果全镇人口低于一千——这也大有可能的——我们的工作也就几乎没了，说不定我们也该逃走才是。”

我递给他一支烟，用带羊徽的都彭银打火机点燃。

“去札幌能有好工作。我叔父开一家印刷公司，人手不够。印学校用的东西，经营上也稳定。实际上这是最好不过的，强于在这地方调查什么羊呀牛啦的出栏头数。”

“是啊。”我说。

“只是，真要离开镇子，却又犹豫不决了。明白吗？就是说镇子这东西如果真的呜呼哀哉，心情上我还是想亲眼看到它咽最后一口气才行。”

“你是这镇上出生的？”我问。

“是的。”接下去他再没说什么。脸色阴沉的太阳已有三分之一落下山了。

绵羊饲养场入口处立着两根柱子，柱子之间横着一块招牌：“十二瀑镇绵羊饲养场”。招牌往前，有一条坡路渐渐隐没在五颜六色的杂木林中。

“穿过树林就是牧场，管理人住处在后头。回去怎么办？”

“下坡路，可以走回去。实在谢谢！”

车完全看不见以后，我从两根立柱中间穿过，爬上坡路。刚才被太阳最后的余晖染黄的枫树叶又染上了橙色。树很高，斑驳的夕晖在林间沙路上一闪一闪地摇曳。

走过树林，细细长长的牧舍出现在山坡上，有一股家畜味儿。牧舍屋顶为复折式，贴着红漆马口铁皮，突起三个通风烟囱。

牧舍入口有个狗窝，一头用铁链拴着的苏格兰边界牧羊犬看见我，汪汪了两三声。狗很老了，睡眼惺忪，叫声里没有敌意。一摸它的脖子，马上就老实下来。狗窝前面放一个装着食物和水的黄塑料盆。我拿开手后，狗很满足似的直接钻回狗窝，齐齐地并好前肢趴在地上。

牧舍中一片幽暗，不见人影。中间有一条颇宽的水泥通道，两侧是关羊的栅栏。紧挨通道，一边有一条 U 形沟用来放水冲洗羊尿和脏物。木板墙壁上随处开有玻璃窗，从中可以望见山的曲线。

夕阳染红了右侧的羊，而将蓝幽幽的暗影投在左侧羊们的身上。

一进牧舍，两百只羊一齐朝我转过脑袋，约有一半站着，另一半趴在铺着枯草的地上。它们的眼睛蓝得近乎不自然，俨然脸两端有装满水的小井。光从正面照去，那眼睛竟如假眼一般晶亮晶亮。它们目不转睛地凝视着我，哪个都纹丝不动。有几只“嗑嗤嗑嗤”不停地咀嚼嘴里的枯草，此外不闻任何声响。另有几只脑袋探出栅栏喝水，见我进来，便不再喝了，就那样抬头望着我。它们简直像在集体思考什么，其思考由于我在门口站定而一时中断。一切都停顿下来，每一只都不做判断。我移步后，它们的思考作业亦随之开启，开始在分成八个的栅栏里移动。大多是母羊的圈里，母羊们聚在种羊周围；光是公羊的圈里，公羊们一边后退一边各自摆好架势，仅有几只好奇心强的并不移动，径自盯视我的行动。

羊们脸的两侧水平支起的细长的黑耳朵上系着一块塑料牌，有的系蓝色的，有的系黄色的，有的系红色的，背部也系有大大的彩色标志带。

为了不惊动羊们，我蹑手蹑脚慢慢迈步，尽可能装出对羊不感兴趣的样子接近栅栏，悄然伸手摸一只小公羊。羊只是陡然哆嗦了一下，并未跑开。其他羊满腹狐疑地往我这边定定地看着。小公羊恰如一只从整个群体中悄悄伸出的稚嫩的触角，紧张地注视我，身体僵挺挺的。

萨福克这种羊总好像有一种奇妙气氛。除了毛是白的外，其余什么都黑黑的。一双大耳朵如蛾翅一般横向支出。在幽暗中闪光的蓝眼睛和挺拔的长鼻梁漾出无可言喻的异国风情。 它们对我这一存在既非拒绝亦非接受，只是作为突如其来的情景打量不已。 有几只淋漓酣畅地“哗哗”小便，尿水顺地板流进U形沟，流过我的脚下。 太阳即将坠入山后，淡蓝的暮色犹如被水稀释的墨水罩住山坡。

离开牧舍时，我再次抚摸那只苏格兰边界牧羊犬的脑袋，然后做了个深呼吸，绕到牧舍后面，走过小河上的木桥，朝管理人住处踱去。 管理人住的是座规规矩矩的小平房，旁边连着一座放牧草和农具等物的大大的仓房，仓房比住人的房子大得多。

管理人正在仓房山墙旁一条宽一米深一米的水泥渠旁堆积装有消毒药的塑料袋。 他从远处瞥一眼正往前接近的我，旋即漠不关心似的继续干活。 我走到渠边，他这才停住手，用脖子上缠的毛巾擦脸上的汗。

“明天羊要全部消毒。”说着，他从工作服口袋里掏出一支挤压得不成样子的香烟，用手指拉直后点燃，“把消毒液倒进这里，让羊一只接一只游过去。 不然，关一冬天浑身都是虫子。”

“一个人干?”

“何至于。 来两个帮忙的，加上我和狗。 狗最能干，羊也信任它。 不被羊信任，也当不了牧羊狗的。”

对方比我矮五至六厘米，但身材魁梧。 年纪四十五六，又短又硬的头发宛如发刷一般直直竖起。 他把工作手套像扯掉皮肤似的从手指上拉下，在胸上“啪啪”拍打两下，塞进带补丁的裤袋里。 看上去，他与其说是绵羊饲养员，莫如说更像个下级军官。

“对了，是想问什么吧?”

“是的。”

“问好了!”

“这个工作干很长时间了吧?”

“十年。”对方说,“说长就长,说不长就不长。不过关于羊可是无所不知。以前在自卫队来着。”

他把毛巾缠在脖子上仰首望天。

“冬天也一直在这里?”

“算是吧,”他说,“就算是的。”他清了清嗓子,“没地方可去,再说冬天也有不少杂活儿。这一带积雪差不多两米深,离开不管的话,屋顶塌下来羊就全成肉饼了。要喂料,又要清扫牧舍,各种各样的事。”

“一到夏天,就赶一半羊到山上去,是吧?”

“不错。”

“赶羊不好走吧?”

“简单得很!很早以前的人就一直那样干过来的。牧羊人在牧场安顿下来不过是近来的事。那以前是一年到头领着羊四处走动。十六世纪西班牙全国到处布满了只有牧羊人才能走的路,连国王都不得进去。”对方往地上吐了口痰,用工作鞋底碾开。“总之只要不受到惊吓,羊是很老实的动物,只是不声不响地跟在狗屁股后面。”

我从衣袋摸出鼠寄的照片,递给对方:“这就是山上的牧场吧?”

“对。”他说,“没错儿,羊也是我们的。”

“你看这个怎么样?”我用圆珠笔尖点着背部带星纹的那只敦敦实实的羊问。

对方瞪视了一会照片：“不对头，这不是我们的羊。可是奇怪呀，不可能有这样的混进来。四周用铁丝网围着，每天早晚我都一只只清点一遍，再说有莫名其妙的进来，狗会发觉的，羊也会骚动。何况，有生以来我还没见过这个种类的羊。”

“今年五月赶羊上山到回来期间，没发生什么怪事?”

“什么也没发生。”对方说，“平安无事。”

“夏天就你一个人在山上吧?”

“不是我一个。镇上的职员隔两天就来一次，当官的有时也来视察。每周有一天我下山到镇里去，羊由另一个人替我照看。因为必须补充食品和杂货一类的东西。”

“那么说，你并不是一个人一直闷在山上不动了?”

“那自然。只要不下雪，开吉普车用不上一个半小时就到牧场，和散步差不多。当然，一旦下雪，车开不了，那可真叫猫冬了。”

“现在山上一个人也没有吧?”

“除了别墅主人。”

“别墅主人？听说别墅一直没有使用……”

管理人把烟扔在地上，抬脚踩死。“**过去**一直没有使用，现在有人使用。想用随时都可以用。房屋维修我向来很尽心，电也好煤气也好电话也好，马上可以使用，窗户玻璃一块也没打破。”

“镇公所的人说那里一个人也没有。”

“那些家伙不知道的多着哩！我个人——与镇上的工作无关——一直受雇于别墅主人。多余的事跟谁也不讲，人家不让我讲。”

他从工作服口袋掏烟，烟盒空了。我把吸剩半盒的“云雀”附加一张对折的万元钞票递过去。他注视片刻，接过抽一支叼在嘴上，剩下的揣进胸袋。“不好意思！”

“别墅主人什么时候来的呢？”

“春天。雪还没开始化——三月份吧。怕是有五年没来了，不晓得干嘛到现在才来。不过，那是人家的自由，用不着我多嘴多舌。既然叫我别讲给任何人听，想必自有情由。反正那以后就一直在山上。食物煤油等等由我悄悄买好，用吉普一点点送上去。有那么多储备，再用一年都用不完。”

“那个人年纪和我差不多，没留胡子吧？”

“嗯，”管理员说，“正是。”

“得得！”照片都不必给他看。

3．十二瀑镇的夜晚

由于给了钱，同管理员的交涉真可谓一帆风顺。说好第二天早上八点他来旅馆接我们，把我们送去山上的牧场。

“也罢，给羊消毒下午开始也来得及的。”管理员说，委实干脆而又现实。“但有一点叫人不放心，”他说，“昨天下雨把地面弄软了，有块地方很可能车过不去，那时可就得劳驾走路了，怪不得我的。”

“没关系。”我说。

回来走在山路上，我终于想起鼠的父亲在北海道拥有一处别墅。鼠过去几次向我提起。山上有宽广的草场，陈旧的两层楼。我总是事后很久才想起关键的事情，原本一开始接到他信时就该想起才是。只要一开始时想起来，查找办法任凭多少都有。

我很有些自我厌恶，沿着一刻比一刻昏黄的山路有气无力走回镇子。一个半小时只碰到三辆汽车。两辆装木材的大卡车，一辆小拖拉机。 三辆都是下山去的，谁也没打招呼问我搭不搭车。 当然这对我倒也求之不得。

赶回宾馆已七点多了，四下一片漆黑。 身上一直冷到体内。 小牧羊狗从狗窝探出脑袋，朝我“咕咕”抽响鼻子。 女友在蓝粗布衣服外面套一件我的圆领毛衣，在靠近门口的电子游戏机室里如醉如痴地打游戏机。 游戏机室看样子是用旧接待室改建的，留有够气派的壁炉，且是烧木柴的地地道道的壁炉。 里边有四台电子游戏机和两架弹子球台。 球台是西班牙制造的，便宜货，又旧，几乎没办法玩。

“肚子饿得快死了!”她说，看上去已经等得不耐烦了。

我请旅馆准备饭，然后三两下洗个澡。 擦身体时称了好久没称的体重：六十公斤。 和十年前一样。 侧腹的赘肉也在这一周时间里彻底淘汰了。

回到房间，饭已做好。 我一边夹火锅里的东西喝啤酒，一边讲绵羊饲养场和那个自卫队员出身的管理员。 女友为没看到那些羊感到遗憾。

“不过这回好像总算摸到了球门跟前。”

“但愿。”我说。

我俩看罢电视里希区柯克的电影，钻进被窝熄灯。 楼下的钟打响十一点。

“明天得早起啊。”我说。

没有回答。她已经打起了有规则的鼾声。我调好旅行闹钟，在月光下吸上一支烟。除了河的流水声，不闻任何声籁，仿佛整个镇子都睡了过去。

奔波了一天，身体筋疲力尽，而意识却很亢奋，怎么也睡不着。刺耳的杂音在脑海里挥之不去。

在寂静的黑暗中屏息不动，镇上的风景开始在我周围融化。房屋老朽不堪，路轨锈得面目全非，农田杂草葳蕤——镇子就这样结束了百年短暂的历史，沉没于大地之中。时间如倒转的胶卷向后退去。虾夷鹿、熊、狼在大地出没，一大群蝗虫黑压压遮天蔽日，漫无边际的山白竹在秋风中此起彼伏，蓊郁的针叶林不见一线阳光。

人的一切活动如此荡然无存之后，羊们——唯独羊们——剩留下来。它们在黑暗中亮亮地闪烁着眸子，定定地注视着我。它们什么也不说什么也不想，只是盯住我不动。羊有几万只之多。“嗑嗤嗑嗤”单调的齿音覆盖了整个地表。

随着挂钟打响十二点，羊们消失了。

我睡了过去。

4．不吉祥的拐弯处

一个阴沉沉冷飕飕的早晨。我很同情这种天气在凉冰冰的消毒液里被迫游动的羊们，也许它们并不把寒冷当一回事——应该不当回事的。

北海道短暂的秋天已接近尾声，厚厚的灰色云层预示着雪的降临。我是从九月的东京飞到十月的北海道的，觉得几乎没有领略到一九七八年的秋天。仅有秋天的开始和秋天的尾声，没有秋天的正中。

六点我睁眼醒来，洗罢脸，饭好之前一直独坐在檐廊里看着河流。水位比昨天回落了一点，浑浊也已全部消失。河对岸是一片舒展的水田。一眼望去，结粒的稻穗在不规则的晨风中勾勒出奇妙的波纹。一辆拖拉机驶过混凝土桥往山上开去，拖拉机“突突突”的引擎声久久地低低地随风传来。三只乌鸦从叶子变红的白桦林中间飞出，在河流上空画出一个圆圈后落在栏杆上。落在栏杆上的乌鸦们看起来俨然是上演现代剧的剧场里的旁观者。这一角色也当腻了，它们便一只接一只飞离栏杆，往河流上游飞去。

八点整，绵羊管理员的旧吉普车停在旅馆门前。吉普是厢形带篷的，大概是处理品，引擎盖一侧淡淡地留有自卫队所属部队的名称。

“奇怪呀，”管理员一见到我就说，“为慎重起见，昨天给山上打了电话去，却根本不通。”

我和她坐进后排座，车内微微有股汽油味儿。“最后一次打电话是什么时候?”我问。

“什么时候呢?上个月!上个月二十号前后。那以后再没联系过。一般是对方有事打过来，如告诉购物清单什么的。”

“铃也没响?”

“啊，什么声音也没有。说不定哪里线断了。下起大雪来，断线的情况也不是没有。”

“可并没下雪。”

管理员脸朝车篷，“咯嘣咯嘣”转动脖子。“反正去看看吧，去了就知道了。”

我默默地点点头。汽油味弄得我脑袋昏昏沉沉。

车驶过混凝土桥，沿昨天的路线往山上开去。经过绵羊牧场时，三个人看了看两根立柱间的招牌。饲养场一片沉寂。羊们大概正以那蓝色的眼睛凝视着各自的沉默空间。

“消毒是下午开始?”

“噢，是吧。不过也不用那么着急，下雪前完成就行。”

“雪什么时候开始下呢?”

“下星期下也不奇怪。”管理员一只手仍搭在方向盘上,脸朝下咳嗽了一阵子,“积雪要在进入十一月以后。知道这一带的冬天么?”

“不知道。”我回答。

“一旦开始积雪,就决堤似的积个没完。那一来就什么也干不成了,只能在家里缩起脖子不动。原本就不是人住的地方。”

“可你不是一直住着吗?”

“喜欢羊。羊是脾气好的动物,对人的模样也记得清楚。怎么说呢,照料起羊来,一年时间一晃儿就没有了,不过一年年团团转过去罢了。秋天配种,熬过一冬,春天生羔,夏天放牧。羊羔长大,秋天又是配种,就这么反反复复。羊每年换一茬,只有我上岁数。上了岁数,就更懒得离开镇子了。”

“冬天羊干什么呢?”女友问。

管理员似乎这才注意到她,双手握着方向盘一下子转过头,一眨不眨地看她的脸。好在是笔直的柏油马路,对面又无车来,但我还是淌出了冷汗。

“冬天羊一直待在牧舍里不动。”管理员总算把脸转向前方说道。

“还是挺无聊的吧?”

“你会觉得自己的人生无聊?”

“不清楚啊。”

“羊的情况也差不多。”管理员说,“压根就没想那个,想也想不清楚。吃干草，小便，打打架，想想肚里的羔——一冬就这么过去了。”

山坡一点点陡了起来，道路也随之画出S形。田园风光渐渐消失，绝壁般挺立的黑魆魆的原生林开始占据路旁。原生林时而断开，可以望见平野。

“积起雪来，这一带就根本别想跑车了。”管理员说，“当然也没有跑车的必要。”

“没有滑雪场和登山路什么的?”我问。

“没有，什么都没有。因为什么都没有，也就没有游客。所以镇子一天比一天衰落。直到五十年代后期还作为寒冷地带农业的样板镇热闹过，但粮食过剩后，就再也没人对在电冰箱里搞农业感兴趣了。噢，这倒也是理所当然。”

“木材厂怎么样?”

“人手不够，搬到方便些的地方去了。眼下镇上仍有几家小厂，都不成样子，山上砍下的木料都路过镇子直接去了名寄或旭川。所以，只有道路像模像样，镇子却荒凉下去了。安上大大的钉齿轮胎的重型卡车一般雪路都不在乎。”

我下意识地叼起一支烟，又怕汽油味儿，遂装回烟盒。衣袋里剩有柠檬糖，我决定含糖。柠檬味儿和汽油味儿在口中混在一起。

“羊打架吗?”女友问。

“经常打架。”管理员说，“大凡群体行动的动物都是这样，羊的社会也有具体座次，每只都有。一个圈里有五十只，羊就从一号排到五十号。它们全都清楚自己的序号。”

“真够可以的!”女友道。

“这样对我来说也容易管理。只要抓住最厉害的头羊，其他的就只管默默跟在后面。”

“既然座次已经排定，那么还打什么架?”

“某只羊受伤体力下降，座次就不稳定起来。下面的羊就挑战想要升级，结果三四天折腾来折腾去。”

“可怜!”

“也是轮流坐庄。被一脚踢开的，年轻力壮时也是靠踢开别的羊上来的。一旦落到刀口下，第一也好第五十也好，统统没有了，都和和气气成了烤羊肉。”

她“唔”了一声。

“不过最可怜的，不管怎么说都是头羊。晓得羊的两性关系吗?”

不知道，我们说。

“养羊最关键的就是交配管理。所以要公母分开，公是公，母是母。母羊圈里只放进一只公羊，一般都是最强壮的头号公羊。就是说，把最佳的种传下来。一个来月事完之后，种羊又返回原来全是公羊的圈里，但那期间羊圈里已形成新的顺序。种羊由于交配，体重减轻一半，打架也根本打不赢。然而其他羊却合伙一起找它厮打。够可怜的!”

“羊怎么打架呢?”

“脑袋和脑袋对撞。羊的额头铁一样硬，里边是空的。”

她默然思考着什么，大概是在想象羊头顶头争斗的情景。

行驶了三十分钟，柏油路突然消失，路面也窄了一半。两旁黑沉沉的原生林如惊涛骇浪一齐朝车涌来。气温降了几度。

路糟糕透顶，车身如地震仪一样上下摇摆。脚前塑料筒里的汽油开始发出不吉祥的声音，竟如脑浆在头盖骨里四溅开来一般，一听都令人头痛。

这样的路大约持续了二十至三十分钟，连表针都看不确切。这时间里谁也没再开口。我牢牢抓住车座靠背上的皮带，她紧紧抓住我的右臂。管理员精力集中在方向盘上。

“左!”过一会儿管理员吐出一字。

我不解其意地把视线投向路的左侧。黑沉沉滑溜溜的原生林壁犹如从地表被削掉了一般荡然无存，大地陷入虚无之中：巨大的峡谷!光景自是壮观，但没有一丝暖意。如切如削的悬崖峭壁将所有的生命体抖落一空，却仍不尽兴，又把不吉利的气息吐向四周。

沿峡谷伸展的路的前方，出现了一座异乎寻常的光秃秃的圆锥形山，端头扭曲，简直像是被一股巨力拧歪的。

管理员紧握摇摇晃晃的方向盘，朝那座山扬扬下巴说：

“要转到那后面去。”

从谷底吹来的滞重的风由下而上抚起右面斜坡茂密的绿草。细沙打在车窗玻璃上“啪啪”作响。

经过几个急拐弯，随着车向圆锥体上端接近，右侧斜坡变成陡峭的石山，不久又变成垂直的石壁。我们那样子就好像勉强匍匐在被雕刻于巨幅石壁的狭窄的突起物上。

天气急转直下。搀杂着些许绿色的淡灰就像厌倦了这种不稳定的微妙色调，变为暗幽幽的灰色，其间又涌入煤炭般的不均匀的黑。周围山峦也随之暗影沉沉。

风在研钵形部位打着漩涡，发出卷起舌头吐气般的讨厌的声响。我用手背抹去额上的汗。毛衣里也冷汗直流。

管理员紧闭嘴唇，向右又向右不断拐着大弯，并且以仿佛要听取什么的神情往前探着身子，一点点减缓车速，在路面约略宽些的地方踩下刹车踏板。引擎停下来后，我们被抛弃在冻僵般的沉寂中，唯独风声在大地彷徨。

管理员双手搭在方向盘上，久久沉默不语。之后从吉普车下来，用工作鞋底“橐橐”磕响地面。我也下车站在他身旁，望着路面。

“到底不行啊!”管理员说，“雨比我想的厉害得多。”

我觉得路并没有那么湿，相对说来，倒像又干又硬。

“里边湿，”他解释道，“所以人们才受骗上当。这地方很有点特别。”

“特别?”

他没有回答，从上衣袋里掏出烟，擦燃火柴。“反正先走走看吧。”

我们往下一个拐弯处走去，步行了二百多米。令人不快的寒气就像缠在身上似的。我把防风运动服的领口竖起，拉链一直拉到下巴，还是无济于事。

管理员在拐弯处停住，嘴角叼烟，静静地盯视着右侧的悬崖。悬崖正中有水涌出，向下淌成一条小溪，慢慢穿过路面。水含有黏土，很浑，呈淡褐色。用手指摸了摸悬崖湿漉漉的地方，表层扑簌簌崩落下来。岩体比眼睛看到的要酥脆得多。

“这个弯最叫人讨厌。”管理员说，“地面也脆，但不止这个，总好像凶多吉少，连羊到这里都犯怵。”他咳嗽好一阵子，把烟扔在地上。“对不起，我不想冒险。”

我默默点头。

“走路可以吧?”

“走没有问题，主要是怕震动。”管理员再次用鞋底猛磕地面。稍隔一点时间，传来了钝重的回声。一种令人毛骨悚然的声音。“呃，走是不要紧的。”

我们回头往吉普车走去。

“离这儿还有四公里。”管理员边和我并肩走边说，“领女的走一个半小时也到了。一条路，坡也不怎么陡。不能送到最后，抱歉。”

“可以的。谢谢你了。”

“一直在上边?”

“难说。或许明天就回来，也可能一个星期，就看情况了。”

他又叼起一支烟，这回没等点火就呛了。“当心些好。看这情形，今年雪来得早。雪一厚起来，可就休想从这里出去了。”

“当心就是。”我说。

“门前有个信箱，钥匙藏在箱底。要是没人，可以住进去。”

我在阴沉沉的天空下从吉普车里拿下行李，脱去薄些的防风运动衣，从头顶套上厚些的登山派克服，但还是抵挡不住彻骨的寒气。

管理员在狭窄的路面上弄得车体在山崖上磕磕碰碰，好歹把吉普掉过头去。每次相碰，崖土都哗啦啦掉下来。掉过头后，管理员按响喇叭挥手，我们也挥手。吉普车一转弯不见了，只留下孤零零的我们两个，就像被抛在了世界的最边缘。

我们把背囊放在地上，也没什么特别好说的，只管一齐眺望四周的景致。眼下深深的谷底，一条银色山溪描出徐缓而纤细的曲线，两侧覆盖着厚厚的绿色树林。隔谷朝对面望去，红叶点缀的低矮的山脉连绵起伏，远处平野若隐若现。稻谷已经割毕，田里升起几缕烧稻草的烟。作为景观诚然非同一般，但无论怎么观望都上不来兴致。一切都那么陌生，那么带有一股异教意味儿。

天空给潮乎乎灰蒙蒙的云遮得严严实实。云看起来更像是色彩均匀的布料，乌黑的云团在其下面低回流移，仿佛一伸手，指尖即可触及。它们以难以置信的速度向东流去，那是从中国大陆越过日本海穿过北海道向鄂霍次克海涌动的重云。如此凝望纷至沓来又联翩离去的云阵的时间里，我们立脚之处的不稳程度变得无可忍耐起来。它们只消心血来潮地一吹，甚至就可把我们连同这紧附岩壁的脆弱的弯路拽进虚无的谷底。

“抓紧吧!”说着，我扛起沉重的背囊。我打算在雨或雨夹雪下起来之前快点赶到有房屋的地方，哪怕多赶一步也好。我可不想在如此阴冷的地方给淋成落汤鸡。

我们匆匆通过“讨厌的拐弯处”。管理员说得不错，这拐角确有不吉利的地方。先由身体感觉出模模糊糊的不吉利意味，继而这模模糊糊的不吉利意味又叩击脑袋某个部位发出警告，感觉上就像过河时一脚踩进了温度骤然不同的泥潭。

走五百多米的时间里，碾踩地面的鞋音几次发生变化。几条像蛇扭来扭去一般的小溪水横过路面。

通过拐弯处后我们也丝毫没有放慢脚步，以便尽可能远离那个地方。走了三十分钟，石崖的倾斜度舒缓下来，零零星星现出了几棵树木，我们这才松了口气。

走到这里，前面的路就不成问题了。路变得平坦起来，四周和我们作对的气氛也渐趋淡薄，开始慢慢往温和的高原风光过渡。鸟也开始出现了。

又走了三十分钟，我们完全离开了那座奇妙的圆锥山，来到桌面一般平展展宽敞敞的台地。台地四周簇拥着陡峭的山体，像是一座巨大的火山上半端整个陷没了似的。叶片变红的白桦林海永无休止地伸向前去。白桦林间茂密地生长着色彩亮丽的灌木和绵软的杂草。随处可见被风吹倒的白桦变褐变朽。

“地方像是不错嘛!”她说。

经过那个拐弯处，这里看上去的确像是很不错。

一条笔直的路穿过白桦林，宽度仅可容一辆吉普通过，直得几乎令人头痛，没有转弯，没有陡坡。往前看去，一切都收缩为一个点。乌云在那一点的上方飘流。

那么安静，甚至风声也被无边的林海吞噬一尽。一只黑黑的圆滚滚的鸟不时伸出红色的舌尖尖锐地撕裂四周的空气。鸟消失不见后，岑寂便如软软的果冻塞满那条裂缝。铺满路面的落叶吸足两天前的雨水，潮乎乎的。除了鸟，再无任何东西打破沉寂。白桦林不见尽头，笔直的路也不见尽头。刚才还那般压迫我们的低云，从林间望去，竟有些像虚构之物。

大约走了十五分钟，碰见一条清澈的小河。河上用并排的桦木架起一座带栏杆的结结实实的小桥，周围是一片休憩用的空地。我们在这里放下东西，下河喝水。从来没有喝过这么好喝的水，凉得手发红，很甜，一股软土味儿。

云势虽然依旧，但天气总算挺了过来。她整理好登山鞋的鞋带，我坐在栏杆上吸烟。下游传来瀑布声。从声音听来，瀑布似乎不很大。阵风从路的左侧吹来，吹得地上的落叶泛起涟漪，旋即遁往右侧。

吸罢烟，用鞋底踩死。这时发现旁边另有一个烟头。我拾起细细查看，是被踩扁的“七星”。从没有潮气这点分析，应该是雨后吸的，也就是昨天或今天。

我努力回想鼠吸什么牌子的烟，却想不出，甚至吸不吸烟都想不起来。于是转念把烟头扔进河里，水流转眼间把它带去下游了。

“怎么了?”她问。

“发现一个新烟头。”我说，“大概近两天有谁坐在这里和我一样吸烟来着。”

“是你那个朋友?”

“是不是呢，说不准。”

她挨我身旁坐下，两手撩起头发给我看耳朵——已好久没给我看了。瀑布声在我的意识中忽而远去，接着又返回。

“还喜欢我的耳朵?”她问。

我微笑着伸出手，用指尖碰她的耳朵。

“喜欢!”我说。

又走了十五分钟，路突然终止，白桦林海也像被切掉似的再也不见了：在我们眼前展开着湖水般广阔的草场。

草场四周每隔五米打一根桩，桩间拉着铁丝网。网旧了，已经生锈。看来我们是折腾到了牧羊场。我推开已然磨损的对开门进入里边。草软绵绵的，地面又黑又湿。

草地上空有乌云流移。顺着云的流向，可以看见高耸的山。尽管观看的角度不同，但无疑跟鼠的照片上的是同一座山，无须抽出照片核对。

但实际目睹曾几百次从照片上看到的这片风景，觉得甚是奇妙。其纵深竟是那样的造作，与其说是赶到了这里，倒不如说是谁按照片匆忙在这里造出了一片临时风景。

我靠着木门叹了口气。不管怎样，我们是找到了。找到这点意味什么暂且不论，反正我们是找到了。

“到了啊!”她把着我的胳膊说。

“到了。”我应道。此外无须多言。

隔着草场的正前方，有一座美国乡村风格的两层木结构旧楼，那是羊博士四十年前建造而由鼠的父亲购得的建筑物。因为没有参照物，无法从远处凭视觉准确把握房子的大小，只觉得呆呆板板敦敦实实，白漆在阴晦的天空下显得模模糊糊，给人以不祥之感。近乎锈色的芥末色复折房顶的正中，一个方形砖砌烟囱朝天竖起。房子四周没有围墙，代之以久经岁月的一片常青树。树展开枝桠，保护建筑物免受风雨雪的袭击。房子丝毫感觉不出人气，一看便觉得莫名其妙。既非给人的印象欠佳或显得凄冷，也非建筑样式格外奇特，更不是说古旧得不成样子，而仅仅是莫名其妙，俨然一个在无法顺利表达情感的过程中年老体衰下去的巨大活物。问题不是如何表达，而是不知表达什么。

四下荡漾着雨味儿。幸亏抓紧了时间。我们朝着那建筑物径直穿过草场。厚厚的夹雨云层——并非刚才那种支离破碎的云絮——从西边渐渐压来。

草场宽广得令人不耐烦，无论怎么快步行走都感觉不出是在前进，距离感根本无从把握。

回想起来，在如此宽广平坦的大地上行走还是第一次。就连极远处的风势都好像拿在手心一样清晰可见。鸟群和云流交叉似的从头顶向北移去。

当我们花了很长时间来到建筑物跟前时，雨已经淅淅沥沥落下来了。房子比从远处看时大得多，也旧得多。白漆犹如疱痂似的到处卷起、剥落，剥落部分经过长期风吹雨打已经变黑。漆剥落到如此地步，恐怕必须把旧漆全部除掉才能重涂。而想到那番麻烦，虽然与己无关，但我还是觉得厌倦。无人住的房子势必变朽，这座别墅显然已经越过了可以挽回的临界点。

同房子的破旧形成对照的是树木。树木一个劲儿猛长，宛如电影《瑞士的鲁滨孙》中的树屋一样把建筑物团团围在中间。由于长期没有剪枝，树枝只管横七竖八舒展开来。

考虑到那条山路的危险，我很难想象在四十年前的过去羊博士是怎样把建房材料运到这地方来的，恐怕把所有体力和钱财都投进了这里。想到闷在札幌那家宾馆二楼黑麻麻的房间里的羊博士，我很有些不忍。假如作为一种类型存在着一种所谓得不到回报的人生，那么羊博士就是个例证。我站在冷雨中仰视建筑物。

同在远处看时一样，根本感觉不到有人活动的气氛。套在窄窄高高的上下两扇窗外侧的木百叶窗上沾了厚厚一层细小的沙尘。雨使沙尘以奇妙的形状固定下来，上面落下新沙尘后，新雨又同样把它固定住。

房门齐眉高处开一个十厘米见方的玻璃窗，内侧挡着窗帘。球形钢门拉手的缝隙也挤满了沙尘，手一碰就啪啪啦啦掉了下来。门拉手虽如老年人的槽牙一般晃晃荡荡，门却拉不开。三块橡木板拼成的旧门远比其外观结实，试着用拳头敲了几次，理所当然地没有回音，只有手痛。巨大的**米槠**树枝在头上随风摇曳，发出沙山崩塌般的声响。

我按管理员教的去摸信箱底。钥匙悬在内侧一个挂钩上。是老式的钥匙，手摸部位已经白白的了。

“钥匙总放在这地方不危险吗?”她问。

“没有人专门跑到这里偷东西又扛回去的。”我说。

钥匙近乎不自然地同锁孔正相吻合。钥匙在我手中“咕噜”打了个转，随着“咔嗤”一声令人快意的响动，门锁开了。

由于百页窗长期关闭，房间暗得不正常，好半天眼睛才适应过来。房间每一个角落都沉浸在幽暗之中。

房间很大。又大又静，一股老仓房味儿。小时候闻过的味儿。旧家具和弃置不用的地毯坐垫之类酿出往昔时光的味儿。我伸手关上门，风声立时消失。

“你好!”我试着大声叫道，“没有人吗?”

当然叫也没用，不可能有人。只有壁炉旁边的挂钟“嗑嗑”地刻录着时间。

我脑袋混乱了几秒。黑暗中时间前后颠倒，几个场所重合在一起，几乎令人窒息的感情记忆如沙般崩溃。但这只是一瞬之间。睁开眼睛，一切恢复正常，眼前惟有异常呆滞的灰色空间壅塞四周。

“不要紧?”她担心地问。

“没什么。”我说，“进去再说吧。”

在她寻找电灯开关的时间里，我在幽暗中细看挂钟。挂钟是由三条细链吊起三根砣管来上发条的。三根砣管都已下落得不能再下落，但挂钟仍拼出最后气力运转不已。从细链的长度来看，砣管落到下面大约需一周时间。就是说一周前有人在这里给钟上过发条。

我把三根砣管上到顶端，然后坐在沙发上伸开腿。沙发很旧，看样子战前即已使用，但坐起来满舒服。不软不硬，与身体浑然一体。有一股人手心那样的气味儿。

过了一会，随着“咔”一声低响，电灯亮了，女友从厨房出来。她手脚麻利地这里那里检查完客厅后，在长沙发上坐下来吸薄荷烟。我也吸薄荷烟。同她交往以来，我也一点点喜欢上了薄荷烟。

“看情形你的朋友准备在这里过冬。”她说，“大致看了下厨房，燃料食品足够过一冬的。简直成了超级商场。”

“可本人不在。”

“去二楼看看。”

我们登上厨房横头的楼梯。楼梯中途一下子转成了不可思议的角度。上到二楼，空气好像差了一层。

“头有点儿痛。”她说。

“很痛?”

“不，不怕的，别介意。已经习惯了。”

二楼有三个卧室。夹着一道走廊，左边是个大房间，右边是两个小房间。我们逐个打开三个房间的门，哪个都只有最低限度的家具，空荡荡暗幽幽的。大房间里有张双人床和一个地橱，床只是空架子。一股僵死的时间气味。

仅有里头的小房间残留着人的气息。床拾掇得整整齐齐，枕头略微留有凹坑，纯蓝色的睡衣叠放在枕旁。床头柜上放一盏古色古香的台灯，旁边扣着一本书，康拉德的小说。

床旁有个橡木做的结结实实的衣柜，抽屉中整齐地塞满了男人用的毛衣、衬衫、长裤、袜子和内衣。毛衣和衬衫都是旧的，尽管有的磨损了，有的开线了，但**东西**地道。其中几件有印象，是鼠的。三十七号衬衫和七十三腰围的裤子，没错儿。

靠窗摆着近来不易见到的式样简练的旧桌旧椅。桌子抽屉里装着廉价的自来水笔和三瓶备用墨水，还有写信用品，信纸全是白的。第二格里有吃了一半的罐装止咳糖和零零碎碎的小东西。第三格是空的。没有日记没有手册，什么也没有。多余之物看来全给他归在一起处理掉了。一切整理得过于井然有序，这使我有些不快。手指在桌面一划，指尖沾上了白灰。灰不太厚，同样不过一周时间。

我把面对草场的上下扇窗推一扇上去，打开外侧的百页窗。掠过草场的风增加了强度，乌云流得更低了。草场犹如痛苦翻滚的活物在风中扭着身子。远处有白桦，有山，同照片毫无二致，只是没有羊。

我们下楼，又坐在沙发上。挂钟响了一阵子前奏，打响十二点。我们沉默到最后一响消失在空气中。

“往下什么打算?”她问。

“好像只有等待，”我说，“一个星期前鼠还在这里，东西也都剩着，肯定会回来。”

“不过要是那之前下起雪来，我们可就得在这过冬了，况且你那一个月期限也要过期了。”

如她所言。

“你耳朵没感觉到什么?”

“没有。一张开耳朵就脑袋疼。”

“那，就在这慢慢等鼠回来好了。”

总之此外没其他办法。

她在厨房煮咖啡的时间里，我在宽敞的客厅里转了一圈，每个角落都看了一遍。墙壁正中有个地地道道的壁炉。没有最近用过的痕迹，但已做好用的准备，想用随时可用。几片橡树叶从烟囱钻进炉膛。还有一个大煤油炉，以便没有冷到需烧木柴时使用。燃料计显示里边注满了油。

壁炉旁边是带有玻璃门的固定式书橱，满满排列着多得惊人的旧书。我拿出几本啪啦啪啦翻了翻，全都是战前出的，基本无甚价值。地理、科学、历史、思想、政治方面的书占了大部分，除了用来研究四十年前一般知识分子的基本教养之外，根本派不上用场。战后刊行的书固然也有，但就价值而言可谓大同小异。唯有《普鲁塔克英雄传》和《希腊戏剧选》及其他几本小说免遭风化而存活下来。在漫长的冬季里即使这样的东西也可能用处不小。不管怎样，我还是第一次目睹无价值的书籍如此济济一堂。

书架旁边有同样固定的博古架，上面摆着一套六十年代中期流行的小书架形扩音器、增音器和电唱机。大约两百张唱片，哪一张都伤痕累累，但至少并非毫无价值。音乐没有思想那么容易风化。我按下真空管增音器的电源开关，随手拣一张唱片放上唱针。纳特·金·科尔在唱《国境以南》。房间的空气似乎倒回了五十年代。

墙壁对面等距排列着四扇高一米八左右的上下扇窗。从窗口可以看见草场上灰蒙蒙的雨。雨下大了，山脉在远处变得朦朦胧胧。

房间里铺的是木地板，中间铺一块六榻榻米大小的地毯，上面是一套接待客人用的沙发茶几和落地灯。坚不可摧的餐桌餐椅被挤在一个角落，落满白灰。

房间里确实算得上空空如也。

墙上有一扇不显眼的门，打开门，是个六榻榻米大小的储藏室。里面逼仄地堆着多余的家具、地毯、餐具、整套高尔夫用品、装饰品、吉他、褥垫、大衣、登山鞋、旧杂志等物，连初中应试参考书和无线电操纵的飞机模型都有，大部分是五十年代中期到六十年代中期的产物。

在这座建筑物里，时间以奇妙的方式流逝着，一如客厅里的旧式挂钟。人们心血来潮地前来把砣管拧上去。只要砣管上去，时间便“嗑嗑”流移。当人们离去砣管下来以后，时间便驻步不动，由这静止的时间块体在地板上堆积黯然失色的生活层。

我拿了几册旧电影杂志返回客厅打开。凹版相片介绍的是《阿拉莫》，说这是约翰·韦恩执导的第一部影片，约翰·福特也全面声援。约翰·韦恩说要拍摄一部留在美国人心中的杰作，但那顶海狸帽子戴在约翰·韦恩头上简直不伦不类。

她端着咖啡出来，我们面对面喝着。雨点断断续续地敲打着窗扇。时间一点点增加重量，掺和着冷清清的幽暗浸满房间。电灯黄色的光犹如花粉在空中飘移。

“累了?”她问。

“有可能。”我怅怅地望着外面的雨景说，“一直找个不停，一下子停下来的关系。一定是还不适应。加上辛辛苦苦赶到照片上的地方，却鼠也没有羊也没有。”

“睡吧。你睡时我准备饭。”

她从二楼拿来毛毯，盖在我身上，又打开煤油炉，把烟夹在我唇间点上火。

“提起精神，保准顺利的。”

“谢谢。”我说。

随后她消失在厨房里。

剩下一个人，身体好像突然重了。我吸了两口把烟碾灭，毛毯拉到脖子闭起眼睛，不出几秒便睡了过去。

5．她离山而去。以及汹涌的饥饿感

钟打六点时，我在沙发上醒来。灯熄了，房间笼罩在浓重的暮色中。麻木感从体内一直麻到指尖。蓝墨水般的暮色仿佛透过皮肤深深沁入了体内。

雨大概早已停了，隔窗传来夜鸟的叫声。唯独煤油炉的火苗在房间白色的墙壁上勾勒出长得出奇的淡影。我从沙发起身，打开落地灯，进厨房喝了两杯冷水。煤气灶上放着装有奶油炖菜的锅。锅还微微有些余温。烟灰缸里立着女友吸剩的两个**薄荷**烟头，两个像是一起碾死的。

我本能地感到她已经离开了这座房子。她已经不在这里。

我两手拄在烹调台上试着清理思绪。

她已经不在这里，这是确切无疑的。不是出于分析推理，是实际上不在。屋子里空荡荡的空气告诉了我这点。在妻子离开公寓到遇见她之前的两个月时间里，我算是领教够了这样的空气。

出于慎重，我上二楼查看了三个房间，立柜门也打开看了。没有她的身影。她的挎包和羽绒夹克也不见了，门口的登山鞋亦无踪影。

她的的确确走掉了。逐个找了她有可能留言的地方，留言条也没有。从时间上看，恐怕已经到了山下。

我一下子很难理解她下山这一事实。刚刚爬起，脑袋还运转不灵。即使运转得灵，对自己周围发生的种种事情一一作出像样的解释也是远远超出我的能力范围的。说到底，对事物的发展只能听之任之。

我坐在客厅沙发上发呆。这时突然发觉肚子饿得不行，一股异乎寻常的饥饿感。

我从厨房走下楼梯，进入贮藏食品的地下室，拿起一瓶适中的红葡萄酒拔下软塞尝了尝。虽有些过凉，但味道纯正。折回厨房，在烹调台切开面包，顺便削个苹果。给炖菜加热的时间里我喝了三杯葡萄酒。

菜热以后，我把葡萄酒和炖菜摆在客厅餐桌上，边吃晚饭边听珀西·费思交响乐团的《帕菲迪亚》。饭后喝深底锅里剩下的咖啡，拿来在壁炉上发现的扑克玩单人游戏。这游戏十九世纪由英国人发明以来一时广为流行，但由于过于复杂，不知不觉便销声匿迹了。据某位数学家计算，成功概率大概为二十五万分之一。我玩了三回，当然没有得手。收拾完扑克和餐具，继续喝瓶里大约剩下三分之一的葡萄酒。

窗外已降下夜幕。我关上百页窗，躺在长沙发上又听了几张“咔咔”作响的旧唱片。

鼠会回来吗？

大概会回来。这里已储存好他过一冬用的食品和燃料。

但终归只是**大概**。鼠也可能对一切都厌烦起来而返回“故乡”，或者决定跟哪个女孩在山下生活亦未可知。这并非完全不可能的事。

果真如此，我将陷入被动境地。一个月期限里鼠没找到羊没找到，这样一来，那个穿黑西服的小子势必把我拖进他的所谓“众神的黄昏”之中。纵令明知拖进去对我也毫无意义可言，他也肯定照拖不误。他就是那种货色。

讲定的时间即将整整过去一半，十月的第二周，是城市看上去最成其为城市的时节。若什么事也没有，我现在想必应在某个酒吧边吃煎鸡蛋卷什么的边喝威士忌。美好时节的美好时刻，秋雨洗过的暮色，“**喳喳**”有声的冰块和结结实实的独板吧台面，如平稳的河水般流移的时间。

如此呆想的时间里，开始觉得这个世界存在另一个我，那个我正在一间酒吧里舒舒服服喝威士忌，并且越想越觉得那个我才像现实的我。不知什么地方错了位，真正的我已不是现实的我了。

我摇摇头，把幻想赶跑。

外面，夜鸟低声叫个不停。

我爬上二楼，在鼠没使用的那个小房间里整理一下床铺。褥子、床单、毛毯都整齐地叠放在楼梯旁边的柜里。

房间家具同鼠房间里的一模一样：床头柜、桌、地橱、台灯。样式虽已过时，但都是只考虑功能而把东西做得结实耐用的那个时代的遗物。 多余物一概没有。

从枕旁窗口同样可以望尽草场。 雨已完全止息，厚厚的云层处处现出裂缝。 清秀的弯月从裂缝中露出脸，使得草场风景历历浮现出来，恍若探照灯照出的深海底。

我和衣上床，久久望着这若隐若现的风景。 拐过那个不吉利的弯处独自下山的女友的图像与之重合了片刻。 消失后，这回现出的是羊群和摄此照片的鼠的姿影，但当月亮隐入云层又露出时，这个也消失了。

我在台灯光下看《福尔摩斯探案集》。

6．车库里边发现的，草场正中思考的

种类从未见过的鸟群像装饰圣诞树似的扑在门前的米槠树上鸣啭。一切都在晨晖中湿润润光闪闪的。

我用样式令人很感亲切的手动式烘烤炉烤了面包，往平底锅抹黄油煎鸡蛋，喝了两杯电冰箱里的葡萄汁。她不在诚然寂寞，但我觉得能感觉出寂寞也多少是个慰藉。寂寞是一种不坏的心绪，就像小鸟飞走后的那棵**寂寂**的米槠树。

洗完盘子，在洗脸间把嘴角沾的鸡蛋黄洗掉，刷牙足足刷了五分钟。犹豫良久，还是把胡子也刮了。洗脸间有简直像刚买来的刮须膏和“吉列”刮须刀，牙刷牙膏香皂化妆水香水也一应俱全，架子上齐整整地叠放着十多条颜色不一的毛巾。不愧是鼠，如此一丝不苟。镜子和洗面台也不见一道**污痕**。

厕所和浴室也大体相同，瓷片的**接缝**用旧牙刷和洗涤剂刷磨得白白净净。可钦可敬。厕所里放的香料盒漾出在高级酒吧喝的那种杜松子酒、莱姆果汁般的芳香。

走出洗脸间，坐在客厅沙发上吸了一支晨烟。背囊里还有三盒

“云雀”，吸完就没了。吸罢那三盒，往下只有戒烟。这么想着又吸了一支。晨光实在令人惬意，沙发同身体极为融洽。如此眨眼过去一个小时。挂钟悠悠然打响九点。

我似乎可以理解鼠了。理解他何以把家具什物收拾整齐，何以把厕所瓷片接缝弄得雪白，何以尽管没可能与人相约却仍熨衬衫刮胡须。在这里倘若不连续动弹身体，势必失去对时间的正常感觉。

我从沙发站起，抱拢双臂在屋子里迅速转了一圈。简直想不出眼下应干点什么。需要清扫的地方鼠已清扫完毕，就连高高的天花板上的**蛛丝灰**也已一除为快。

行了，现在总该思考些什么。

我决定先在房子周围散散步再说。天气好得不得了，空中流移着几条宛如用毛刷曳出的白云，鸟鸣此起彼伏。

房后是一间大车库。两扇对开的旧门前落有一个烟头。“七星”。这回的烟头已有些时日了，烟纸剥裂，过滤嘴蹿出。我想起屋子里仅有一个烟灰缸，而且是看样子经久未用的旧烟灰缸。鼠不吸烟。我在手心里转动了一会过滤嘴，又扔回原处。

拉开笨重的门闩，打开车库门。里面宽敞得很，从板缝泻进的阳光在黑土上鲜明地勾勒出几道平行线。一股汽油味儿和泥土味儿。

车是旧的丰田牌“陆地巡洋舰”。车身也好车轮也好，全无一道泥痕，汽油接近满箱。我试着用手往鼠常藏钥匙的地方摸了摸，果然在那里。插进钥匙一扭，引擎立即发出快意的声响，在汽车保养上，鼠总是那么身手不凡。我关掉引擎，放回钥匙，仍坐在驾驶席上四下环顾。车里边没什么像样的东西，行车地图、毛巾和半盒巧克力而已。后座是一捆铁丝和一把大钳。就鼠的车来说，后座倒是出奇的脏了。我打开后座车窗，把座位上的垃圾拢在手心，对着从木板墙节孔透进的阳光看了看：既像弹簧垫冒出的填充物，又像羊毛。我从衣袋里掏出纸巾包了，揣进衣袋。

鼠为什么不用车呢？我无法理解。既然车库有车，那么他是走路下山的不成？或者没有下山呢？两个都解释不通。三天前山崖下的路理应还畅通无阻，很难认为鼠抛开自己的房子而在这台地的什么地方持续野营。

我不再思索，关上车库门，走进草场。从怎么想都情理不通的情形里，不可能得出合乎情理的结论。

随着太阳的升高，草场开始腾起水蒸气。透过水蒸气，可以隐约望见正面的山。到处是草的气息。

我踏着湿乎乎的草走到草场中间。正中央扔着报废的旧轮胎，橡胶已彻底变白开裂。我在上面坐下，环顾四周。我离开的房子看上去仿佛探出海岸的白色石崖。

一个人在草场正中的轮胎上静坐下来，不由想起小时参加过的远程游泳比赛。从这个岛游往另一个岛大约正当一半的途中，我时常停下来观望周围景致，而每每觉得莫名其妙。位于两点的正中间总使人觉得有些奇异，人们此刻仍在远离了的大地上继续日常营生这点也令人不可思议，而最妙不可言的是社会竟然在我抽身离开的情况下照样正常运转。

怔怔地坐了十五分钟，我返回房子，坐在客厅沙发上接着看《福尔摩斯探案集》。

两点，羊男来了。

7. 羊男来了

挂钟刚刚打完两点，响起了敲门声。起始两下，停了两拍又敲三下。

认识到这是敲门声花了好一会时间。我根本没想到会有人敲这座房子的门。若是鼠，应该直接开门才是——毕竟是鼠的家；若是那个管理员，估计敲过一遍不等回音便闯进门来；若是她——不不，不可能是她，她恐怕会从厨房门悄声进来一个人喝咖啡，不是敲正门的那一类型。

开门一看，是羊男站在那里，样子看上去无论对开了的门还是对开门的我都无甚兴趣。他像看什么罕见之物似的定睛盯视着离门两米远的立式信箱。羊男个头比信箱略高一点，也就一米五十左右吧，况且驼背，腿也不直。

加之我站立的位置同外面地面相差十五厘米，所以我简直像从窗口在俯视。羊男一副蔑视这决定性落差的神气，兀自偏头专注地盯视信箱。信箱里当然什么也没有。

“进去可以吗?”羊男仍歪头问我。听语气像是对什么感到气恼。

“请。”我说。

他弓下腰，三下两下解开登山鞋的鞋带。登山鞋沾满硬泥，如夹馅面包的表皮。羊男把脱掉的鞋拿在手上，以熟练的手势“嘣嘣”对敲。厚泥巴倒也爽快地哗哗落下。之后，羊男就像要告诉我他对这房子了如指掌似的穿上拖鞋迈起大步，自行在沙发上坐下，现出释然的神情。

羊男把羊皮一直披到头顶，他敦敦实实的体形同那衣裳正相吻合。四肢部分则是接上去的仿制品，头罩也是仿制品，其顶端探出的两根环状角则是真的。头罩两侧像是用铁丝连接的两只平扁扁的耳朵水平支出。遮住上半边脸的面罩和手套、袜子统统是黑的。衣裳从脖颈到胯部带有拉链，很容易脱下。

胸前口袋同样带拉链，袋里放有香烟火柴。羊男口衔“七星”，用火柴点燃，“忽”地吁了口气。我把烟灰缸拿去厨房洗完拿回。

“想喝酒啊！”羊男说。我再次去厨房，找出剩有一半的“四玫瑰”，拿来两个杯子和冰块。

我们各自往威士忌里加冰，没说干杯，只管喝着。羊男喝第一杯时嘴里含含糊糊地嘀咕着什么。较之身体，羊男的鼻子要大些，每次呼吸鼻腔都如翅膀一般左右鼓胀。面罩外露出的两只眼睛左一眼右一眼不安地打量着我周围的空间。

喝光一杯，羊男看样子多少镇定下来。他熄掉烟，两手的手指伸到面罩下面揉眼睛。

“毛进眼睛了。”羊男说。

我不知说什么合适，默不作声。

“昨天上午到这里的吧?”羊男揉着眼睛说，“一直看着的。”羊男往已融化了一半的冰块上咕嘟嘟倒威士忌，也不搅拌便喝了一口。“下午女的一人离开了。”

“你也看见了?”

“不是看见了，是我撵回去的。”

“撵回去的?”

“嗯。我从厨房窗口伸进脑袋，告诉她最好回去。”

“为什么?”

羊男闹别扭似的闷声不响。“为什么”这种问法大概不适合于他。但在我转念考虑换个问法的时间里，他眼睛里慢慢闪出异样的光。

“女的回**海豚**宾馆了。”羊男说。

“她那么说来着?”

“她什么也没说。反正就是回**海豚**宾馆了。”

“何以见得?”

羊男不语，双手放在膝上，默默地盯着茶几上的玻璃杯。

“的确是回**海豚**宾馆了吧?”我问。

“嗯。 **海豚**宾馆是一家好宾馆，有羊味儿。”羊男说。

我们再度沉默。 仔细看去，羊男缠的羊皮污秽不堪，毛给油渍弄得硬撅撅的。

“她离开时没留什么话没说什么?”

“没有。”羊男摇头道，“女的什么也没说，我什么也没听。”

“就是说你叫她回去，她就默默离去啰?”

“是的。 女的本来想回去，所以我才说回去好。”

“她是自愿来这里的。”

“不对!”羊男吼道，“女的是想离去，但她自己头脑乱成一团，所以我把她撵了回去。 是你把女的脑袋搞乱的。”羊男站起来用右手心“砰”地拍了下茶几。 威士忌杯往一旁滑动了五厘米。

羊男以那样的姿势站了一会，随后眼睛的光芒暗淡下来，瘫软似的坐在沙发上。

“是你把女的脑袋搞乱的。”羊男这回沉静地说，“这是十分不应该的。 你什么也不明白。 你只想自己的事。”

“那么说她是不该来这里的了?”

“不错。 她是不该来这里的。 你只想自己的事。”

我缩进沙发，舔了口威士忌。

“不过，算啦。 反正已经结束了。”羊男说。

“结束了?”

“你再也见不到那个女的了。”

“因为我只想自己的事?”

“是的。是因为你只想自己的事。自作自受!”

羊男起身走到窗边，用一只手猛地往上推开重重的窗扇，呼吸外面的空气。力气甚是了得。

“这么晴的天要开窗才行。”羊男说。继而在房间转了半圈，在书架前站定，抱臂注视书脊。衣裳的屁股部位竟生有短短的秃尾巴。从身后看去，只能看成是真正的羊用后肢站立。

“在找朋友。”我说。

“喔。”羊男显得兴味索然，依然背对着我。

“他应该在这里住过一段时间，直到一星期前。”

“不晓得。”羊男站在壁炉前，啪啦啪啦翻动板架上的扑克牌。

“也找背部带星纹的羊。”我说。

“没见过。”羊男应道。

但羊男显然知道鼠和羊的某些情况。他的漠不关心表现得太露骨了，回答得也太快，语气也不自然。

我改变战术，装出对对方已毫无兴致的样子打个哈欠，拿起桌上的书翻动。羊男有点惶惶然，折回沙发，默默地注视我看书。

“看书有意思?”羊男问。

“嗯。”我简单回答。

羊男仍在磨磨蹭蹭。我不理他，继续看书。

“抱歉，刚才太大声了。”羊男低声说，“羊那一面和人这一面时常碰撞，就成了这样子。倒也不是有什么恶意。再说，你也说了像是怪罪我的话。”

“可以了。”我说。

“你再不能同那女的相见我也觉得不忍，可那不是我的责任。”

“噢。”

我从背囊口袋里掏出三盒“云雀”递给羊男。羊男有点惊讶。

“谢谢。这烟我还是第一次看到。可你不要么?”

“戒了。”我说。

“呃，那好。”羊男认真地点点头，“的确对身体无益。”

羊男把烟甚是小心地放进胳膊口袋里，那里于是隆起了一个四方形。

“无论如何我都得见到朋友，大老远跑来为的就是这个。”

羊男点点头。

“羊也同样。”

羊男又点点头。

“这方面你什么也不知道?”

羊男神情凄寂地左右摇头，仿制的耳朵飘飘然晃动不已。但这次的否定比刚才弱了许多。

“这里是个好地方。”羊男转换话题，“风景漂亮，空气清新。我想你也一定中意。”

“好地方!”我也赞同。

“到冬天更好。四下里除了雪还是雪，冻得硬邦邦的。动物都睡着了，人也不来。”

“一直在这里?”

“嗯。”

我决定再不多问。羊男跟动物一个样，我进他退，我退他进。既然一直在这里，也就不必着急，慢慢花时间探听不迟。

羊男用左手把右手戴的手套从拇指开始逐个拔出。拔了几次，手套整个掉下，现出粗糙的浅黑色的手。手不大，但肉厚，从拇指根到手背中间有烧伤的疤痕。

羊男目不转睛地看着手背，又翻过来看手心。这跟鼠的习惯性动作一模一样。但鼠不可能是羊男，身高相差不止二十厘米。

“一直在这里?”

“不，找到朋友或找到羊就离开。为这个来的。”

“这儿的冬天不错，”羊男重复道，“白花花亮晶晶的，无论什么全都冻僵。”羊男独自嗤嗤地笑，硕大的鼻腔鼓胀起来。张嘴时有脏兮兮的牙露出，门牙掉了两颗。羊男的思维频率总好像不大均衡，弄得房间的空气一伸一缩。

“该回去了，”羊男突然说，“谢谢你送我烟。”

我默然点头。

“你的朋友和那只羊要是能快些找到就好了。”

“是啊，”我说，“你要是知道什么，告诉我可以么?”

羊男浑身不自在似的扭动了一会，“呃，可以，会告诉的。”

我觉得有点滑稽，勉强忍住没笑。看来羊男真的不善于说谎。

羊男戴完手套，站起身来。“还会来的。几天后说不准，反正还来。”随即眼神变暗，“不打扰吗?”

“何至于。”我慌忙摇头，“非常愿意见到你。”

“那，还来的。”说着，羊男啪一声随手把门关上。尾巴险些夹住，好在没事儿。

我从百页窗空隙往外看，羊男同来时一样，站在信箱跟前一动不动地盯视漆已剥落的白箱，而后窸窸窣窣地扭动着让羊皮衣裳贴住的身体，朝东边的森林快步穿过草场。水平支出的耳朵如游泳池跳板一般摇摇颤颤。身影随其远离变为一个模糊的白点，最后被同样颜色的白桦吸进树干之间。

羊男消失后，我也一直定定地看着草场和白桦林，越看越觉得对羊男刚才还在房间这点难以置信。

但茶几上剩有威士忌酒瓶和“七星”烟头，对面沙发上沾着几根羊毛。我把它和在“陆地巡洋舰”后座发现的加以比较：一样的。

羊男回去后，我清理一下思绪，进厨房做汉堡牛肉饼，把元葱切得碎碎的用平底锅炒，同时从电冰箱拿出牛肉解冻，用中孔绞肉机绞碎。

总的说来，厨房够空的，但一应烹调用具和调味料还很齐全。只要好好铺条路，足可以直接在此开一家山乡风格的小餐馆。窗户全部打开，边吃边看羊群和蓝天，应该相当不坏。一家老小可以在草场上同羊嬉戏，恋人们不妨进白桦林散步。肯定生意兴隆。

鼠搞管理，我来做菜。羊男也有事可做。既是山乡餐馆，他那怪里怪气的衣裳也自然而然会为人接受。再把那个很现实的绵羊管理员作为羊倌算进来也可以。现实性人物有一个未尝不可。狗也有用。羊博士想必也会来散心。

我一边用木铲搅拌元葱，一边如此呆想。

想着想着，可能永远失去那个耳朵极妙的女友的担忧重重压上心头。或许如羊男所说，我该一个人来这里才是。我应该……我摇下头，让自己继续想餐馆。

杰！若是杰在这里，各种事情肯定一帆风顺。一切都应以他为核心运转，以宽容、怜爱、容纳为中心。

在等元葱变凉的时间里，我坐在窗边，再次眼望草场。

8. 风的特殊通道

此后三天无所事事地过去了。 什么也没发生。 羊男也没出现。 我做饭，吃饭，看书，傍晚喝威士忌后睡觉。 早上六点起床，绕草场跑个半月形，之后淋浴刮须。

草场清晨的空气骤然增加了冷意。 白桦灿烂的红叶一点点稀疏起来。 冬天第一阵冷风钻过凋零的树枝，掠过台地，向东南方向吹去。 跑步途中我在草场中间一站，可以真切听到那样的风声，似乎在宣告秋天的一去不复返。 短暂的秋光已然逝去。

由于运动不足和戒烟，最初三天胖了两公斤，跑步掉了一公斤。 不能吸烟诚然不大好受，但方圆三十公里没有烟铺，除了忍耐别无他法。 每当要吸烟时我就想她和她的耳朵。 我觉得较之此前我所失去的，失去烟简直不值一提。 实际上也是如此。

闲着无事，我做了很多菜，还用烘箱做了烤牛排，把冷冻的大马哈鱼弄软切开，做了腌鱼。 由于新鲜蔬菜不足，便从草场找来大约可以食用的野菜，削鲣鱼干做了炖菜，用甘蓝简单腌了咸菜，还做了几种下酒的干菜以便羊男来时之需。 然而羊男没来。

下午大部分时间用来看草场。草场看得久了，竟产生一种错觉，恍惚觉得那白桦林之间有人飘然而至，直接穿过草场朝这边走来。一般情况下是羊男，也有时候是鼠或女友，或是背部带星纹的羊。

但终归谁也没有出现，唯有风吹过草场，就好像草场成了风的特殊通道。风跑得很快，头也不回，仿佛在说因负有重要使命而需日夜兼程。

来到台地第七天，下了第一场雪。这天从早上开始便异乎寻常地没有风，天空给沉甸甸的铅色云遮得严严实实。跑步回来淋浴完毕，喝着咖啡听唱片时雪下了起来。奇形怪状的硬雪，打在窗玻璃上时“嗑嗑”地发出响声。风也多少吹来，雪片带着三十度的斜线快速落在地上。雪片疏落时，斜线看起来像是百货商店包装纸上的斜纹；而不久下得紧了，外面便白蒙蒙一片，山也罢林也罢什么都隐形不见。那不是东京时而飘洒的适可而止的雪，是真正北国的雪。雪覆盖万物，一直冻彻地底。

如此定睛看雪，眼睛很快就痛了。我放下窗帘，在煤油炉旁看书。唱片转完自动唱针退回之后，四周悄悄然无一丝声息，沉寂得令人悚然，就好像所有活物都已死绝。我放下书，无缘无故地把房间逐个转了一遍。从客厅进厨房，继而储藏室、浴室、洗脸间、地下室一一加以巡视，二楼房间也打开看了。谁也没有。独有沉寂如油一般沁入房间的每一个角落，只不过因房间大小不同而沉寂感多少有所不一样罢了。

我孤身一人。有生以来好像还从来不曾如此形单影只。这两三天我才那么强烈地渴望吸烟，烟当然没有。

没有烟，只好不加冰干喝威士忌。倘若如此度过一冬，很可能落个酒精中毒。好在屋子里酒的数量还没有多到足以导致酒精中毒的程度。威士忌三瓶、白兰地一瓶、易拉罐啤酒十二箱，如此而已。想必鼠考虑得和我一样。

我的同伴莫非还在不停地喝酒？能够把公司清理妥当，如愿以偿地回到过去那种小翻译事务所去吗？大概没有问题。没有我恐怕也会干得蛮好。不管怎样，我们已来到这样一个时期，我们折腾了六年时间又回头退守原地。

偏午时分，雪停了。同下时一样，停得很唐突。厚敦敦的云层如干黏土随处裂开，从中泻下的阳光成了壮观的光柱，在草场上四下移动。好漂亮的景致！

来到外面，地上到处散着小砂糖果般的硬碴碴的雪粒。它们分别缩起身子，像是在抗拒融化，但钟打三点时，差不多都已化掉。地面湿湿的，傍晚的太阳以柔和的光芒笼罩大地。鸟如获释一般放声歌唱。

吃完晚饭，我从鼠的房间拿来《面包烤制法》连同康拉德的小说，坐在客厅沙发上看着。看到大约三分之一的地方，碰到鼠代替书签夹的一张十厘米见方的剪报。日期不清楚，但从颜色看是较新的报纸。所剪内容是本地新闻：探讨高龄化社会对策的学术报告会在札幌一家宾馆召开；旭川市附近举行接力长跑比赛；还有关于中东危机的

演讲会。里边没有任何能够引起鼠或我感兴趣的东西。背面是报纸广告。我打个哈欠，合上书，去厨房煮咖啡喝了。

久未看报，一看报才发觉自己已被世界潮流抛开整整一个星期了。没有广播没有电视没有报纸没有杂志。就在这一瞬的时间里，东京说不定给核弹夷为平地，瘟疫说不定席卷山下人世，火星人是否占领澳大利亚亦未可知。纵然如此，我也完全无从知晓。去车库里的“陆地巡洋舰”，倒是可以听车上配的广播，但我也不是特别想听。不知道也无所谓的话，那就没必要特别设法知道，况且我已经有了足够的头疼事。

但有什么在我脑袋徘徊不去。感觉上就像眼前有什么通过却因沉思而没注意到时一样。然而视网膜已经烙下了有什么通过的下意识的记忆……我把咖啡杯塞进洗碗槽，返回客厅，重新拿起剪报细看。我所寻找的东西到底是在背面：

> 鼠：乞速联系。
>
> 十万火急!!
>
> 海豚宾馆四〇六室

我把剪报夹回书，身体埋进沙发。

鼠知道我在找他。疑问在于：他是怎样发现这则启事的呢？下山时偶然发现的吧？抑或为寻找什么一起读几周来的报纸时发现的不成？

尽管知道，却未同我联系（也许他得到这则启事时我已退房离开了**海豚**宾馆，或者联系时电话已经**死掉**）。

不，不对。鼠不是不能跟我联系，而是不想联系。估计鼠已根据我住在**海豚**宾馆这点预料我迟早要来这里。而他若有意见我，理应在此等待，或至少留个纸条才离开。

总而言之，鼠是由于某种原因不想同我见面。可是，他并没有拒绝我。假如他不愿意我留在这里，将我赶走的办法在他任凭多少都有。因为，这里是他的家。

我怀抱这两个命题，看着挂钟的长针绕钟盘缓缓转动一周。转完一周后我也未能摸到这两个命题的核心。

羊男知道什么，毫无疑问。同一个人，既然一眼就发现我来这里，就不可能不知道差不多在此住了半年的鼠。

越想越觉得羊男的行为反映出鼠的意志。羊男把我的女友赶下山，弄得我成了孤家寡人。他的出场想必是某种前兆。我身旁的的确确有什么正在进行。外围被清除干净，即将发生什么。

我熄灯上楼，躺在床上看月亮，看雪和草场。云层断处，星星闪烁着冷冷的光。我打开窗，嗅了嗅夜的气息。随着树叶的摩擦声，有什么叫声从远方传来。叫声很奇特，既不像鸟叫又不像兽叫。

我就这样在山上度过了第七天。

醒来去草场跑步，淋浴，吃早餐。一如往日的早晨。天空跟昨

天一样阴沉沉的，气温则略有上升。看光景雪是不会下了。

我在蓝牛仔裤和毛衣外面套上登山服，穿上运动鞋穿过草场，从羊男消失的地方走进东边的树林，在林里走来走去。没有像样的路，人的足迹也没有。时而有倒在地上的白桦。地面很平，到处有既像干涸的河道又像昔日战壕的一米左右宽的**沟**。**沟**弯弯曲曲，在树林里拐了好几公里长。有时深，有时浅，沟底积有厚及踝骨的枯叶。沿沟前行，不久走上一条马背般陡峭的路。路两旁是坡面徐缓的无水枯谷。枯叶色的圆滚滚的鸟“嚓嚓嚓”穿过路面，消失在斜坡草丛中。**满天星**犹如升腾的火焰把红色镶嵌在林间处处。

大约转了一个小时，彻底转丢了方向感，哪里还谈得上找羊男！我沿枯谷行走，一直走到听见水声。见到河，这回沿河而下。如果我的记忆不错，应碰上瀑布，而我们走过的那条路就在瀑布附近。

走了十分钟，有瀑布声传来。溪流被岩石弹得转来转去，到处留下冰一般冷的**水洼**。没有鱼，几片枯叶在**水洼**上面款款地画着圆圈。我接连从一块岩石跳到另一块岩石，走下瀑布，爬过光溜溜的斜坡，走上有印象的那条路。

羊男坐在桥边看着我，肩上挎一个装满烧柴的大帆布袋。

“那么瞎转一气，会碰上熊的！”他说，“这一带像有只熊走散了，昨天下午发现**行踪**来着。要是怎么都想转的话，就像我这样腰上系个**铃**。”

羊男“铃铃”地摇响用安全扣固定在腰间的小铃。

“找你呢！”我叹口气说。

“知道。”羊男道，“看见你找来着。”

“那为什么不招呼我呢?”

“以为你想自己找来，就没吭声。”

羊男从衣袋掏出烟，美滋滋地吸了一口。 我在羊男身边坐下。

“住在这儿?”

“嗯。”羊男说，“不过你谁也不要告诉。 因为谁都不知道。”

“可我的朋友知道吧?”

沉默。

“事关重大。”

沉默。

“如果你跟我的朋友是朋友，那么我跟你也是朋友吧?”

“是啊，”羊男十分谨慎地说，“一定是那样的。”

“既然你是我的朋友，你就不会对我说谎，是吧?”

“嗯。”羊男很为难似的说。

“不能讲给我听吗? 作为朋友。”

羊男用舌头舔了舔干干的嘴唇：“不能讲的，实在对不起，讲不得的，说好不能乱讲。”

“嘴给谁封住了?”

羊男如海贝一样闷声不语。 枯树间响起了风声。

“没人偷听的。”我悄声道。

羊男盯住我的眼睛：“这地方你难道什么也不了解?”

“不了解。”

“听着，这不是普通地方，这点你最好记住。”

“可你前几天还说是好地方啊!”

“对我来说，”羊男道，“对我来说只能住在这里。被赶出这里，就再也无处可去了。”

羊男沉默下来。看情形很难再从他口中套出什么话。我看着塞满烧柴的帆布袋。

“冬天用这个取暖?”

羊男默然点头。

“没看见有烟嘛。”

“积雪之前，不生火。不过即使积雪后生火你也看不见烟——有那样的生火办法。”说着，羊男得意地一笑。

“雪从什么时候积起呢?”

羊男仰脸看天，又看我的脸。“今年要比往年早，再过十来天就差不多了。”

“再过十来天路就封冻了吧?”

“可能。谁也上不来，谁也下不去，好季节!”

“一直住在这里?”

“一直。”羊男说，“直到永远。”

“吃什么呢?”

“蜂斗叶、柴萁、树上的果子，鸟、小鱼和螃蟹也逮得到。”

“不冷?”

“冬天冷的哟。”

“有什么东西不够，可以分些给你。”

“谢谢。眼下还不缺什么。”

羊男忽然站起，朝着草场的方向在路上走起来。我也起身跟在他后面。

“为什么偷偷住在这里?”

“你肯定笑。”羊男说。

“我想不至于。”我说。猜不出到底有什么好笑的。

“谁也不告诉?”

“谁也不告诉。”

“因为不愿意去打仗。”

之后我们默默走了一会。肩并肩走，羊男的头在我肩头那儿晃来晃去。

“和哪国打?”

“不知道。”羊男“咳咳”咳了两声，“反正不乐意去打仗。所以才这样保持着羊形，而保持羊形就不能从这儿出去。”

“十二瀑镇出生的?”

“嗯。不过别讲给任何人听。”

“不讲。”我说，“讨厌镇子?”

“山下的镇子?”

“嗯。”

“不喜欢，遍地是兵。”羊男又咳嗽一声，“你从哪儿来?”

“东京。”

“听说打仗了没有?”

“没有。”

羊男于是像对我失去兴趣，在走到草场入口之前我们什么也没说。

“顺便到你家可以么?”我问羊男。

“要做过冬准备，”他说，“忙得很，下次吧。”

“想见我的朋友，”我说，“下周内无论如何得见到他才行。”

羊男凄然摇头，耳朵啪嗒啪嗒晃动着。“抱歉，刚才也说了，我是爱莫能助。”

“转告一声就成，可以的话。”

“嗯。”

“实在谢谢。”我说。

我们就此告别。

“出来走动别忘了带铃哟!”临走时羊男说。

我径直回家，羊男和上次一样消失在东边的树林里。

冬意黯然的无声无息的绿草场把我们分隔开来了。

下午我烤面包。在鼠的房间发现的《面包烤制法》是一本非常实用的书，封面上写道“只要认得字你也能很快烤出面包”，实际上也是如此。我按书上的指点，的确很快烤出了面包。满屋子充溢着诱人的面包香，酿出温馨的氛围，味道就生手来说也相当不坏。厨房里面粉和酵母多的是，即使在这里过一冬，面包——至少面包——也不成问题。大米和意大利式面条也绰绰有余。

傍晚，我吃了面包、色拉和火腿鸡蛋，饭后吃了桃子罐头。

第二天早上煮饭，用马哈鱼罐头、裙带菜和蘑菇做了个西式炒饭。

午间吃冷冻过的乳酪蛋糕，喝浓奶茶。

三点，淋上君度力娇酒吃了支榛果冰淇淋。

晚间，用电烤箱烤了带骨鸡，喝了金宝汤。

我开始再次发胖。

九日下午看书架上的书时，发现一本旧书最近好像有谁看过。只有那里一点灰都没有，书脊套封也蹿出一点。

我从书架上把它抽出，坐在沙发上翻开书页。书名叫《亚细亚主义溯源》，是战争期间刊行的。纸张质量极差，每翻一页都有一股霉味儿。也是因为战争的关系，内容偏执无聊，每看三页就几乎叫人打一个哈欠。然而还是好多地方开了天窗，关于“二·二六事件”[①]竟只字未提。

啪啦啪啦漫不经心地翻看的时间里，发现最后面夹有一张白色便条。看了半天全是发黄的旧纸，因此这白色便条看上去很像是个奇迹。夹这便条的右边那页是卷末资料，上面排列着有名的或无名的亚

① “二·二六事件”：一九三六年二月二十六日日本陆军皇道派青年军官发动政变的事件。

细亚主义者的姓名、出生年月、籍贯。从头依序看去，在大约正中间处碰到了“先生”的名字，就是把我弄到这里来的“羊附体”先生。其原籍是北海道××郡十二瀑镇。

我把书扣在膝头，茫然良久。语言在头脑中成形花了很长时间，就好像有人给我后脑壳以狠狠一击。

本该注意到的，本该一开始就注意到的，本该最初听到“先生”是北海道贫农出身时就该核对清楚才是。纵使“先生”再巧妙地抹杀过去，也肯定是有某种调查方法的，那个黑西服秘书就必定马上调查。

不，不对。

我摇摇头。

他不可能没做过调查。他不是那种马虎人。无论多么鸡毛蒜皮的小事，他都不会放过任何可能性，正像核查我的反应和行动的所有可能性那样。

他一切都已经了如指掌。

此外无从设想。而他却故意不厌其烦地说服以至威胁我，把我送到这个地方。这是为什么？就算要做什么，他也应当远比我做得得心应手。即便出于某种缘由必须利用我，也应一开始就把场所告诉我才是道理。

头脑的混乱平复后，我开始气恼起来，觉得一切都那么离奇古怪，那么阴差阳错。鼠明白什么，穿黑西服的那小子也明白什么，唯独我一个人莫名其妙地被置于漩涡之中。我的所思所想全部偏离靶心，我的所作所为无不自以为是。当然，或许我的人生一贯都是如此，在这个意义上，我恐怕不能责备任何人。可是至少他们不该这样利用我。他们所利用所榨取所摧毁的，乃是剩给我的最后、真正最后一滴清露。

我恨不得抛开一切马上下山，却又不能那样。我已陷得太深，没办法一走了之。最简单的是放声大哭一场，然而又哭不得。我觉得我该真正大哭的还在后头。

我走进厨房，拿来威士忌酒瓶和杯子，喝去五厘米。除了喝威士忌，我再想不出别的事可干。

9. 照在镜子里的，没照在镜子里的

第十天早上，我决定忘掉一切。应该失去的已然失去。

早晨正跑步时，下起了第二场雪。湿漉漉黏糊糊的雨夹雪变成冰片，又变成不透明的雪。同第一场爽快雪不一样，这回下得很讨厌，附在身上不肯落下。跑到半路只好不再跑了，回家烧洗澡水。在等水开的时间里我一直坐在炉前，但身体暖和不过来，潮乎乎的寒气无可抗阻地浸入体内，摘下手套手指也回不过弯，耳朵像针刺般痛得像要掉下来。整个身体如质量糟糕的纸粗糙不堪。

在热水里泡了三十分钟，又喝了杯加进白兰地的红茶，身体总算恢复常态。不时袭来的发冷感竟持续了两个小时。这便是山上的冬季。

黄昏时雪仍在下，草场白茫茫一片。及至夜色笼罩四周，雪终于停了，深沉的静寂如浓雾再次压来。一种无法抗御的沉寂。我把唱机调到自动反复功能，听了二十六遍平·克劳斯比的《白色圣诞节》。

雪当然没有久积不化。如羊男所料，到大地封冻还有一些时间。翌日晴空万里，久违的太阳慢慢花时间融化着积雪。草场上的雪于是斑斑驳驳，刺眼地反射着阳光。复折式房顶的雪大块大块从斜坡滑下，出声地掉地摔碎。雪水一滴滴落在窗前。一切都那么清晰那么灿烂。每一片橡树叶的尖端都光闪闪地噙着水珠。

我双手插进衣袋，站在窗前凝望如此景致。一切都与我无关地拓展开去，一切都在与我无关——与任何人无关——的情况下生生不息。雪下了，又化了。

我一边听雪的融化声或塌落声一边打扫房间。由于下雪的关系，身体彻底迟钝下来，加之形式上我算是擅自入住别人家里的，房间还是应该给打扫打扫才是。何况我本来就不讨厌做饭和扫除。

但偌大的房子打扫起来比我想的辛苦得多。跑十公里倒轻松些。每个角落都过一遍掸子之后，用大型吸尘器吸尘，木地板蘸水轻擦一遍，又蹲下打蜡。大约打了一半就累得气喘吁吁。不过由于戒了烟，喘也不觉痛苦，没有如痰在喉的那种厌恶感。我在厨房喝了杯葡萄汁，平息一下呼吸，而后赶在午前一气把蜡打完，打开所有的百叶窗，房间由于打蜡而显得熠熠生辉，令人怀念的大地湿润的气息和蜡味儿美妙地融合在一起。

洗完打蜡用的六条抹布晾去外面，我烧水煮意大利面条，淋了足够多的**鳕鱼子**、黄油，又浇了白葡萄酒和酱油上去。好久没有吃这般悠然自得的午餐了。附近树林里传来大斑啄木鸟的鸣啭。

意大利面一扫而光，洗盘子，继续打扫房间。刷了浴盆和洗面台，洗了马桶，擦了家具。因为鼠很精心，脏得不甚厉害，家具用喷雾器一喷就变得干干净净。之后我把塑料软管拉去外面，把玻璃窗和百叶窗上的灰尘用水冲掉。整座房子于是变得清清爽爽。返回屋子擦罢玻璃窗内侧，扫除即告结束。傍晚前两个小时用听音乐打发掉了。

薄暮时分去鼠的房间取另一本书时，发觉楼梯口一面大穿衣镜脏得一塌糊涂，便拿抹布和玻璃清洗剂和喷雾器擦拭，但怎么擦污渍都去不掉。我不明白鼠为什么竟任凭这面镜子脏着不管。我用桶打来温水，用尼龙刷来刷，刮去镜面沾的油腻，又用湿抹布擦拭。结果水桶里的水变得黑乎乎的，镜子竟脏到这个地步。

这木框考究的古董式镜子，一看就知身价不凡，擦完后一道阴翳也没有。不歪不斜，无伤无疵，从头到脚端然把人映入其中。我站在镜前全身上下照了一阵子，并无什么特殊变化，我还是我，表情仍是平时那不怎么样的表情，只不过镜中图像异常真切而没有镜中像特有的呆板。看上去，与其说我在注视映在镜中的我，倒不如说我是镜中图像，而由作为图像的呆板的我注视真实的我。我将右手抬到脸前用手背擦了下嘴角，而镜中的我也做出一模一样的动作。也可能我在重复镜中我的举止。时至如今，我已弄不清我是否真正以自己的意志擦拭嘴角了。

我将“自由意志”这四个字眼输入脑海，用左手拇指和食指捏住耳朵。镜中的我也做同一动作，看来他也同样把“自由意志”一词输入脑海。

我无可奈何地从镜前离开，他也同样从镜前离开。

第十二天下了第三场雪。睁眼醒来，雪已经下了。一场静得出奇的雪，不硬，也没有黏糊糊的湿气。它慢慢从空中翩然降下，不等积存便化掉了，如合目一般无声无息。

我从储藏室抽出旧吉他，好容易调了弦，弹了支老曲子。边听本尼·古德曼的《特别航空信》边练习，不觉到了中午。我厚厚地切开自己烤的变硬了的面包，夹上火腿，喝着啤酒吃了。

大约练了三十分钟吉他，羊男来了。雪仍在静静地下。

“打扰的话就出去。”羊男开着房门道。

“哪里，进来嘛。正无聊着呢。”我把吉他放在地板上说。

和上次一样，羊男脱下鞋，在门外把鞋上的泥磕掉才进来。下雪天，那身厚厚的羊皮衣裳同他的身体正相吻合。他在我对面的沙发上坐下，两手置于扶手，窸窸窣窣挪动几下身子。

“雪还剩不下?”我问。

“还剩不下。”羊男回答，“有剩得下的雪和剩不下的雪，这是剩不下的雪。”

“唔。”

“剩得下的雪要等到下星期。”

“不喝点啤酒什么的?”

“谢谢。可以的话，最好是白兰地。”

我去厨房为他准备白兰地，为自己准备啤酒，连同奶酪三明治拿进客厅。

“弹吉他了?”羊男钦佩地说，“音乐我也喜欢，乐器倒是一件也摆弄不来。”

“我也不会，快十年没弹了。”

“没关系，再弹一段可好?”

为了不损坏羊男的情绪，我大致弹了一遍《特别航空信》，随后随意地弹起一支合唱团曲子，但不久弄不清小节的数目，只好作罢。

“满好的嘛!”羊男认真地夸奖道，“会弹乐器很好玩吧?”

“如果弹得好的话。不过必须耳朵灵才弹得好。耳朵灵，就不至于对自己弹的声音沾沾自喜。”

“是那么回事吧。”羊男说。

羊男把白兰地倒进酒杯，一小口一小口地啜着。我拉掉啤酒罐的易拉环，直接喝了起来。

“话没能捎到。”

我默然点头。

“就来告诉你这个的。”

我望着墙上的挂历。到带有红色标记的最后期限只有三天时间了。不过时至现在，已怎么都无所谓了。

“情况变了。”我说，“我非常生气，有生以来还从没这么生气过。”

羊男手拿白兰地酒杯默默不语。

我抄起吉他，将背板朝壁炉砖狠狠砸去，随着巨大的不协调音，背板四裂开来。羊男从沙发一跃而起，耳朵摇颤不止。

“我也有生气的权利!”我说——像是在对自己说，“我也有权利生气!”

“什么忙也帮不上，是很抱歉。但希望你能明白，我是喜欢你的。”

两人不声不响望了一会雪。雪很轻柔，宛如零零碎碎的云絮从天上飘落下来。

我去厨房取另一罐啤酒，经过楼梯口时看见镜子。另一个我同样正去取啤酒，我们面面相觑，喟然叹息。我们住在不同世界里想着相同的问题，一如《鸭羹》里边的格尔查·马科思和哈波·马科思。

镜子里还有我后面的——或者说他对面的——客厅。我后面的客厅同他对面的客厅是同一客厅，沙发地毯挂钟绘画书架等全都一模一样。客厅尽管不那么富有情调，感觉却并不坏，但有什么有所不同，或者说我觉得有什么有所不同。

我从电冰箱取出绿罐的“卢云堡”啤酒，拿着折回客厅时又看了一眼镜中的客厅，而后看真正的客厅。羊男依然坐在沙发上怔怔地看雪。

我想确认镜中的羊男。但羊男不在镜子里，空无一人的客厅里只摆着一套沙发。镜中世界里我一个人孑然独立，只听得脊梁骨吱嘎作响。

“脸色不好。”羊男说。

我在沙发上坐下，一声不响地拉开啤酒罐盖喝了一口。

“肯定感冒了。对不习惯的人来说，这里的冬天是很冷的。空气湿度又大。今天最好早点睡。”

“不，”我说，“今天不睡，在这里等朋友，一直等。”

“知道他今天会来?”

“知道。”我说，“今天夜里十点来。”

羊男没做声，只管看着我。面罩外露出的两只眼睛没有丝毫表情。

“今晚收拾行李，明天开拔。碰到他就这样转告他——想必没这个必要了。”

羊男像是表示答应似的点了下头：“你这一走可就寂寞了，不过也是没办法的事。对了，这奶酪三明治可以拿走么?”

“可以。”

羊男用纸巾包起三明治，揣进衣袋，戴上手套。

“但愿能见到。”临走时羊男道。

“能见到。”我说。

羊男往草场东面走去。不一会，雪幕把他整个包笼了，唯有沉默剩下。

我往羊男的杯里倒进二厘米白兰地，一饮而尽。喉头发热，顷刻胃也热起来。大约过了三十秒钟，身体不再发抖，只闻挂钟的脚步声在脑袋里夸张地回响不已。

恐怕该睡一觉。

我从二楼拿下毛毯，在沙发上躺倒。 我像在森林里彷徨了三天的孩子，浑身筋疲力尽。 一闭眼，马上睡了过去。

我做了个不快的梦，几乎无从记起的十分不快的梦。

10. 时间在流逝

黑暗如油一样钻进我的耳朵。有人正在用巨大的铁锤企图把地球敲开。铁锤不多不少敲了八下。地球没有裂，只现出一点点裂纹。

八点，晚间八点。

我摇头睁开眼睛。四肢麻木，脑袋作痛，好像有人把我和冰块一起装进鸡尾酒搅拌器里胡乱摇动。再没有比在黑暗中醒来更叫人生厌的了，似乎一切都不得不从头做起。醒来最初一会儿总觉得自己活的是别人的人生，花好半天才使其和自己的人生重合起来。将自己的人生作为别人的人生来审视也真是有些奇妙。有这种人生存本身即已不可思议。

我用厨房自来水洗把脸，顺便喝了两杯。水如冰一样冷，然而脸上的烧仍没有退。我重新坐回沙发，在黑暗与沉寂中一点点聚敛自己人生的残片。虽没有什么像样的东西，但至少那是我的人生。我渐渐返回我自身，我无法向别人确切说明我如何是我自身，别人恐怕也不感兴趣。

似乎有人在注视我，我没太在乎。一个人待在空荡荡的房间里，每每有这样的感觉。

我就细胞想了想。如妻所说，一切终归都将失去。自己本身也将失去。我用手心按自己的脸。黑暗中，自己手心感觉到的脸仿佛不是自己的脸，而是以我的脸形出现的他人的脸。连记忆都已模糊不清。所有东西的名字都在溶解，都被黑暗吸尽。

钟在黑暗中打响了八点半。雪停了，厚厚的云依然布满天空。彻头彻尾的黑暗。我久久沉在沙发里咬着拇指甲。自己的手都看不清。炉子关了，房间里阴冷阴冷的。我裹着毛毯，怅然望着黑暗深处，好像蹲在深深的井底。

时间在流逝。黑粒子在我的视网膜上描绘出奇异的图形。不出片刻，原来的图形悄悄崩溃，由别的图形取而代之。水银般静止的空间里，唯独黑暗在动。

我止住思考，把自己交给时间的河流。时间不断地冲着我走。新的黑暗描绘新的图形。

钟打响九点。第九下钟被黑暗慢慢吞噬之后，沉默立时钻进其空隙。

“谈谈好么?”鼠问。

“当然好。”我说。

11. 在黑暗中居住的人们

“当然好。”我说。

“比约定时间早到一个小时。”鼠不无歉然地说。

“无所谓。你也看见了，我一直闲着。”

鼠静静地笑了。他在我背后，就像背靠背坐着。

“好像回到了过去。”鼠说。

“肯定是咱们俩只能在闲得无聊时才能互相畅所欲言。”我说。

“真像是那样的。”鼠微微一笑。即使在漆黑中背靠背，我也知道他在微笑。仅凭空气的流动和气氛便可知道种种情况。我们曾是朋友，那已是几乎记不起的往事了。“不过有人说能够用来消磨时间的朋友才是真正的朋友。”

“你说的吧?”

“你的直觉还是那么好。一点不错。”

我叹了口气。“可是对眼下这场风波，我的直觉可是糟糕透顶，气得我真想不活了——尽管你们给我那么多提示。”

“没办法的。你算是干得好的了。”

我们沉默下来。 鼠大概又在盯视自己的手。

“给你添了很大麻烦。”鼠说，“我感到非常抱歉，但此外别无他法。 除了你没有靠得住的人——信上也写了。”

“这得听你说一下。 眼下这样我摸不着头脑。”

“那当然，”鼠说，“当然要说。 不过说之前得喝啤酒。”

鼠按住我不让我站起。

“我去拿来。”鼠说，“我的家嘛。”

鼠摸黑快步走去厨房。 我一边听他从电冰箱里取出一打易拉罐啤酒的声响，一边时而闭起时而睁开眼睛。 房间里的黑暗和闭眼时的黑暗黑的程度略有不同。

鼠折回来，往茶几上放下几罐啤酒。 我摸索着抓起一罐，拉开易拉环，喝进一半。

“眼睛看不见，像不是啤酒似的。”我说。

“对不起，不摸黑不妥的。”

我们默默喝了一会啤酒。

“那么……”鼠清清嗓子。 我把空了的啤酒罐放回茶几，照样裹着毛毯静等对方开讲，但没有下文。 黑暗中只听得鼠为确认啤酒还剩多少而左右摇晃易拉罐的声响。 他一向的毛病。 “那么，”鼠又说一遍，而后把所剩啤酒一口喝干，咣啷一声把易拉罐放回茶几，“首先讲一下我为什么来这里，可以么?”

我没有回答。

知道我不想回答之后，鼠继续道：

“我父亲买这块地是一九五三年，我五岁的时候。 至于为什么特意来这地方买地，我不大清楚。我想肯定是通过美军方面的关系压低价买下来的。你也见到了，实际上这里交通极其不便。夏天还好，一旦积雪就根本派不上用场。占领军也好像打算修路做雷达基地什么的使用来着，但考虑到时间和费用而终归作罢。当然镇子也穷，不可能鼓捣什么道路。因为修路也起不了任何作用。这么着，这片地就成了没人理的闲地。”

“羊博士不是想回这里的吗?”

“羊博士始终住在他的记忆里，那个人哪里都不想回去。”

“也许。”

“再来点啤酒!”鼠说。

我说不要了。由于关了炉子，简直像要冻彻五脏六腑。鼠打开盖，一个人喝着。

“父亲对这块地十分中意，自己修了几条路，房子也维修了。钱我想是花了不少。好在这样一来，只要有车，至少夏天可以过上像样的生活了。有了暖气、冲水厕所、淋浴、电话和备用的自家发电装置。真不晓得羊博士在这里是怎么生活的。”鼠发出不知是打嗝还是叹气的声音，“一九五五年到一九六三年，每年夏天我们都来这里。父母、姐姐和我，还有一个做杂活儿的女孩。想来，那是我人生中最为地道的岁月。草场租出去了，一到夏天这里到处是镇上的羊，除了羊还是羊，现在也是这样。所以，我关于夏天的记忆总是同羊连在一起。”

我不大明白拥有别墅是怎么一回事，大概一辈子都明白不了。

“但从六十年代后期开始，一家人就基本不来这里了。一来在离家近些的地方另有了一座别墅，二来姐姐出嫁，我和父母又合不来，加上父亲的公司人仰马翻了一阵子，这个那个的事情好多。总之，这地方就这样再次被丢开不管了。我最后一次来大约是一九六七年，一个人来的，一个人在这里住了一个月。”

鼠像想起什么似的缄口停了一会。

“不寂寞?”我试着问。

“寂寞什么！可能的话，很想一直在此住下去，却又不能。因为这是父亲的房子，我不愿意求父亲关照。”

“现在也不?”

“也不。”鼠说，“所以这里我是不打算来的。但在札幌**海豚**宾馆大厅里偶然发现那幅照片时，无论如何都想来看上一眼。总的说来，是由于有些感伤。你有时候不也同样吗?”

我“嗯”了一声，想起那被填埋了的海。

“于是从羊博士口里听了一些情况——关于梦中那只背部带星纹的羊的。这个知道的吧?”

“知道的。”

“往下简单些说好了。”鼠说，“听说那只羊，我突然很想在这里过冬，这个心情怎么都抛舍不掉。至于父亲如何如何，那已经怎么都无所谓了。这样，我就打点行装来到了这里，就好像是受了什么诱惑才来的似的。”

“见到那只羊了?”

“见到了。”鼠说。

“往下说起来非常痛苦。”鼠说，“那痛苦无论怎么说我想你都很难理解。”鼠用手指把第二个喝空的易拉罐捏扁。“可能的话，你来提问好么？大致情况你也是知道的吧？”

我默然点头：“提问顺序颠三倒四，这也没有关系？”

“没关系。”

“你已经死了吧？”

鼠等了惊人之长的时间才回答。或许仅几秒钟亦未可知，但对我来说的确长得惊人。口中干得沙拉拉的。

“是的。”鼠沉静地说，“我是死了。”

12．拧钟发条的鼠

“在厨房梁上吊死的。”鼠说，“羊男把我埋在车库旁边。死并不怎么痛苦——如果你担心这一点的话。不过这实际上已怎么都无所谓了。”

“什么时候?”

“你来的一个星期前。”

“那时你拧钟发条了，对吧?”

鼠笑道：“也真是不可思议，三十年人生干的最后一桩事竟是拧钟发条！将死之人干嘛给钟拧什么发条呢？莫名其妙啊！”

鼠一住嘴，四周**静悄悄**的，只闻钟的嘀嗒声。雪将此外所有的声音都吸了进去，就好像宇宙间仅我们两人存留下来。

“假如……”

“算了吧!”鼠打断我的话，“已经没有**假如**了。这你也该明白，是吧?”

我摇摇头。我不明白。

“就算你提前一个星期来，我也还是一死。或许能在明亮些温暖些的地方见到我，但到头来是一回事，我同样必须死掉，无非加重痛苦罢了。 而那样的痛苦我肯定忍受不了。”

“干嘛非死不可呢?”

黑暗中响起了手心对搓的声响。

“这点我懒得讲，因为终归只能落得个自我辩护。 你不认为再没有比死人自我辩护更俗不可耐的了?”

“可你不讲我不会明白的嘛!”

“再来点啤酒!”

“冷啊。”我说。

“没那么严重。”

我用颤抖的手拉开易拉环，喝了口啤酒。 一喝，的确不觉得怎么冷了。

“简单说吧——如果你肯保证不讲给任何人听的话。”

“讲又有谁能相信呢?”

“那倒也是。”鼠笑道。

“肯定没一个人相信，事情这么荒唐!”

钟打响九点半。

“让钟停住可以么?”鼠问，“太吵。”

“当然可以，你的钟嘛。”

鼠站起来打开挂钟门，止住钟摆，将所有的声音所有的时间从地表消灭。

“简单说来，我是吞进羊死的。”鼠说，“等羊完全睡熟以后，我把绳子拴在厨房梁上吊住脖子，没给那家伙逃跑的时间。”

“真的必须那么做?”

“真的必须那么做。因为再晚一点，羊就要彻底控制我。那是最后的机会。”

鼠再次对搓手心：“本来我想作为原原本本的我自身见你，作为有着我自身的记忆和我自身的懦弱的我自身。给你寄去那张暗号般的照片也为的是这个——假如能凑巧把你引到这个地方来，我也就最后得救了。”

“现在可得救了?”

“得救了。”鼠静静地说。

“关键在于我的懦弱。”鼠说，“一切都是从这里开始的。这懦弱你保准不能理解。”

“人都是懦弱的。”

“这是泛泛之论。”说着，鼠打了几个响指，“泛泛之论罗列再多也无济于事。我现在跟你谈的是非常私人性质的。”

我默然。

“懦弱这东西要在体内变质腐烂，就像坏疽一样。早在十五六岁我就感觉到了这点，所以经常焦躁不安。自己体内确实有什么在腐烂而本人又能持续地感觉到——这个你明白吗?”

我裹着毛毯不做声。

“我想你是不明白的。”鼠继续道，“因为你没有这一面。总而言之，我就是懦弱。懦弱这玩意儿跟遗传病是一码事。心里再明白也无法自行医治，又不可能碰巧消失，只能越来越糟。”

“对什么懦弱呢？”

“一切。道德上的懦弱，意识上的懦弱，以及存在本身的懦弱。”

我笑了，这回笑得十分自然。“不过如果那么说，可是没有人不懦弱的哟！”

“少来泛泛之论。刚才也说了，当然人人都有懦弱之处，但真正的懦弱和真正的坚强都同样是少而又少的。你不晓得不断把人拖入黑暗的懦弱是怎么一个东西，而它就实实在在存在于这个世上。泛泛之论不可能把一切都概括进去。”

我沉默不语。

“所以我才离开故乡。我不想把更加狼狈的自己暴露在人前，包括你。一个人在陌生地方转悠起来，至少可以不给任何人添麻烦。归根结蒂，”说到这里，鼠在黑幽幽的岑寂中沉默片刻，“归根结蒂，我未能逃出羊的阴影也是由于我的懦弱。我自己是无可奈何的。即便你那时马上赶来，我怕也只能束手就擒，即使决心下山也在所难免，我也肯定会重返原处。懦弱就是这么一个东西。”

“羊要得到你什么呢？”

“一切，统统在内。我的身体、我的记忆、我的懦弱、我的矛盾……这些对羊都顶中意不过。那家伙有很多很多触手，伸进我的耳穴我的鼻孔，像用吸管吮吸一样把我吸干。那情景一想不都叫人毛骨悚然？”

“代价呢?”

“我会成为一个与我不相称的堂堂正正的男子汉。当然羊并没有向我显示它的全部形体。我看见的终归只是极小一部分。尽管这样……”鼠沉默下来，“尽管这样，我还是被打翻在地，无可逃避。那无法用语言来诉说，正好比是个吞掉一切的壶，美丽得令人眩晕，邪恶得令人战栗。身体一旦陷入其中，就整个消失了。意识也好、价值观也好、感情也好、痛苦也好，全部无影无踪，近乎所有生命之源出现在宇宙某一点时的动态。”

“可你拒绝了?”

“是的。连同我的身体全都埋葬了。还差一项作业，做完就永远被埋葬掉。”

“还差一项?”

“还差一项。往下要请你来做。不过现在不谈这个。”

我们同时喝啤酒。身体逐渐暖和过来。

“血瘤那东西像鞭子似的吧?”我问，“羊用来驾驭宿主的鞭子?”

“正是。那东西一旦形成，就别想从羊那里逃开。”

“先生要达到的目标是什么呢?”

“他疯了。肯定忍受不住那个壶里的风光。羊利用他筑造了一个强大的权力机构，为此羊才进入他体内。可以说他是个牺牲品，思想上他是零。”

“先生死后是要利用你来继承那个权力机构吧?”

“是的。”

“往下将发生什么呢?”

“百分之百的无政府观念王国。所有的对立都在那里融为一体，我和羊就在其核心。”

“干嘛拒绝?”

时间已经窒息。雪无声地落在窒息的时间上面。

“我喜欢我的懦弱，痛苦和难堪也喜欢。喜欢夏天的光照、风的气息、蝉的鸣叫，喜欢这些，喜欢得不得了。还有和你喝的啤酒……”鼠咽下话语，“说不清啊!”

我寻找词句，但找不到，只管裹着毛毯凝视黑暗的深处。

“看来我们是用同样的材料制作了截然不同的东西。”鼠说，“你相信世界会变好?”

“天晓得什么是好什么是不好!”

鼠笑了:“也真是，要是存在泛泛之论的王国，你肯定能当那里的国王。”

“作为羊壳!”

“是作为羊壳。”鼠一气喝干第三罐啤酒，空罐咣啷一声扔在地上。“你最好早些下山，趁着没给雪封住。不想在这地方过一冬吧?估计再有四五天就开始积雪，结冰的山路翻越起来可不是闹着玩的。”

“你怎么办?”

鼠在黑暗中无不开心地笑道:“我已经没有什么**以后**了，只消一冬就消失不见了。至于一冬长到什么程度，我是不得而知，反正一冬就是一冬。能见到你真叫人高兴。可以的话，真想在暖和些明亮些的地方相见……”

“杰向你问好。”

“也替我问候他。”

“她也见了。”

“如何?”

“挺精神的。还在同一家公司工作。”

“那么说还没结婚?”

“是啊。”我说,“想要问问你完了还是没完?”

“完了。”鼠说,“即便以我一个人的力量没办法使它完,反正也是完了。我的人生毫无意义可言。借用你无疑十分喜欢的泛泛之论来说,就是任何人的人生都毫无意义可言,是吧?”

“是的。”我说,“最后问两点。”

“一是关于羊男。”

“羊男那家伙不错。”

“来这里时的羊男是你吧?”

鼠咯吱咯吱转动脖颈:“不错。借了他的身体。你还真看出来了?”

“中途看出来的。”我说,“一开始不行。”

“老实说,你摔吉他时我吓了一跳。头一回看你发那么大火,再说那是我最先买的吉他,倒是便宜货。”

“对不起。”我道歉说,“只是想吓唬你,把你引出来。”

“也罢。反正到明天什么都消失了。”鼠倒也干脆,“那么,另一点要问的是关于你女朋友的吧?”

“是的。”

鼠沉默良久，双手对搓，随后听得一声叹息，“可能的话，我本不想谈她，因为她是计算外的因素。”

“计算外的?”

“嗯。作为我原本打算开一个内部晚会，结果那孩子钻了进来。我们是不该把她卷进来的。你也知道，那孩子具有非同一般的能力，可以把很多很多东西引诱出来。可是她不该来这里，这里远远超出她力所能及的范围。”

“她怎么样了?”

“她不要紧的，精神着呢。”鼠说，“只是她恐怕再也不能吸引你了，我也觉得不忍。”

“为什么?”

“消失了，她身上的什么完全消失了。”

我沉默下来。

“你的心情我理解，”鼠继续道，“但那早早晚晚都是要消失的，就如某种东西已经从你我以及好些女孩身上消失掉一样。”

我点点头。

“差不多我该走了。”鼠说，“不能待得太久。肯定还会在哪里相见的。”

“是啊。”我说。

“可能的话，最好在明亮些的地方见，季节但愿是夏天。”鼠说，“最后一件事：明早九点把挂钟对好，把钟后面的软线接上，绿线接绿线，红线接红线。九点半希望你离开这里下山。十二点我们同一伙人在这里有个茶话会。好么?”

“就那样。”

“能见到你真高兴。”

沉默一瞬间包裹了我们两人。

“再见!”鼠说。

“再见吧。”我说。

我照样裹着毛毯,闭目倾听。鼠发出单调的脚步声缓缓穿过房间,打开门,直欲将人冻僵的冷气挤进房间。无风,水一般沉沉浸入的冷气。

鼠开门在门口伫立了一会。他似乎在静静地看着什么,不是看外面景致,不是看房间内部,也不是看我,而是在看完全另外的什么,感觉上就像在看球形门拉手或自己的鞋尖。之后“嚓”的一声低音,他把门关上,一如关上时间之门。

剩下来的唯有沉默,除了沉默什么也没剩下。

13. 绿线和红线，冻僵的海鸥

在鼠消失后不久，我浑身一阵难以忍受地发冷，在洗脸间吐了几次，但除了游丝般的气息什么也没吐出。

我爬上二楼，脱下毛衣钻进被窝。发冷与高烧交替袭来，房间也随之一胀一缩。毛毯和内衣给汗水浸得一塌糊涂，而一冷，又冷得叫人缩成一团。

“九点给钟上发条，”有谁在我耳畔低语，“绿线接绿线……红线接红线……九点半离开这里……”

“不要紧，”羊男说，“会顺利的。”

“细胞在更新嘛。”妻说。她右手攥着带白色花边的长筒裙。

我下意识地把脖子左右摇了十多厘米。

红线接红线……绿线接绿线……

“你简直什么都不明白。”女友说。是的，我是什么都没闹明白。

涛声传来。冬天滞重的波涛。铅色的大海和女人后颈般莹白的海波。冻僵的海鸥。

我置身于门窗紧闭的水族馆展厅。厅里陈列着好几根鲸鱼阴茎。热得令人窒息。该有人开窗才是。

“不成，”司机说，“一旦打开，就再也关不上了。果真那样，我们都要一命呜呼。”

有人开窗。冷不可耐。海鸥声传来。它们尖锐的叫声撕裂我的皮肤。

“你记得猫的名字吗?”

“**沙丁鱼**。”我回答。

“不，不是**沙丁鱼**。”司机说，“名字早已换了。名字说换就换。你不也是连自己的名字都不晓得的么?”

冷得出奇。且海鸥数量过多。

“平庸使人走漫长的路。”那个黑西服小子说，“绿线即红线，红线即绿线。”

“关于战争听到什么没有?”羊男问。

本尼·古德曼开始演奏《特别航空信》。查理在独唱。他头戴奶油色呢帽。那是我所记得的他的最后形象。

14. 再过不祥角

鸟在啼叫。

阳光从百页窗缝隙中呈条纹状落在床上。 掉在地板上的手表指在七时三十五分。 毛毯和衬衫像从装满水的桶里捞出来一样湿漉漉的。

头虽还有点发晕，但烧已退去。 窗外一派雪景。 鲜亮的晨光下，草场闪烁着银辉。 空气冷得皮肤很是舒坦。

我下楼用热水淋浴。 脸色异常苍白，一个晚上脸颊就明显塌陷下去了。 我把比平时多两倍的刮须膏满满涂了一脸，一丝不苟地刮胡须。 刮完后小便，尿水多得自己都难以置信。

小便之后，身上没了气力，穿着浴衣在沙发上足足躺了十五分钟。

鸟继续叫个不停。 雪开始融化，从房檐上一滴滴落下水珠。 远处不时传来锐利的“噼啪”声。

到八点半，我喝了两杯葡萄汁，整个儿啃了一个苹果，然后收拾东西。 从地下室拿了一瓶白葡萄酒和一大块“好时”巧克力，又拿了两个苹果。

收拾好东西，房间里笼罩着悲凉的空气。一切即将结束。

看准表到九点，把挂钟三根砣管拧了上去，时针对在九点。又移开沉重的钟，把钟后现出来的四根软线接好。绿线……接绿线，红线接红线。

软线是从钟后板四个**锥**孔里拉出来的。上边一对，下边一对。软线是用和吉普车里相同的铁丝牢牢固定在钟内的。我把挂钟放回原来位置，站在镜前向我自身做最后的寒暄：

"祝你顺利！"我说。

"祝你顺利！"对方说。

我和来时一样从草场正中穿过，雪在脚下"沙沙"作响。草场上一个脚印也没有，俨然银色的火山口湖。回头一望，我的一行脚印一直连到那座房子。脚印意外地弯曲。径直走路并非易事。

离远看去，房子简直像个活物。它身子局促地一抖，雪便从复折式房顶落下。雪块出声地滑下房顶斜坡，掉在地上摔碎了。

我继续前行，穿过草场，穿过长长的白桦林，过桥，沿圆锥形山转了一圈，来到那个讨厌的弯角。

好在弯角积的雪没有结冰，但无论怎么用力踩雪，我都无法从仿佛被拽进十八层地狱的那种讨厌感觉中挣脱出来。我几乎是贴在哗啦哗啦崩落的崖体上走过那个弯角的。腋下满是汗水，一如儿时噩梦醒来。

平野从右边闪出。 平野同样被雪覆盖着，从中流淌的十二瀑河闪着耀眼的光。 似有汽笛声远远传来。 一个漂亮的晴天。

我歇口气，背起背囊，走下徐缓的坡路。 拐过下一个弯角时发现一辆没印象的新吉普车停在那里，车前站着那个黑西服秘书。

15．十二点的茶话会

“等你呢，”黑西服说，“不过也就等了二十来分钟吧。”

“何以晓得?”

“地点？还是时间?”

“时间。”我放下背囊。

“你以为我究竟凭什么当上先生秘书的？努力？智商？反应快？何至于！原因是我有能力。是直觉，用你们的话来说。”他身穿驼色羽绒服和滑雪裤，架一副RAY BAN牌遮光镜。“我和先生之间**有过**很多共同部分，比如在超越理性、逻辑以及伦理那类东西方面。”

“**有过**?”

“先生一周前去世了。葬礼十分气派。现在东京为挑选接班人吵得热火朝天。平庸之辈正在东奔西忙上蹿下跳——倒也够辛苦的。”

我叹了口气。对方从上衣袋里掏出银色的香烟盒，抽出无过滤嘴烟点燃。

“不吸?”

“不吸。”我说。

“你的确干得漂亮，超过我的期待，坦率地说，我很吃惊。当然，如果你走投无路，我也打算提供一点暗示来着。居然能碰上羊博士，令人叫绝！可以的话，真希望你在我手下出力。”

“一开始就晓得这里?”

“还用说！你以为我到底是干什么吃的!”

“问个问题好么?”

“好好，”对方显得兴致勃勃，“简短些。”

“为什么不一开始就告诉我在这里呢?”

“因为希望你以自己的意志自动自觉地来这里，并且把他从地窖里拉出。”

“地窖?”

“**精神地窖**。人一旦被羊附体，精神就暂时处于失控状态，也就是类似所谓shell shock①。而你的任务就是把他从中拉出。但为了使他信任你，你就必须是白纸一张。就是这么回事。如何，简单吧?”

“是啊。”

“亮出底牌来什么都简单，而编制程序却非同小可。因为电脑不肯连人的感情波动都计算进去。手工活儿！而若辛辛苦苦编制出来的程序能够如愿以偿，当然再没有比这更令人高兴的了。”

我耸耸肩。

“好了，”对方继续道，“寻羊冒险记正走向尾声，由于我的计

---

① shell shock:爆炸性精神打击。由战争遭遇引起的一种丧失自控力和记忆力的精神障碍。

算和你的纯真。我已把他搞到手了，是吧?”

“好像。”我说，“他在那里等着，说十二点整有个茶话会。”

我和他同时看表：十时四十分。

“我该走了。”对方说，“不好叫他久等。你嘛，叫司机用吉普车送到山下。噢，这是你的报酬。”

对方从胸袋里掏出一张支票递过来，我没看金额就揣进了衣袋。

“不确认一眼?”

“没那个必要吧。”

对方开心地笑了：“能跟你一起做事，真是愉快。对了，你的同伴把公司解散了，可惜啊！本来前途无限。广告业以后还要发展，你自己干好了。”

“你是疯了!”我说。

“希望还能和你见面。”说罢，他沿着弯角朝台地走去。

“沙丁鱼精神着哩!”司机开着吉普车说，“胖得圆滚滚的。”

我坐在司机旁边。看上去他同乘坐那辆怪物车时判若两人。他这个那个地讲起先生的葬礼和如何照料猫，我几乎没听。

吉普开到车站时是十一点半。镇子死一般静。一个老人用铁锹铲交通岛的雪，一只瘦狗在他身旁摇晃尾巴。

“谢谢你了!”我对司机说。

“不用谢。”他说，“对了，上帝的电话号码可试过了?”

“没有，没时间。”

“先生去世以后，打不通了。到底怎么回事呢?”

“肯定太忙。”我说。

“也许。”司机说，“那么，保重!”

“再见。”

上行列车准十二点发车。月台上空无人影，车上乘客加我共四个人，但久违了的人的形象还是使我舒了口气。不管怎样，我返回到了生的世界。尽管这世界平庸且百无聊赖，但毕竟是我的世界。

我边嚼巧克力边听开车铃声。当铃声响罢列车发出“咣啷”声时，远处传来爆炸声。我猛地推开窗户，脖子探到外面。爆炸声间隔十秒又响一次。列车开动了。约三分钟后，只见圆锥形山那里升起一道黑烟。

我凝望着那道烟，望了三十分钟之久，直到列车向右拐弯。

尾　声

“一切休矣。”羊博士说，“一切都结束了。”

“结束了。”我说。

“必须感谢你才是。”

“我失去了很多。”

“不，”羊博士摇头道，“你不是刚刚活过来嘛！”

“那也是啊。”

走出房间时，羊博士趴在写字台上失声恸哭。我夺走了他失去的时间。至于正确与否，我最后也未明白。

“她不知去哪里了。”**海豚**宾馆老板凄然说道，“没说去哪里，身体像是不大舒服。”

“不怕的。”我说。

我接过行李，仍住上次那个房间，从房间窗口仍可看见上次那个莫名其妙的公司。乳房肥硕的女孩不见了。两个年轻男职员吸着烟伏案工作，一个念数字，一个用尺子在很大一张纸上画图表。由于没了巨乳女孩，公司看上去完全成了别的公司，唯独根本弄不清是什么公司这点依旧。六点，全员撤离，楼宇一片漆黑。

我打开电视看新闻，没有报道山上爆炸事故。是的，爆炸事故是发生在昨天。昨天一天我究竟在哪里、干什么了呢？刚一回想，头又开始作痛。

总之过去了一天。

我将这样一天天远离了“记忆”，直到某一天漆黑中再次传来远处的声响。

我关掉电视，鞋也不脱就倒在床上，孤零零地望着满是**污痕**的天花板。天花板的**污痕**使我想起很久以前死去且被所有人遗忘的人们。

不知是什么颜色的霓虹灯改变了房间色调。耳畔响着表针的走动声。我脱下表扔在地板上。汽车喇叭声柔和地重合在一起。我想睡，但睡不着。根本不可能带着无法诉诸语言的心情入睡。

我穿上毛衣，上街走进最先看到的迪斯科舞厅，听着不停顿的黑人音乐，喝了三杯六十毫升的加冰威士忌。于是我多少变得正常起来。也必须变得正常。大家都要求我趋于正常。

返回**海豚**宾馆，三根手指的老板坐在长沙发上看电视里的最后新闻。

“明天九点动身。”我说。

“回东京吧?”

“不，”我说，“那之前要顺便去个地方。八点请叫醒我。”

“好的好的。”他说。

“添了好多麻烦，谢谢了!”

“哪里。”老板随即叹口气，“父亲还不吃饭。再不吃，要没命的。”

“有伤心事。”

“知道。”老板悲戚地说，“可父亲什么也不告诉我。”

“一切很快会变得顺利的，”我说，“只要时间过去。”

翌日午饭是在飞机上吃的。飞机先降落在羽田机场，又重新起飞。左侧始终有大海闪闪生辉。

杰还在剥土豆皮。一个打短工的女孩一会儿给花瓶换水，一会儿擦桌子。从北海道返回故乡，秋意尚未逝去。从杰氏酒吧望去，山上红叶红得正艳。我坐在尚未营业的吧台前喝啤酒，用一只手剥花生，那**破裂声**很叫人惬意。

“好不容易才弄到剥起来这么好听的花生。”杰说。

“噢。”我嚼着花生应道。

“怎么，还在休假？”

“不干了。”

“不干了？”

“说来话长。”

杰把土豆全部剥完，用**大笊篱**洗了晾干。“往下怎么办？”

“不清楚。有点退职金和出让共同经营权的收入，虽然不是什么大数目。还有这个。”我从衣袋掏出支票，没看金额就递给杰。

杰看着摇摇头：“好厉害的金额，不过总好像来路不明。”

“实际上也是。”

“说来话长吧?”

我笑了笑：“放在你这里，放到店里的保险柜里去。”

“哪有什么保险柜!”

“现金出纳机不就行了。”

“放进银行出租的保险柜吧。”杰担心地说，“可怎么处理呢?”

“我说杰，迁这店时花钱了吧?”

“花了。”

“借款呢?”

“还有不少。”

“这支票可能还清?”

“还有剩。不过……”

“怎么样，用这笔钱把我和鼠算作共同经营者可好?不要分红不要利息，光添上名字就行。”

“那可不妥。”

“没关系。只是，我和鼠有什么难处时希望能收留我们。”

“以前不也一直这样的吗?”

我端着啤酒杯盯住杰的脸：“知道，但还是想这样做。”

杰笑着把支票揣进围裙袋：“你第一次喝醉时我还记得。过去多少年了?”

“十三年。”

“那么久了!”杰少见地谈了三十分钟往事。等客人三三两两进来时，我站起身。

“不是刚来吗?”杰说。

“有教养的孩子不久坐。”我说。

“见到鼠了吧?”

我把双手放在吧台上做了个深呼吸：“见了。”

“那也说来话长?”

“你没听说过的那么长。”

“不能省略?”

“省略就没味儿了。”

“还好?”

“还好。说想见你。”

“迟早能见吧?”

“能见，共同经营者嘛！那笔钱是我和鼠挣的。”

“那太好了!”

我从吧台的高凳上下来，吸一口店里令人亲切的空气。

“不过作为共同经营者，希望能有弹子球和投币式自动唱机。”

“下次来之前准备好就是。”杰说。

我沿着河边走到河口，在最后剩下的五十米沙滩上弯腰坐下，哭了两个小时。哭成这个样子生来是头一次。哭罢两个小时，我好歹

站起身来。去哪里还不知道，但反正我从地上站了起来，拍去裤子上沾的细沙。

太阳早已隐没。移步前行时，身后传来细微的涛声。

村上春树年谱

1949年

1月12日出生于日本关西京都市伏见区，为国语教师村上千秋、村上美幸夫妇的长子。出生不久，家迁至兵库县西宫市夙川。

1955年　6岁

入西宫市立香栌园小学就读。

1961年　12岁

入芦屋市立精道初级中学就读。

1964年　15岁

入兵库县神户高级中学就读。

1968年　19岁

到东京，入早稻田大学第一文学部戏剧专业就读。

1971年　22岁

以学生身份与夫人阳子结婚。

1974年　25岁

开办爵士乐酒吧。

1975年　26岁

大学毕业。毕业论文题目是《美国电影中的旅行思想》。

1979年　30岁

长篇小说《且听风吟》出版，获第23届群像新人奖。

1980年　31岁

长篇小说《1973年的弹子球》出版。

1981年　32岁

转让酒吧，专业从事创作。移居千叶县船桥市。与村上龙的对谈集《慢慢走，别跑》出版。

1982年　33岁

长篇小说《寻羊冒险记》出版，获野间文艺新人奖。

1983年　34岁

曾赴希腊旅行。短篇集《去中国的小船》、《遇到百分之百的女孩》、插图短篇集《象厂喜剧》出版。

1984年　35岁

曾赴美国旅行。短篇集《萤》、随笔集《村上朝日堂》出版。

1985年　36岁

长篇小说《世界尽头与冷酷仙境》、短篇集《旋转木马鏖战记》、插图童话《羊男的圣诞节》、与川本三郎合作的评论集《电影冒险记》出版。《世界尽头与冷酷仙境》获第21届谷崎润一郎奖。

1986年　37岁

移居神奈川县大矶町，赴意大利、希腊旅行。短篇集《再袭面包店》、随笔集《村上朝日堂的卷土重来》、插图随笔集《朗格汉岛的午后》出版。

1987年　38岁

从希腊回国。随笔集《日出国的工厂》、长篇小说《挪威的森林》出版。

1988年　39岁

曾赴伦敦、意大利、希腊、土耳其旅行。长篇小说《舞！舞！舞！》出版。

1989年　40岁

曾赴希腊、德国、奥地利旅行，回国后赴纽约。随笔集《村上朝日堂　嗨嗬!》、《小而有用的事》出版。

1990年　41岁

回国。短篇集《电视人》、八卷本《村上春树作品集，1979—1989》、旅行记《远方的鼓声》、《雨天炎天》出版。

1991年　42岁

赴美国新泽西州普林斯顿大学任客座研究员。

1992年　43岁

长篇小说《国境以南　太阳以西》出版。

1993年　44岁

赴美国马萨诸塞州剑桥城塔夫茨大学任职。

1994年　45岁

曾赴中国、蒙古旅行。随笔集《终究悲哀的外国语》、长篇小说《奇鸟行状录》第一、二部出版。

1995年　46岁

从美国回国。《奇鸟行状录》第三部出版。

1996 年　47 岁

在东京采访地铁沙林毒气事件受害者。随笔集《村上朝日堂日记·漩涡猫的找法》、短篇集《列克星敦的幽灵》、对谈集《去见村上春树·河合隼雄》出版。《奇鸟行状录》获第 47 届读卖文学奖。

1997 年　48 岁

东京地铁沙林毒气事件受害者采访集《地下》、随笔集《村上朝日堂是如何锻造的》、文学评论集《为了年轻读者的短篇小说导读》、插图传记集《爵士乐群英谱》出版。

1998 年　49 岁

旅行记《边境·近境》、漫画集《毛绒绒软蓬蓬》、《地下》的续篇《约定的场所》出版。《约定的场所》获 1999 年度桑原武夫奖。

1999 年　50 岁

曾赴北欧旅行。长篇小说《斯普特尼克恋人》出版。

2000 年　51 岁

短篇集《神的孩子全跳舞》出版。

2001年　52岁

插图传记集《爵士乐群英谱2》、随笔集《村上广播》、插图随笔集《轻飘飘》出版。

2002年　53岁

长篇小说《海边的卡夫卡》、插图旅行记《如果我们的语言是威士忌》出版。

2003年　54岁

E-mail通讯集《少年卡夫卡》出版。

2004年　55岁

长篇小说《天黑以后》出版。

2005年　56岁

插图小说《奇怪的图书馆》、随笔集《没有意义就没有摇摆》出版。

2006年　57岁

短篇集《东京奇谭集》出版。

2007年　58岁

获2006年度朝日奖。 随笔集《谈跑步时我说的东西》、插图小说集《村上曲》出版。

2009年　60岁

长篇小说《1Q84》出版。

2009年　60岁

长篇小说《1Q84》第一、二部出版。

2010年　61岁

长篇小说《1Q84》第三部出版。

2012年　63岁

与小泽征尔合著的《谈小泽征尔与音乐》获第11届小林秀雄奖。

2013年　64岁

长篇小说《没有色彩的多崎作和他的巡礼年》出版。

2014年　65岁

短篇集《没有女人的男人们》出版。

2017年　68岁

长篇小说《刺杀骑士团长》出版。